龙门守望者

向立成 著

北方文艺出版社
哈尔滨

图书在版编目（CIP）数据

龙门守望者/向立成著. ——哈尔滨：北方文艺出版社，2022.1
ISBN 978-7-5317-5340-7

Ⅰ.①龙… Ⅱ.①向… Ⅲ.①长篇小说-中国-当代 Ⅳ.①I247.5

中国版本图书馆CIP数据核字(2021)第192028号

龙 门 守 望 者
LONGMEN SHOUWANGZHE

作　　者 / 向立成	
责任编辑 / 滕　蕾	装帧设计 / 树上微出版
出版发行 / 北方文艺出版社	邮　　编 / 150008
发行电话 / (0451) 86825533	经　　销 / 新华书店
地　　址 / 哈尔滨市南岗区宣庆小区1号楼	网　　址 / www.bfwy.com
印　　刷 / 武汉市籍缘印刷厂	开　　本 / 710×1000　1/16
字　　数 / 235千	印　　张 / 17
版　　次 / 2022年1月第1版	印　　次 / 2022年1月第1次印刷
书　　号 / ISBN 978-7-5317-5340-7	定　　价 / 78.00元

序跋

　　一段久远的记忆，揭开了历久弥新的历史。
　　一段缠绵的感情，诠释了跨越世纪的爱恋。
　　一段奋斗的历程，展现了逐梦未来的画卷。
　　本书以一个追梦青年的奋斗历程为主线，采取片段呈现的方式，将主人公各个不同时期的人生片段呈现到读者眼前。从不同侧面生动再现了一个个弥足珍贵的历史瞬间、一场场轰轰烈烈的爱恨情仇和一段段历尽艰难的奋斗历程。故事情节跌宕起伏、引人入胜，让人掩卷深思，过目难忘；人物刻画有血有肉、性格鲜明突出、形象跃然纸上。该作品生动诠释了"奋斗者，永远是最美的"这一主旨思想，深刻揭示了社会变迁与人物命运的内在联系，充分展现了逐梦未来的人生画卷。
　　谨以此书献给无数曾经追梦和正在追梦的奋斗者们！

向立成
2020 年 12 月

目录

第一章	1
第二章	4
第三章	7
第四章	10
第五章	14
第六章	19
第七章	23
第八章	27
第九章	31
第十章	36
第十一章	41
第十二章	45
第十三章	51
第十四章	55
第十五章	59
第十六章	64
第十七章	68
第十八章	74
第十九章	79
第二十章	82

第二十一章 …………………………………… 86

第二十二章 …………………………………… 90

第二十三章 …………………………………… 93

第二十四章 …………………………………… 98

第二十五章 …………………………………… 103

第二十六章 …………………………………… 107

第二十七章 …………………………………… 112

第二十八章 …………………………………… 117

第二十九章 …………………………………… 121

第三十章 ……………………………………… 126

第三十一章 …………………………………… 130

第三十二章 …………………………………… 134

第三十三章 …………………………………… 139

第三十四章 …………………………………… 144

第三十五章 …………………………………… 149

第三十六章 …………………………………… 153

第三十七章 …………………………………… 159

第三十八章 …………………………………… 164

第三十九章 …………………………………… 173

第四十章 ……………………………………… 177

第四十一章 …………………………………… 182

第四十二章 …………………………………… 187

第四十三章 …………………………………… 190

第四十四章 …………………………………… 194

第四十五章 …………………………………… 199

第四十六章 …………………………………… 203

第四十七章 …………………………………… 208

第四十八章 …………………………………… 212

第四十九章 …………………………………… 216

第五十章 ……………………………………… 222

第五十一章 …………………………………… 226

第五十二章 …………………………………… 231

第五十三章 …………………………………… 236

第五十四章 …………………………………… 240

第五十五章 …………………………………… 245

第五十六章 …………………………………… 249

第五十七章 …………………………………… 256

尾声 …………………………………………… 261

第一章

"赵副主任,您一定要重视这件事,这绝对是问题,一旦被上级盯上,会影响到我们塘河县,大家都会受到牵连的。我现在向您举报了,您要是不抓紧处理,这事万一捅到上面,怪罪下来,谁都是吃不了兜着走。"邵正易跷着二郎腿,慢条斯理地说着,说完惬意地吹了吹浮在杯口的茶叶。

坐在他对面的副主任赵锦华不着痕迹地坐直了一点。赵锦华心想:这个邵正易虽然是到塘河县龙门公社插队的知青,但是他的老爹不是一般人啊,那是省公安厅有头有脸的人物。

赵锦华拿着邵正易给他的一个牛皮纸的笔记本,本子很普通,翻开第一页,映入眼帘的是几行潇洒而不失棱角的钢笔字。

运交华盖欲何求,未敢翻身已碰头。
破帽遮颜过闹市,漏船载酒泛中流。
横眉冷对千夫指,俯首甘为孺子牛。
躲进小楼成一统,管他冬夏与春秋。

再往后翻,写满了密密麻麻的文字,有些地方被画上了红笔标记。

邵正易这时又说话了:"赵副主任,你看我画红线的地方,就是王志伟有问题的证据,这是很严重的问题啊!"

赵锦华仔细看了看,画红线的地方也不少,只见可以作为字帖的一行行字跃入眼帘:

……

"这字真不错!"赵锦华赞道。

"赵副主任啊，不是让你看字写得咋样，是看内容。林主任身体不适，已经快两个月没上班了，你这个副主任的'副'字还是有机会摘掉的，你说是不是啊，赵主任？"邵正易开始胡说八道了。

赵锦华一听，心头一阵火热。这个邵正易不足为虑，他背后的人可不一般啊，不就是一个叫王志伟的知青吗？叫过来问问他，也没什么大不了的。

想到这儿，赵锦华便哈哈一笑："正易，感谢你提供的线索啊，县里正好可以抓个典型。这件事就包在我身上了，你就先回去吧。"

邵正易心里那个乐：王志伟啊王志伟，你也有今天！

两人各怀鬼胎，寒暄了几句，邵正易便离开，往车站走去。

走到半路，邵正易越想越不对劲，心想：这个赵锦华虽然嘴上答应了，说不定回头就扔一边去了。我得去公安局找找我爸那个下属，双管齐下。

想到这儿，邵正易就到了县公安局。门卫通报了进去，正好公安局局长温建国刚开完会。一会儿，邵正易便坐到了五楼公安局局长的办公室里。

"温叔叔，这次你可要帮我啊。跟我在龙门公社插队的一个叫王志伟的小子，明里暗里地跟我作对，省里跟我一起下来插队的张小芹快被这小子抢走了，那可是省卫生厅张副厅长的掌上明珠啊，别人不知道，我可是知道的。您一定要帮我啊，让他回不了城。"

温建国是在公安系统摸爬滚打了大半辈子的人，什么样的人没见过。像邵正易这样的纨绔子弟，那可是见过太多了。

想到这儿，温建国说："正易啊，按说你们争风吃醋，我这把老骨头不该掺和进去，但是邵处长对我有知遇之恩，要不是他，我也坐不到现在这个位置上，你说吧，我咋帮你？"

邵正易一看有戏，连忙说："温叔叔，我本来今天带来了王志伟有问题的证据。我刚才交到了赵副主任的手里，我没有抄录一份。不过大致内容我还记得一些，都是不堪入目的话。"

温建国听到这儿，心里有底了，说："正易啊，这个事也不归我们公安局管啊，我们主要管的都是刑事案件，你举报的案件，一般都是归其他部门管，你还是得去县里，我这里师出无名啊。"

邵正易心想：温建国这个忘恩负义的人是在踢皮球呢，这是不想帮我。我今天的目的还没有达到，不能这样回去啊。

眼珠子一转，邵正易说："温叔叔说得对，我考虑不周，但是赵副主任那里不一定会上心，县里的知青出了问题，会影响到他的前途，说不定他就大事化小、小事化了了。温叔叔，你要帮我盯着点啊，可千万不能便宜了王志伟这小子。"

温建国一听，知道这个纨绔子弟看出来在这里没戏了，还不想空手而回，说："我一会儿就过去一趟，跟赵副主任商量一下怎么处理，你看咋样？要不你先回去，要不一会儿班车要停了。"

邵正易一看，这是下逐客令了啊，便顺着温建国的话说："我得赶紧走了，赶不上班车，得走十几里路呢。温叔叔，我先走了，那事就拜托你了。"说着就起身往外走了。

温建国把邵正易送到门口后，回到房间的窗户边，看着邵正易吊儿郎当地走出了公安局大门，轻叹一声："唉，看在你爹的面上，我跟赵锦华商量一下。"

第二章

"老赵啊,我是建国。"温建国在办公室给赵锦华打了电话。

"建国啊,什么事啊?你可是大忙人啊。"赵锦华寒暄道。

"还真有点事,这不,我以前的一个老领导的小孩在龙门公社插队,今天到我这里举报,说是有个知青有问题,不知道你有没有听说?"温建国试探道。

赵锦华一听,温建国肯定是为了邵正易来的,也不能打马虎眼呀,就说道:"今天,小邵确实来我这里了,还拿了一个笔记本当证据。可是我找人看了,那个笔记本里没啥啊,他画的一些地方都是鲁迅文章里的句子。王志伟可能是比较爱好文学,摘抄了一些,这个算是当代年轻人的一个普遍现象吧。这个还真不好评价。建国,你看我这也不好弄啊。"

温建国一听,赵锦华一下子就把皮球踢过来了,看来赵锦华没准备被邵正易当枪使。忽然,温建国意识到了赵锦华话里的一个问题,说道:"老赵啊,摘抄没啥问题,但是王志伟自己不能乱写啊,我看,可以把这个人叫过来问问,万一真有问题呢。"

"你这一语惊醒梦中人啊,我明天就带人过去看看。"赵锦华一拍大腿,这个温建国倒是给我找了个好理由。

温建国在电话里说道:"老赵,你先去忙,有需要的地方言语一声,我这儿随时听候调遣。"

"好的,好的,你也挺忙的,我就不多耽误你了,挂了啊,有空来喝茶。"赵锦华说道。

"一定,一定,有空一定叨扰。"温建国打着哈哈。

且说邵正易坐着班车回到了龙门公社,刚下车,就有熟识的知青靠了上来,在身边小声说道:"邵哥,王志伟和张小芹又去后山了。"这个说话的人叫王文轩，也是省城来插队的知青，他的父亲只是个工人，他来了以后就靠上了邵正易。

邵正易一听这话，嘴里的糖也不甜了，一口吐掉了硬糖，说道："再让他蹦跶几天，看我怎么收拾他，我看上的人，他也敢抢！"

正在后山和张小芹一起看夕阳的王志伟打了个喷嚏，全然不知情。

"志伟，是不是天太凉了，要不我们回知青点吧？"张小芹说道。

"没事，可能是被夕阳的美景给美到了。"王志伟开着玩笑，其实他是想跟张小芹多待一会儿。

"志伟，这么好的景色，你看有没有诗词符合现在的意境？给我念一首吧。"张小芹闪着一双水灵灵的大眼睛看着王志伟。

"小芹，你看，这落日的余晖洒在天雾山上，一条小溪荡漾着清幽，远处的袅袅炊烟散在山间如梦似幻，在我们四周的鸟雀叽叽喳喳，好一个落日美景！我给你朗诵一首唐代杜甫的《落日》吧。"

　　　　落日在帘钩，溪边春事幽。
　　　　芳菲缘岸圃，樵爨倚滩舟。
　　　　啅雀争枝坠，飞虫满院游。
　　　　浊醪谁造汝，一酌散千忧。

王志伟站在小山包上，迎着夕阳，一只胳膊不自觉地挥舞着，裹挟着"忧"字的尾音回荡在山间。张小芹站在王志伟的身后，看着被夕阳镀上一层金边的王志伟，听着浑厚的男中音，不由得有些痴了。

"小芹，我读得怎么样？"王志伟一回头，正好看到张小芹痴痴的眼神，两人本来就站得很近，这一回头，连张小芹脸上的绒毛都看得清清楚楚，每一根细软的绒毛都被镀上了金色，煞是好看。

"啊！"张小芹被吓了一跳，如同被惊到了的小鹿一样，往后一躲，这一躲不要紧，脚下一个不稳，人就往后倒去。

王志伟眼疾手快，一把就拉住了张小芹的胳膊。张小芹就不由自主地被拥进了王志伟的怀里。

一下子，似乎所有的落日余晖都集中在了两个年轻人这里，四周叽叽喳喳的鸟叫声也消失了，两个人的脑袋里一片空白。张小芹的脸红红的，把头低得不能再低了。

不知道过了多久，王志伟在张小芹后背的手动了一下，惊到了张小芹。她轻轻地挣了一下，离开了王志伟的怀抱，红着脸小声说："志伟，不早了，我们回去吧。"

"喔，该……该回去……回去了。"王志伟感觉嗓子干干的，说话都不利索了。

两人相视一笑，整个山林又恢复了热闹。鸟雀的叽叽喳喳声像是给这对年轻人送行。

第三章

第二天，张小芹看到王志伟，不由自主地脸红了。这一幕被邵正易正好看到。邵正易是谁啊，张小芹的这个样子，他作为情场高手，心里清楚是为啥。邵正易心说：看来王志伟的手段很高明啊，也不知道赵锦华啥时候会有行动。

知青点的这些知青正挎上军挎闹哄哄地扛着工具准备上工。一辆吉普车开进了知青点，只见车上下来了两个人，邵正易一看，副主任赵锦华还亲自来了。

"哪个是王志伟？"赵锦华喊道。

王志伟一愣，自己家里可是一穷二白的工人家庭，可不认识当官的。还没来得及说话，就听邵正易在一旁嚷嚷了起来："这个就是王志伟。"邵正易指向了王志伟。

"上车吧，有点事需要找你了解一下。"赵锦华不动声色地说道。

王志伟与张小芹对望了一眼，张小芹的眼中充满了疑问和担心。

王志伟把自己的军挎交给了同屋的邓洋，便上了吉普车。

吉普车按了两下喇叭便载着王志伟掉头走了，留下这些知青愣在原地。

"走了，走了，上工了。志伟这小子能有啥事，晚点就会回来的。"在知青点待了8年多的老知青沈汉华喊道。

邵正易攥了攥拳头，感觉浑身充满了力量，从来没有像今天这样。然后，沈汉华喊道："走了，走了，干活了！"

张小芹看了看邵正易，又看了看吉普车扬起的烟尘，总感觉有些不对劲。看着大家都往后山走去，只好把心放进肚子，跟着大家一起去上工了。

"邵哥，王志伟这小子被叫去问话，是不是你的杰作？"王文轩讨好地把邵正易的镰刀拿了过来。

"我们等着看好戏吧，早就看这小子不顺眼了，癞蛤蟆还想吃天鹅肉？"

邵正易顾左右而言他。

"邵哥，那你的机会来了，没有王志伟围在张小芹身边，咱们帮你创造点儿机会？要不要搞个英雄救美之类的？"王文轩出谋划策道。

"千万别，俺家小芹冰雪聪明，你那点儿伎俩一眼就会被她看穿。"邵正易故作高深地说道，"张小芹不是喜欢文学吗？想办法弄几本书给她。"

"有道理，邵哥出马，一个顶俩。要不是王志伟先下手了，哪会轮到他！预祝邵哥抱得美人归啊。"王文轩在旁边小声地拍马屁。

邵正易听着非常受用，拍了拍王文轩的肩膀说道："找书的事就交给你了，尽快办好啊。"

王文轩一听，顿时就苦了脸："得，这拍马屁还拍出事了。"把手伸到了自己军挎的夹层，暗暗数道："一张、两张、三张、四张。"数完以后，王文轩的脸更苦了，自己就剩四块钱了，上哪里弄书去啊！张了张嘴，想问邵正易要点儿钱，可是还没等发出声音，却发现邵正易已经不在自己身边了。

邵正易径直走向了后面的张小芹，还没到跟前，就开始说："小芹，你周末要不要回省城长川，我爸爸一个朋友正好来塘河办事，我们一起搭个便车回去一下？"

张小芹心想，自己还真有一个多月没回去了，挺想爸爸妈妈的，顺口就说："好啊，好啊。"她又忽然想到了王志伟被叫去问话还没有消息，只好说："算了，我还有事，先不回去了，下次再说吧。"

邵正易正暗自高兴，却被张小芹一盆冷水泼下，便连忙说道："小芹，咱们回去一趟不容易，有便车，不用挤班车多好。叔叔阿姨肯定也很想你。机会难得啊！"

"可是……算了，我还是先不回去了。"张小芹欲言又止。

"是不是因为王志伟，你才不愿意回家的？"邵正易一看张小芹又拒绝自己了，情急之下便脱口而出。

"是啊，志伟也不知道被叫去干啥，我得等消息。"张小芹丝毫没有察觉邵正易的醋意。

"别等了，王志伟犯的是严重问题，一时半会儿是回不来的。"邵正易得意扬扬地说道。

"什么？！严重问题？什么严重问题？"张小芹蓦地站住了，声音不自觉地提高了。张小芹拉住邵正易的胳膊焦急地问："邵正易，你是不是知道什么？你为什么要这样说？"

"我，我哪里知道什么。他们找上王志伟了，能有啥好事，肯定是有问题了。"邵正易强作镇定地说。

"你真不知道？是不是跟你有关系？"张小芹狐疑地问。

初春的天气虽然不是很冷，但也绝对不暖和。邵正易被张小芹问得脑门汗都出来了，心道："这个张小芹果然厉害，三两句就猜出来了。我可不能承认，要不然可把她得罪死了。"邵正易完全没想到是自己说漏嘴了，还以为是张小芹冰雪聪明，自己想出来的。

邵正易梗着脖子说道："我真不知道，都是一个知青点的，大家抬头不见低头见的，王志伟平时除了有点文人的酸气，也没看出他有啥问题啊。"

"是啊，志伟是个很积极向上的人，怎么可能有啥问题，肯定是他们搞错了。也许不是严重问题呢，说不定是别的事情。"张小芹自我安慰道。

"好了好了，不要想了，说不定王志伟一会儿就回来了，我们去干活吧。来，我帮你挎着军挎，把镰刀给我吧。"邵正易伸手就要去摘张小芹的军挎。

张小芹连忙后退一步，说道："不用了，不重，我自己背着就行了，你还是到前面去吧，你看王文轩还在等你。"

邵正易顺着张小芹的纤纤玉手往前看去，王文轩果然站在前面等着自己，看到自己看他，他还跟自己挥了挥手。邵正易心里暗骂："这个王文轩成事不足，败事有余。"

"小芹啊，那我先过去了，王文轩等我呢，你有啥需要尽管开口，有用我邵正易的地方，我在所不辞。谁让我们都是省城来的呢，你说是不是？"邵正易满怀优越感地跟张小芹套着近乎。

张小芹一听这话，心说：这个邵正易整天吊儿郎当的，来插队根本不是来接受教育的。但是伸手不打笑脸人，张小芹礼貌地回道："好，好，有需要我会找你的，你快去吧。"

第四章

　　日子就这样一天一天地过去了，又过了几天，王志伟果然回来了，大家围上去问长问短，邵正易和王文轩悄无声息地不知道躲到了哪里。王志伟本来想跟邵正易理论一下，一看找不到他，也就算了。在大家的七嘴八舌下，王志伟等到大家安静了一点后，说道："我这次被叫去，是因祸得福啊，明天开始，我就到县印刷厂工作了。今天回来就是收拾收拾东西，明天一大早就走。"大家一听王志伟说这个，纷纷说着"发达了，千万别忘了我们知青点受苦受难的兄弟姐妹们"之类的话，王志伟也一一道谢。

　　吃完晚饭，张小芹叫住了王志伟："志伟，你跟我来一下。"说完也不管王志伟，自顾自地往前走去。王志伟迟疑了一下，还是跟了上去。就这样，两个人一句话也不说，又走到了他们经常去的那个小山头。

　　"志伟，你明天就要走了，再陪我欣赏一下这天雾山的美景吧。"张小芹对王志伟说道。

　　经历了这次无妄之灾，王志伟的心境跟以前已经不一样了，爱美之心人皆有之，对于张小芹，他是打心眼里喜欢，但是两人的家庭背景差距太大，将来即使能够走到一起，也必将是困难重重，还不如趁现在还没有陷入太深而放手，这对两个人都好。想通了这一点，王志伟便将自己对张小芹的爱恋深埋心底，既然做不成爱人，那就做兄妹吧。

　　山坡上，四周亭亭玉立的杉木俏生生地屹立着。杉木无拘无束地立在无垠的天空下，微风过处，它们仿佛在浅吟低唱，尖尖的叶子柔嫩而妩媚，显得风情万种。错落有致的一棵棵松树充满着男子汉的阳刚之气，刚强而遒劲，粗糙的树皮昭示着所经历的风风雨雨和阳光晨露。还有其他一些叫不出名字的树木，顾盼生姿，翠绿的衣裳好像艺术家涂抹的图画。在山上，生命仍旧坚强；在山脚的村落，生活富有生趣；在天空下，春天的时光里充满花香的气味……

"小芹，站在这里，虽然没有'会当凌绝顶，一览众山小'的豪迈，但是却有一种'万壑有声含晚籁，数峰无语立斜阳'的韵味。"王志伟说道。

"志伟，你这么有才华，不应该埋没在这个小地方，你应该去上大学，然后才有更光明的未来。"张小芹说道。

"除非能恢复高考，但是我也没有太大的信心能够考上大学。我们不说这个了，一起欣赏美景吧。"王志伟岔开话题。接着又说："相对于杜甫的'会当凌绝顶，一览众山小'，我觉得寇准的'只有天在上，更无山与齐。举头红日近，回首白云低'更贴近此情此景。小芹，你说呢？"

"也许很快就能恢复高考呢，国家需要人才来建设。组织推荐上大学这条路明显不够通达，你这样的人才很有可能被埋没。"张小芹还在为王志伟抱不平，其实她心里想的是，只要王志伟能上大学，两个人能在一起的可能性就非常大了。虽然两个人都没有挑明关系，但是其实都已经认准了对方，只不过张小芹比较感性，王志伟更加理性一些。

"但愿吧，赵副主任可能是为了补偿我吧，给我安排了印刷厂的工作，这样我就有更多的机会看书了，也能接触到外面的世界了。真是塞翁失马，焉知非福啊！"王志伟不想过多地跟张小芹讨论将来，又将话题拉回了现实。

"你到印刷厂工作了，我有机会就去看你，好吗？"张小芹问道。

"没问题，欢迎你来看我，知青点的同志们来看我，我都欢迎。"王志伟说道。对于王志伟刻意的疏远，张小芹毫不在意，她相信一切会好起来的。

"志伟，我这周回去一下，跟我父母说说你的事，请他们帮帮忙，看能不能帮你拿到一个上大学的名额，这样的话你就可以有更广阔的天地施展你的才华了。你想上什么大学？"张小芹问道。

王志伟不忍拂了张小芹的一番好意，便道："我如果上大学，应该会去中文系或者新闻系，我对这些比较感兴趣一些。不过就现在的我来说，只要是大学，什么专业无所谓，我都愿意。"

张小芹说道："其实我也这样认为，不管什么专业，即使不是你喜欢的中文系或者新闻系，你也可以把文学作为自己的一项爱好坚持下来。现在知青点的氛围很低迷，特别是一些老知青，不仅没有带好头，反而整天给大家带来消极的情绪，我只有看到你，才觉得这里还有一点生气。志伟，你要是不走多好。"说着话，张小芹不自觉地露出了小女生的样子，拉住了王志伟的胳膊。

王志伟身子一僵，一种触电的感觉从张小芹的手上顺着胳膊传导过来。"小芹，我在知青点这些日子，不光是邵正易看我不顺眼，很多知青都是明里暗里地疏远我，我知道原因在你身上，谁让你那么光彩耀眼呢？"王志伟说道。

"真的吗？志伟，我好看吗？"张小芹松开了王志伟的胳膊，站在王志伟的面前转了一圈。

张小芹今天穿的这件毛衣，虽然颜色不太显眼，但是在蓝白相间、大小有致的菱形条纹映衬下，清雅而不失灵动。裤子是一条时下非常时髦的军绿色灯芯绒的裤子，平时也没看到张小芹穿过。鞋子是一双打扣的黑布鞋，看起来很知性，也很温婉。配上张小芹吹弹可破的肌肤、一头乌黑亮丽的长发和娇俏可爱的表情，王志伟不心动那是骗人的，不由自主地说道："好看，真好看！"

此时，整个山林仿佛都慢慢安静了下来，傍晚的余晖温柔地覆盖了两个人的躯体，没有了白天的灼热，也没有夜晚的冷清，只有柔柔的轻风和被轻风摇曳的枝叶在轻声呢喃。这种静寂里有了一种炫目，满心的尘埃被荡涤得无影无踪。面对着绝美的水墨画卷，两人索性合上了双眸，身边所有景色都被静谧所替代、所遮掩，有了一种超脱，有了一种纯净。所有的一切就溶化在这此时此刻、此情此景之中，山野中的一种神秘的音符就在二人心中跳荡着、延伸着，一种莫名的甜蜜与情愫在二人心间弥漫。

不知过了多久，两个人才从沉醉状态中醒过来。王志伟低头看着张小芹说："小芹，我们该回去了，我会永远记住你对我的好，但是……"还没等王志伟说完，张小芹伸出纤纤玉手按住了王志伟的嘴唇，轻声说道："别说了，先不要拒绝我，以后的事等以后再说。"

天色逐渐暗了下来，两个初坠爱河的年轻人觉得时间过得好快。两个人依偎着看着漆黑如墨的深山，远处的小河如一条玉带环绕在山间，无边的静谧中透着无限的甜蜜。

"小芹，要不我不去印刷厂了，我去跟赵副主任说说，我还是待在知青点锻炼锻炼？"王志伟试探着问。

"志伟，你还是去吧，为了我们将来能在一起，你要努力奋斗，到县印刷厂工作，对你将来的发展更为有利。我可能今年就会回去上大学了，我在大学等着你。"张小芹理智地说道。

"嗯，我听你的。回去吧，天太晚了，不然一会儿他们该满山找我们了。"王志伟说道。

"对呀，快回去，我都没有跟她们说一下，千万别来找我们。"张小芹说道。

两个人手牵着手，往山下走去。走着走着，张小芹"哎呀"一声，便不走了。

"怎么了，脚崴了？"王志伟连忙问道。

"刚才踩了个石块，我活动一下，没事。"张小芹忍着痛说道。

"别逞强了。来吧，我背你。"王志伟不由分说，把张小芹背到了背上。张小芹伏在王志伟还不算宽厚的背上，心中充满了甜蜜。就这样，王志伟一路把张小芹背回了知青点。

两个人刚进知青点的院子，就被上厕所出来的邵正易看到了。邵正易连忙隐住身形，两眼冒火地看着背着张小芹的王志伟，一种"偷鸡不成蚀把米"的感觉涌上心头。

"快放我下来，我自己能走。"张小芹看到了门口，赶快让王志伟把她放下来。王志伟轻轻把张小芹放下来，张小芹便一瘸一拐、慌慌张张地回屋了，临进屋还不忘回头摆摆手，做了一个歪着头枕着手的姿势让王志伟早点睡。

王志伟笑了笑，便往屋里走去。忽然一道身影挡在了身前，邵正易的声音传了过来："王志伟，你把张小芹怎么了？她不是你能碰的！"

"邵正易，你管得太宽了，上次的事我还没跟你算账。我懒得跟你计较，我明天就走了，你也别处心积虑陷害我，有空多读读书，别以为有个好家世就可以为所欲为。没啥事我回去睡觉了。"说完，王志伟绕开邵正易就走了。

"你！咱们走着瞧！"邵正易没反应过来，王志伟已经进屋了。

第五章

　　下午，塘河县印刷厂一片繁忙的景象。

　　"大家手头上的活停一下，这是我们印刷厂新来的王志伟，这可是赵副主任亲自点将的，大家欢迎。"厂长邵进军领着王志伟到了印刷厂的印刷车间，做了简短的介绍之后，他便带头鼓起掌来。

　　印刷车间的人不多，总共才6个人，几声稀稀拉拉的掌声很快就停了。

　　"大家接着干活吧。"邵进军领着王志伟来到了一台铅印书报轮转印刷机的面前，对正在摇着转轮的一名工人说道："老刘，给你安排个徒弟，你最近抽时间带带他，让他尽快能够单独上岗。"又对王志伟说："志伟啊，这是我们厂技术最娴熟的刘师傅，你先跟着他学，等学得差不多了，我再给你安排其他工作。"那个正在忙着的刘师傅头也不抬地"嗯"了一声，继续摇着摇柄。

　　王志伟说道："谢谢邵厂长，我一定好好跟着刘师傅学，您放心吧。"邵进军拍了拍王志伟的肩膀走了。

　　王志伟就站在刘师傅的旁边，目不转睛地看着刘师傅忙活。只见刘师傅差不多一秒钟就可以印刷一张，动作娴熟得如同机器一样，可以说是分秒不差。差不多过了20分钟，刘师傅终于停了下来，端着大搪瓷缸子喝了一口水，然后才像刚刚看到王志伟一样，说道："小伙子，叫啥名字啊？你是准备长期干印刷，还是来锻炼的？前几次也有几个人，没干多久嫌印刷太枯燥都走掉了。所以我现在都不爱带徒弟。"

　　"刘师傅，我叫王志伟。说句实话，我也不知道能干多久，但是我保证只要我干一天，我都会用心干。"王志伟真诚地说道。

　　"前几次，那几个差不多也是这么说的。这本说明书你先拿去研究一下，明天我会考你操作规程，然后看情况教你上机。"刘师傅给王志伟递过来一本

油渍斑斑的操作手册。

"谢谢刘师傅，我现在就去学习。"王志伟接过操作手册说道。说完，王志伟就坐到了胶装工位的凳子上翻看起来。现在，印刷厂主要是印刷报纸，但是有时也会接一些印刷书籍、杂志和装订的业务。王志伟坐的那个胶装的工位就是负责装订书本、杂志的位置。这种业务也是时有时无，王志伟今天来的时候，正好是没有胶装业务的时候，所以位置就空了出来。

不知不觉，天色已经逐渐变暗了。"下班了，收拾收拾，东西归归位，大家可以撤了。"厂长邵进军站在车间门口喊了一嗓子。只见大家的手工瞬间加速了几倍，速度极快地把自己的工作收了尾，然后把工具整理摆放清楚，便一窝蜂地冲向了车间门口。

"走吧，小王，操作手册你可以带回去看。"刘师傅招呼了一声王志伟便走了。

王志伟连忙说道："知道了刘师傅，您慢走。"说着，王志伟带着操作手册随着大家一起下班了，第一天的上班就这样结束了。

回到宿舍，王志伟已经把操作手册翻来覆去地看了好几遍，但还是有很多不明白的地方，看来是"纸上得来终觉浅，绝知此事要躬行"，明天到印刷厂得好好请教一下刘师傅。打定了主意，王志伟就有点不知道干啥了，以前在知青点，晚上大家可以吵闹到很久，特别是还有张小芹的陪伴。在这里，虽然分给他的是集体宿舍，但是同宿舍的三个人都没住宿舍，因为他们的家就在县城，几乎不在宿舍住。王志伟拿出书本，准备看会儿书，忽然却停电了。每天的这个时间段都会停电，据说是为了给工厂让电，所以限制了居民用电，在每天晚上用电的高峰期，居民区的电都会停一段时间。

书看不成了，时间还早，王志伟也不想这么早睡觉，于是就准备出去散散心。他没有目的地走着，街道上虽然不够明亮，但是一停电，大家似乎都走到街头了，有点万人空巷的感觉。宽阔的马路上根本就没有车辆，几乎都是散步的，偶尔也有几个半大的孩子骑着自行车在追逐，看样子也是骑大人的自行车，有的连车座都坐不上，反而是腿从杠下穿过去骑，让人捏了一把汗。

王志伟漫无目的地随着散步的人群慢慢地走着，不知不觉间走到了一座大桥上。这座桥叫作塘河大桥，桥的下面就是塘河。站在大桥上，往远处眺望，借着皎洁的月光，看见塘河像一条玉带一样蜿蜒向前，将小县城一分为二。塘河的河面虽然不算太宽，但是河水却比较湍急。可能是因为气温还没有回升，还是有些凉意，大桥上的人稀稀落落，并没有几个人散步。

站在桥上，眺望了一会儿远方，王志伟也失去了兴趣，准备回去，也许走到宿舍的时候就来电了，还可以看会儿书。刚转过身，忽然看到桥对面有一个人影似乎在翻桥栏杆。"不好，有人要跳桥。"王志伟立马朝对面奔去，同时大喝一声："等一下！"

对面的身影听到王志伟的一声大喝，身形忽然一晃，差点掉下去。王志伟冲到离那个身影大概10米的地方，不敢快速前进了，他怕逼急了，反而那个身影被逼下去了。"你不要动，有什么大不了的。"王志伟慢慢地往前挪着，让他奇怪的是那个身影好似没有听到他的话一样，毫无反应。

王志伟屏住呼吸挪到了离那个身影大概3米远的地方，三步并作两步，便冲了上去，一下抱住了那个身影。"啊，你干什么！"一声尖叫在耳边响起："你快放开我！"

王志伟一愣，居然是个女的，此时才感到情形不对。那个女孩趁王志伟一愣神的工夫，便挣脱了王志伟的搂抱。

王志伟才知道自己可能是搞错了，人家只是趴在栏杆上，并没有要轻生的意图。"我以为你要跳桥，专门从桥对面跑过来救你。我可能误会你了，对不起啊。"王志伟讪讪地说道。

"我哪有要跳桥，我只是脚蹬着栏杆系下鞋带。你分明是想占我便宜。呜呜呜……"那个女孩说着说着就哭了起来。

王志伟彻底慌神了，自己做好事没做成，他连忙摇着手往前走了一步，说道："不是你想的那样，我根本不知道你是女的。"

"你别过来，站那里别动！"女孩尖叫起来。

这时，王志伟和这个女孩旁边的人逐渐多了起来，整个大桥的人都聚了过来。一个老人站了出来，说道："姑娘啊，这个小伙子也是为了救你，你看要不就饶了他吧，毕竟夜不观色啊。"老人说得其实在理，从背影看确实有时候会看不出男女。

"他，他乱碰人家……"女孩又哭了起来。

"对不起，我也是怕抱不住，所以用力抱了，但是我真不是有意的。"王志伟解释道。

围观的人群这时声音嘈杂了起来。只听有人说道："抱了人家姑娘，还不承认，分明是借机占便宜。"还有人说道："黑灯瞎火的，救人要紧，况且又不知道她是女的，小伙子的出发点是好的。"一时间，说什么的都有，女孩也一直在呜呜地哭着。

最初站出来的老人又说话了："姑娘啊，你看这样行不，你让这个小伙子留下地址和单位，明天你要是还想不通，你就去他单位或者他家去找他，实在不行你就去公安局，这天儿也不早了，大家也该回去了。你看行不行？"

旁边有两个阿姨也在劝女孩："姑娘啊，老人说的话在理啊，咱们要不就按他说的办吧。"那个女孩哭着点了点头。

"我叫王志伟，今年21岁，是长川市来龙门公社的一名知青，现在在县印刷厂上班，今天是上班的第一天。单位的电话我也不清楚，但是白天都可以在印刷厂找到我。"王志伟说道。

"人家小伙子也很实诚，姑娘啊，要不我们今晚先回去，明天再去单位找他算账，你看成不？"旁边的阿姨劝道。

这个女孩看这么多人围观，也不想把事情闹大，便点点头："明天我让我爸妈陪我去单位找你，你别想跑。"

"好，我不会跑的，我真不是故意的……"王志伟还想解释一番。

"小伙子，先别解释了，都先散了，回去吧，回去吧。"老大爷阻止了王志伟的解释。就这样，有阿姨陪着还在啜泣的女孩回去了。

王志伟站在桥上，又发了会儿呆，自嘲地笑了笑："这叫什么事，才来第一天就摊上这档子事，连人家姑娘长啥样都没看到，明天还要被人家追上门，

17

明天可咋办啊，唉……算了，先回去吧，兵来将挡，水来土掩，咱身正不怕影子斜。"王志伟自我安慰着回到了宿舍，刚打开门锁，就来电了。王志伟简单地洗漱了一下，便躺床上了，打开书本却发现一个字也看不进去，满脑子都是第二天怎么应对那个女孩的事。

第六章

被王志伟"救"下的女孩，名字叫陈秀娟，是塘河县汽车站的一名职工，高中毕业后就工作了，平时负责在窗口卖票。那天晚上跟大家一样，因为停电就出来散步了，没想到自己系个鞋带还被人"揩油"了。

往回走的路上，陪她回家的阿姨很热心地开导她："姑娘啊，你还没成家吧？"

"阿姨，还没呢，我刚高中毕业不到一年。"陈秀娟回答。

"今晚这事吧，我看就算了，你明天也不要去印刷厂找那个小伙子了，黑灯瞎火的，人家可能是真的看不清楚，咱们是黄花大闺女，这事闹一下，对咱没好处，咱们就吃个哑巴亏吧，你回去以后也别声张了。"

这几句话说到了陈秀娟的心里，她其实往回走的时候就已经后悔了，自己一个姑娘家，还没谈对象，县城这么小，如果事情闹起来对自己反而不好。况且那个叫王志伟的小伙子感觉也不是什么登徒子，也很大方地说了自己工作单位什么的。

"我回去想想，可不能便宜他，勒得我好疼。"陈秀娟虽然心里已经松动了，但嘴上还是不饶人。想起被王志伟从背后紧紧抱住的样子，脸上又是一阵羞红，所幸的是晚上也看得不太真切。

走到离家里还有一条街的时候，陈秀娟对那个热心阿姨说："阿姨，我家就在这里了，谢谢您了，我会记住您的话的。"陈秀娟其实是不想让那个热心阿姨知道自己住哪里，就撒了个谎。

"那我就送你到这里，我家也住这个巷子，平时还真没碰到过你。走吧，一起进去吧？"那个热心阿姨说道。

陈秀娟俏脸一红，不好意思地说道："阿姨，我家还在前面一点点，不在这个巷子。阿姨，你先进去吧。"

"你这小鬼头，放心吧，有缘我们再见，别人都叫我刘姨，我是县医院的。我先回去了啊，再见。"刘姨摆摆手就走进巷子了。

陈秀娟看着刘姨走进巷子的背影，也继续往前走着，过了一道街，刚进家门，正好家里来电，父母也在家里了。"爸妈，我回来了。"秀娟进门说道。

"秀娟回来了。"秀娟妈话还没说完，陈秀娟就回自己屋了。"这孩子，话没说完就进去了。孩儿她爸，感觉咱妞儿今天不对劲啊，怎么进来就回屋了？"

秀娟妈名叫黄玉莹，是县广播站的工作人员。秀娟爸叫陈兴军，是县汽车站的一名司机，主要跑县里到长川这条线，基本上是当天早上出发，第二天傍晚返回。

陈兴军是个心大的人，根本没在意黄玉莹说的话，就随口说："去帮我弄点热水吧，今天跑车挺累的，这脚底板要好好泡泡啊！"

"你个大老粗，就没觉得女儿进来就关屋里了吗？我感觉有问题。我一会儿去问问。"黄玉莹不放心地说道。

"哎呀，你赶紧去给我弄盆热水吧，这两天腰有点酸，一会儿你给我捏捏。"陈兴军说道。

"这孩子一定有问题，我去问问。"黄玉莹说着，来到了陈秀娟的房间。进屋后，看到女儿靠在床头，手里拿着本书在发呆。黄玉莹坐到女儿床边，问道："妞儿啊，咋了，眼睛红红的，是不是哭过了？"

这一问不要紧，陈秀娟一下子就扑到了黄玉莹的怀里，又开始呜呜地哭了起来。

黄玉莹拍着女儿的后背，看到陈兴军站到门口了，对着他挥了挥手。陈兴军把门轻轻带上，又满脸写着疑问地坐到客厅去了。

"妈，刚才我被一个男的抱了，还被抓了这里。"陈秀娟好不容易止住了啜泣，指着胸部跟黄玉莹哭诉道。

"什么？在哪里？有没有人看到？当时怎么不抓住他？"黄玉莹一连串的询问让陈秀娟应接不暇。

"事情是这样子的，吃完饭那会儿停电了，我一个人在外面散步，走到塘河大桥的时候鞋带松了，我就脚蹬着栏杆系鞋带，结果大桥对面一个男的就跑过来，一把就抱住了我，还抓了人家那里……"陈秀娟终于平静了下来，可算是把事情描述清楚了。

黄玉莹到底是过来人，生活经验比较丰富，一下就听出了问题所在，问道："人家是不是认为你要跳桥，脚蹬着栏杆很像是要翻栏杆呀？"

"那个男的也是这样说的，说是以为我要跳桥，可是他抓得人家好疼啊，我一哭很多人围过来，羞死人了，不能饶了他。"陈秀娟撒气地说道。

"人家都回去了，你上哪里找他去？"黄玉莹说道。

陈秀娟连忙说道："那个男的说了，他叫王志伟，是长川到龙门公社的知青，现在在县印刷厂上班。今天是第一天上班。"

"妞儿啊，这个事吧，咱也不能怪人家，人家也是出于好心啊，要不咱就算了吧。"黄玉莹试探着说道。

"我不管，不能这么便宜他。那明天就不找他，让他提心吊胆煎熬几天。"陈秀娟说道。

"咱们先不去找他，让他煎熬几天。"黄玉莹顺着陈秀娟的话说，心想：女儿这是原谅那个男的了，脸皮薄，嘴上还饶不了人家，过几天自然就忘了。

陈秀娟揩了揩眼睛，就拉着黄玉莹出来了。陈兴军看见母女俩又哭又笑，丈二和尚摸不着头脑，看到黄玉莹的手在胸前往下按了按，告诉他少安毋躁，他也就不多问了。

躺在宿舍里翻来覆去正在受煎熬的王志伟不知道的是，明天那个女孩不会来找他了。

陈秀娟和父母闲聊了一会儿各自回屋了。陈兴军问黄玉莹："妞儿今天咋回事啊？"

"别提了，女儿晚上蹬着栏杆系鞋带，被人以为是要跳桥，结果被人从后面抱住了，不巧的是被那个男的抓了胸，事情就是这样。我已经稳住她了，这事就先这样，人家也不是故意的，再说了人家也是出于好心救人。我刚才也是劝她先不要找人家算账了，毕竟咱们是女孩子，闹起来，对咱孩子影响多不好。"黄玉莹说道。

"那不能便宜那个人，咱妞儿吃亏了呢！"陈兴军说道。

"那个男的叫王志伟，是县印刷厂的，是个长川来的知青，应该是个年轻人。我有时间去印刷厂看下，了解一下那个王志伟是不是登徒子，如果是，咱们再收拾他，如果不是，咱也没必要怪人家。"黄玉莹说道。

"那也行。咱妞儿也该找个婆家了，现在没有大学上，好不容易托关系把她弄进车站工作，在县里也算是比较体面了。快睡吧，明天还要出车。"陈兴军拍了拍黄玉莹说道。

"睡吧，明天广播站还要开会。"

第七章

一大早，王志伟到街上简单地吃了个早餐，怀着忐忑的心情来到了印刷厂。到了印刷厂门口，才发现自己来早了，厂房的门还没开，就和门口的看门大爷聊了起来："大爷，您在这里干多少年了啊？"

看门大爷说道："干了快两年了，上一个看大门的是老马，他干的时间长一点，应该有五六年。后来他要回去帮忙带孙子，就不干了，要不然这差事也轮不上我啊。我姓李，大家都叫我老李。"看门大爷老李问一答十地说了起来，看来平时也没个说话的人。

"大家什么时候来上班啊？我以为是八点钟上班。"王志伟问道。

"那你是真来早了，按说是八点半上班就行，但是他们一般也没那么准时，毕竟我们印刷厂在管理上也没有那么严，算是一个挺轻松、挺舒服的单位。看你面生，昨天看你来过一下，你是新调过来的吗？"看门大爷老李的话匣子一打开就停不下来。

"我是昨天刚过来的，也不算是调过来的，我是长川插队到龙门公社的知青，暂时到印刷厂工作。"王志伟回答。

"那你可算是来对地方了，咱们印刷厂邵厂长那可是个好人啊，跟着他干没说的，绝对不会亏待你的。印刷厂的人没有不说他好的。虽然咱们印刷厂没有几个人，但是大家人品都还不错，在这里干活不重要，重要的是大家要舒心，你说是吧？"看门大爷老李说道。

"是啊，火车跑得快，全靠车头带。一个单位的氛围跟一把手关系很大啊，我来印刷厂，也不知道能待多久，但是能到这样的单位，我也很高兴。"王志伟说道。

两个人说话的当口，刘师傅到了。看到王志伟已经早早地来到印刷厂了，刘师傅很高兴，问道："小王，你来了咋不进去？忘给你配把钥匙了，看我这记性。老李头啊，吃了没啊，我这油条你来一根？"

"吃过了，吃过了，不用了，谢谢，谢谢。"看门大爷老李连声道谢。

刘师傅打开厂房的门，王志伟就拿着扫把开始打扫卫生了。刘师傅看到这一幕，暗暗点头。过了不一会儿，大家陆陆续续地来上班了，看到干干净净的地板，大家都很高兴，对王志伟的第一印象很不错。但其中也有一个例外，虽然表面上跟大家一起笑呵呵地夸赞王志伟，但是一抹难以察觉的不屑滑过了这个人上扬的嘴角，这个人就是比王志伟早来印刷厂一个多月的温浩然。王志伟的到来，让他有了危机感，因为他和王志伟一样，都是印刷厂的临时工，大家对王志伟的夸赞声，在他听来，无疑是对他的批评，因为他来印刷厂一个月，几乎没碰过扫把，更别说还把工作台擦干净了。对这一切，王志伟浑然不觉。

"小王啊，昨天说明书看得咋样了？"刘师傅问王志伟。

"看了几遍了，基本上都看懂了，有几个地方不太明白，操作规程为什么要那样写？"王志伟答道。

"没关系，咱们今天实际操作一下，你基本上就明白了。"刘师傅说道，"以前印刷厂用的是油墨印刷机，需要人工在蜡纸上刻上内容，将刻好的蜡纸装在印刷机上，人工抹上油墨，放上纸张，人工转动蜡纸，油墨通过蜡纸印到纸上，然后晾干就可以了。刻字很慢，印刷也慢。现在咱们厂用的铅印印刷机，虽然速度还是慢，但相比以前速度快多了。昨天你也看我印刷了。来，我现在印一遍给你看下。"

刘师傅接着讲道："咱们厂这段时间主要是印制报纸，还有一些其他刊物。到印刷机这一环，已经是算是比较靠后的一道工序了。前期已经进行了铅字排版，那是最耗时耗工的一道工序，有些书籍有时要排几个月的铅版，才能付诸印刷。"

就这样，在刘师傅手把手的指导下，不到一个上午，王志伟已经能够熟练操作印刷机了，乐得刘师傅合不拢嘴。每当有人经过，他就像捡到宝一样向人家炫耀："这小王悟性很好，这么快就能帮我干活了。"

这个时候，王志伟就会连连解释："主要是刘师傅教得好，我哪有什么什么悟性，照葫芦画瓢而已。"

王志伟这样一说，刘师傅更加开心了。这师徒俩开心的笑声让温浩然更加难受。他第一天来印刷厂也是让刘师傅教他学印刷，但他听人说印刷机因为是铅印的，对身体危害极大，所以他从心里不想学，就是听懂了也装作听不懂，反正就是这印刷太难了，咱学不会。刘师傅在耐着性子教了三天后，实在受不了温浩然的愚钝，便跟厂长说自己教不了，厂长只能把温浩然换到装订工位。这次刘师傅看到王志伟这么快就学会了印刷，那是从心眼里高兴，这不仅证明了王志伟聪明好学，同样也证明了自己是个好师傅，也能教会别人印刷，前面教不会温浩然，那不是教的水平不行，而是温浩然自己的悟性不够。

温浩然不是别人，正是县公安局局长温建国的儿子。

温建国看自己儿子整天游手好闲，整天给自己整一些麻烦的事情，他就想到了一招，给温浩然弄份工作先干着，慢慢就会好起来的，于是他就托关系把温浩然弄进了印刷厂，等找个时间转正就好了。结果恰巧王志伟也进了印刷厂，于是被温浩然盯上了。本来温浩然想着到印刷厂待一阵子，然后还是要回到社会上去，自己一万个不想上班。王志伟这一来，反而衬托出温浩然的一无是处。这一下温浩然反而想在印刷厂立足了。

这天下班一回到家，温浩然就开始喊了起来："妈，我回来了，肚子好饿，这印刷厂干活好累啊。我爸还没回来？"

"快回来了吧，你爸下班没准点，不是开会，就是在去开会的路上。你等一下，饭马上好了，咱们先吃，不等他。"正在厨房忙的吴红霞头也不抬地说道。

饭刚做好，温建国就回来了，推开门："真香啊，浩然今天怎么这么准时下班？"

"爸，我下班就往家走，哪里也没去。这有班上的感觉还是不错的。"温浩然答道。

"这觉悟挺高的啊，印刷厂工作咋样？适应不了的话，我给你换个工作，我给你弄到底下的派出所锻炼几年，在我退休之前，想办法给你弄到县里，你看咋样？"温建国还是想让儿子也穿上警服。

"我才不要当公安，我觉得印刷厂挺好的。爸，你啥时候能给我弄转正？对了，这两天从龙门公社来了一个知青，说是赵副主任交代过来的，我本来干得好好的，这个叫王志伟的知青一阵猛表现，把我的风头全抢了，你说这会不会影响我转正啊？"温浩然顺利地把话题引到了自己的工作上。

"赵锦华安排的，叫啥名字？"温建国听着名字耳熟，就又问了一遍。

"叫王志伟，说是龙门公社的知青。"温浩然说道。

温建国一听，心里有底了，于是劝慰道："想起来了，这个王志伟看来还是有点关系的，放心吧，我来处理这个事，这个王志伟在印刷厂待不久。不过你最好别跟他起冲突，他能得到赵锦华副主任的帮助，一定是有原因的。"温建国不知道的是，赵锦华把王志伟弄进印刷厂可谓说是举手之劳。

第八章

"赵主任啊，我是建国，最近忙不忙啊？"第二天一上班，温建国就给赵锦华打起了电话。

"不忙不忙，建国局长啥事啊？"赵锦华说道。

"也没啥事，上次那个王志伟，最近咋样了？"温建国说道。

"你说那小伙子啊，我把他安排到印刷厂了，先锻炼锻炼，后面看咋安排吧，王志伟是长川来的知青，人家还不一定能看上咱这小县城啊。"赵锦华也摸不准温建国的意图，就也不掩饰自己的想法。

温建国一听，明白了赵锦华也没有摸清王志伟的背景，但是肯定有人为他说话了，于是说道："赵主任啊，咱明人不说暗话，我那个不成器的儿子也在前些天刚刚进了印刷厂，现在正在努力表现准备转正，这个王志伟一进来，就成了他的竞争对手，这样对我家那小子很不利啊。"

"哈哈哈，你咋不把你儿子放到公安系统锻炼锻炼，印刷厂有啥好待的？"赵锦华揶揄道。

"我也想啊，不知道我家那臭小子是咋想的，死活都不想穿警服，现在成了无业青年，我就怕他被社会上那些不务正业的人给带坏了，所以给他谋个正经营生干干。赵主任，你这样的安排，我可是一点也没看懂啊。"温建国打着哈哈。

"我这是随手安排的，你别误会，不会影响你的布局。过些天就是'双抢'了，王志伟还是要回公社去的，放心吧。不过你家公子还是要努力，表现得好还可以往上走一走，现在各个部门都是用人之际。"赵锦华说道。

温建国这下全明白了，这个赵锦华把王志伟放在印刷厂也是在观望，如果上头没有下文，估计还是要回公社；如果上头有人关照，说不定还真成了自家儿子的竞争对手。不行，这样还是不够保险，还需要摸清情况。对了，邵正易也是省城来的，应该对王志伟知根知底，从他那里问一问比较稳妥。温建国打定了主意，于是说道："那就谢谢赵主任了，承您吉言，我要加强对我家那个不成器儿子的管教，争取让他成为有用之人，您有时间也点拨点拨啊。"

"点拨不敢当啊，提携后辈不是咱这一辈应该做的嘛。"赵锦华说道，"我一会儿还有个会，先不说了啊，得空来坐坐啊。别穿警服来啊，哈哈哈……"

"看您这说的，一定一定，不耽误您了，再见啊。"温建国说完挂掉了电话，坐在那里，点上一根烟，沉思了一会儿，把吸了一半的烟掐灭了，对着外面喊了一下："小林，备车，去龙门公社。"

温建国思前想后，自己儿子温浩然的事情还是不能等，迟则生变，这件事也不能让别人去做，只能自己亲自跑一趟了，打电话也不方便说，反正离龙门公社也不远。

邵正易这两天心情正好着呢，要说王志伟到县印刷厂工作，对自己来说完全是无所谓的，自己早晚要回省城的，塘河县对自己来说完全没有吸引力的。同样，王志伟远离了张小芹，这也给自己追求张小芹创造了绝佳的机会。于是，邵正易每天想方设法地接近张小芹，虽然张小芹还是爱理不理的样子，看起来没啥进展，但是邵正易已经很满足了。

这天上午，龙门公社知青点的知青们刚刚上工不久，温建国就到了知青点，司机叫了个老乡，去把邵正易叫回了知青点。邵正易还没到知青点，大老远地就看到了警车，还以为是自己老爸过来看自己了，三步并作两步地往前跑去。跑近了一看，原来是县里的车牌，顿感大失所望。

邵正易正纳闷的时候，温建国推开车门走了出来，边走边笑着说道："正易啊，最近过得咋样啊？我来看看你。"

"温叔啊，您大驾光临，让我诚惶诚恐，找我啥指示，我保证给您干得妥妥的。"邵正易拍着胸脯说道。

温建国哈哈一笑，为了避开车上的司机，他攀着邵正易的肩膀往一旁走去。走了20多米，温建国拿出烟，抽出一根递给邵正易，自己点了一根，给邵正易点烟时候,邵正易执意不让他点。两个人抽上了烟,看着眼前的天雾山,都没有说话,似乎在欣赏着远方的美景。最后,还是温建国打破了沉默,说道:"你们知青点的王志伟现在去县印刷厂工作了,你有没有什么想法?"

"我没啥想法,他调过去才好呢,跟我一点关系都没有,其实我还打心眼里愿意他调过去。嘿嘿……"邵正易说出了自己的真实想法。

这不是温建国想要的答案,他也不愿意跟邵正易在这个问题上纠缠,于是直接开门见山地问道:"这个王志伟在省里有什么关系?这次赵锦华要帮他弄到印刷厂?你这里有没有啥消息?"

邵正易不知道温建国葫芦里卖的是什么药,于是说道:"从我掌握的情况来看,这个王志伟应该没什么大的背景,他父母都是工人,而且不是什么管理层。这次王志伟能得到赵锦华的关照,应该是我们知青点的张小芹起的作用。"

"张小芹?"温建国问道。

"对,应该是张小芹。张小芹的老妈是卫生厅的副厅长,估计是这层关系。"邵正易说道。

"原来是这样子啊,那王志伟和张小芹是啥关系?"温建国又问道。

"这两个嘛,目前来看应该是互有好感,我自己也在追求这个张小芹,她跟我在长川时是一个班的同学,对我知根知底,但是对我的印象好像是不大好,反而对王志伟青睐有加,让我很不高兴,所以上次我才去举报王志伟,这您是知道的。"邵正易答道。

"正易啊,这个王志伟最好还是让他在公社待着,他是个有才之人,别让他在县里混出名堂,这样下去,说不定距离张小芹的差距就越来越小了。你说是不是?"温建国说道。

"对啊,这小子如果在县里立足了,说不定就能上大学了,这样就有跟张小芹在一起的机会了。我咋没想到这一层啊!"邵正易一拍脑袋。

温建国看到自己的话有了效果,就说道:"那我在县里运作一下,还是把王志伟弄回到公社,你们公社这边你做下工作,就说马上快要农忙了,需要王志伟回来帮忙。我们双管齐下,争取尽快把他弄回来。叔也只能帮你这么多了。"

邵正易一听，连忙说道："太感谢温叔了，今年我争取考上大学，估计张小芹今年也要去考，以后这两个人基本上就是两线天了，应该没啥希望了。我找个时间去公社说说。温叔，放心吧，下次您找我，捎个信过来就行了，还麻烦您跑一趟。"

温建国看达到了效果，就想着回去了，说道："这事还是要尽快落实，免得夜长梦多。我回去以后呢，就找赵锦华商量一下，看看他的意思，你这边也努力努力。"温建国早上就知道了赵锦华的意思，但是他没有跟邵正易说，更没有提他儿子也在印刷厂的事情。

邵正易在心里把温建国感谢得很，想着回去跟老爸美言几句，这个温建国对自己很是照顾啊。于是他说道："温叔放心吧，回去后我也跟我爸说说，我是真心喜欢张小芹，看他能不能帮我撮合撮合。王志伟回公社的事情，我也抓紧落实。"

"好，那我先回去了，你回省城时，有时间就到我那里看看我啊。你去忙吧，我走了。"说着，温建国心满意足地返回了车上，走了。

这一切，正在印刷厂沉浸在大家的夸奖声中的王志伟毫不知情，一场大的风波正在酝酿。

第九章

　　在省卫生厅的宿舍楼门口斜对面的马路边，邵正易顶着寒风已经待了半小时，越等越是心焦，心道："张小芹的妈妈每天基本上都是六点多到七点去菜市场买菜，今天怎么到六点五十了还没出现？"周日一大早，邵正易就准备等张小芹的妈妈了，他准备告张小芹一状，彻底让张小芹和王志伟的关系断掉，他相信张小芹的妈妈绝对不会同意张小芹和王志伟谈朋友，毕竟门不当户不对，要谈也是跟他谈才对。

　　正在那里想着，忽然看到张小芹的妈妈拎个菜篮子出来了，邵正易正想冲过去打招呼，忽然一想，不能这样，这样意图太明显了。于是他就远远地跟在张小芹妈妈后面，准备在菜市场来个偶遇，他自己也着实为自己的机智高兴了一会儿。就这样，张小芹的妈妈詹永萍和邵正易一前一后地进了南门口菜市场。

　　邵正易看着詹永萍在挑着蔬菜，于是他赶紧买了一点莲藕和排骨拎在手上，从另外一个摊位绕过去，走到了詹永萍所在菜摊的前面，慢慢地走到了那个蔬菜摊，装作忽然看到詹永萍的样子，说道："詹阿姨，您来买菜了？"

　　"是啊，你好，你是？"詹永萍疑惑地问道。

　　"詹阿姨好，我是小芹的高中同学邵正易，现在在塘河县龙门公社跟小芹一起插队，我们在一个知青点。"邵正易连忙说道。

　　"小邵啊，你好，你好，你这是来买菜？"詹永萍寒暄道。

　　邵正易装模作样地说道："这周刚好回来，父母平时工作也比较忙，我下午就要回知青点了，今天早上来买点菜做一做，正好让他们也歇一歇。"

　　"小邵不错啊，我家小芹还没你懂事呢。"詹永萍笑着说道。

　　"你们还买不买？挡着别人买菜了。"这时，售货员的一句话让邵正易很不高兴，这边聊得正渐入佳境，这个售货员真会煞风景，于是赶紧说道："买买买，詹阿姨，刚才您要买啥？我也买点，我这厨艺不行——初学者，正好跟您学学买菜。"

邵正易这几句话说得詹永萍心花怒放，说道："我也是瞎做的，我家老头子一天到晚还嫌弃我做得不好吃，不过我家小芹的厨艺是我教的，青出于蓝而胜于蓝啊。我家老头子不爱吃我炒的菜，反而喜欢闺女炒的菜。"说完转头又对售货员说道："把这个芹菜给我称一把，还有这个胡萝卜也来两根，不要太大的，家里人少。"

"这两种菜也给我来一样的，钱一起算。"邵正易赶紧说道。

"这可不行啊，小邵，哪能让你付钱！"詹永萍急忙说道。

"没事，一起算吧。"邵正易大手一挥，直接就抽了10块钱递了过去。

一看邵正易把钱付了，詹永萍也不矫情，就说道："谢谢小邵了，你下午几点回知青点？这周小芹也没回来，我家离这里不远，你帮我给小芹带点东西过去吧？"

邵正易一听，连忙说道："中午吃完饭就回去了，阿姨要带啥，我跟您过去拿，来，您的菜我帮您拎着。"

詹永萍越看邵正易越是满意，说道："辛苦你了，小邵。走吧，咱们边走边聊，正好我也没啥时间去你们知青点，你跟我说说你们知青点的事吧。小芹在知青点锻炼得还行吧？"

邵正易心里那个激动，这真是踏破铁鞋无觅处，得来全不费工夫，正愁不知道咋开口呢，詹永萍自己就问了起来。他沉吟了一下，说道："詹阿姨，小芹在知青点锻炼得倒是挺投入的，大家对她的表现也很认可，但是有句话不知当讲不当讲？"

"有啥不当讲的，是不是小芹惹啥祸了？"詹永萍心里一沉。

邵正易赶紧说道："詹阿姨，您误会了，小芹表现很好，哪里会惹祸。就是有个男知青一直缠着她，小芹跟他走得有点近，那个男知青叫王志伟，父母都是长川的一个机修厂的工人，效益也不是太好。詹阿姨，其实我知道您是卫生厅的副厅长，我爸是公安厅的处长，我和小芹一样，平时不管是在学校，还是在知青点，我们都很低调，从来不把自己的父母摆出来，都是想着靠自己努力，做出一番事业来。"

"嗯，小邵你做得对。"詹永萍说道。

"詹阿姨，前段时间，知青点倒是出了个事，那个王志伟因为某些言论的问题被叫去了。小芹知道这事以后，跑到县里找人家理论，应该是打着您的旗号给县里施压了，没多久王志伟就到县印刷厂上班了。我觉得这里面肯定有问题，小芹不能陷入太深，不然后面可能会惹麻烦。"邵正易添油加醋地说着，其实他说的已经接近事实真相了。

詹永萍的眉头皱在了一起，自己女儿怎么这么不清醒，有问题的人还去接近，人家躲避都唯恐不及。邵正易看詹永萍的脸色不对，就说道："詹阿姨，因为我和小芹是同学，我还劝了她别管，结果还把她得罪了，她还以为是我使的坏，因为我爸是公安系统的。不过在王志伟出事以后，我觉得这种事我不能掺和。"

"嗯，小邵你做得对。这个小芹，等她回来，我好好教育教育她。对了，你刚才说小芹和那个王志伟走得很近？有多近？"詹永萍一下子就抓住了邵正易想表达的重点。

"我也不清楚两个人发展到什么程度了，很多人都看到他们两个晚上还出去，知青点还有些风言风语的。詹阿姨，今天我跟你说的这些你千万别说是我说的，要不然小芹跟我就彻底决裂了，上次因为王志伟的事，小芹到现在还不爱搭理我。"邵正易说道。

"小邵，你放心吧，我不会说是你说的。本来还想让你给小芹带点辣椒酱，那我就不麻烦你了，要不然小芹该知道你见过我了。我家小芹一直没离开过我，现在没人看着她了，你帮我看着她点，别傻乎乎地被人卖了还帮人数钱。拜托你了啊，小邵。"詹永萍还帮邵正易考虑起来了。

"詹阿姨，您放心吧，我会看好小芹的，毕竟我们也是同学嘛。那我先回去了，您先忙着。"邵正易看到目的已经达到，就站住了脚步，准备跟詹永萍道别。

"好的，小邵你回去吧，我就不请你到家里坐了，下次回来，记得来家里，我让你尝尝阿姨的手艺，小芹也可以给你露一手。"詹永萍强颜欢笑地跟邵正易道了别。转过身，眉头又紧紧地皱在了一起，邵正易说的话，虽然不知道真假，但是自己的闺女惹上这些事，咋能不担心。

詹永萍回到家，看着张小芹的爸爸张胜利在那里闭着眼睛，跷着二郎腿，打着拍子，听着花鼓戏，气都不打一处来，把买的菜往地上一扔，走过去把收音机关掉了。

"给我关掉干啥？正听得起劲呢。我告诉你啊，我可不是你们卫生厅的，你可管不到我啊。"张胜利一脸懵，但是又不敢喊，毕竟詹永萍这个女强人在家里积威已久，他着实在家里不敢大声。

"你闺女都快被人骗走了！你还有心情在这听花鼓戏！"詹永萍气呼呼地坐到了椅子上。

"什么！怎么回事？小芹咋了？"张胜利立马站了起来。

于是詹永萍把邵正易的话说了个七七八八，张胜利越听越火，这个王志伟也太不是东西了吧，小芹跟他走得近，那不是害了小芹嘛。于是说道："不行，我得去趟知青点问问。这件事可不是开玩笑，小芹今年插队就满两年了，要回来上大学的，万一沾上个严重问题，别说上大学了，连返城安排工作都难。"

詹永萍说道："现在不听戏了？你急啥，那个王志伟现在在县印刷厂上班，没跟咱闺女在一起，下周托个信儿，让咱闺女回来一趟，咱好好教育教育她，可不能被人给骗了啊。"

"咱闺女还是涉世不深，孰轻孰重分不太清楚，这不是小事啊。"张胜利感叹道。

"你这啥脑瓜子？就知道听戏，没听我刚才说，咱闺女跟那个叫王志伟的走得很近嘛，啥叫走得很近？还没明白吗？"詹永萍真想敲一敲张胜利的脑袋。

"啊，啥意思？你是说咱闺女谈恋爱了？"张胜利恍然大悟。

"听小邵说像是谈了。不过小邵跟我说这些，看起来这个小邵对咱闺女也有想法，不过我觉得那个小邵倒是挺会来事的。"詹永萍说道。

"那是，咱闺女不能说是万里挑一吧，千里挑一应该还可以吧，你说是不是？詹大厅长。"张胜利开着詹永萍的玩笑。

"别贫了，快去把菜洗洗，中午你做饭。我去把衣服洗洗。"詹永萍说道。

跟丈夫说了闺女的事以后，詹永萍似乎没有那么心焦了，好像这种烦恼分出去了一半。看着丈夫像受气的小媳妇一样去择菜洗菜了，詹永萍的心情莫名地好了起来。

第十章

龙门公社的邮局里，女接线员大声询问："这里有没有龙门公社知青点的知青？"

"有的，有啥事吗？"正好龙门公社知青点的王文轩在这里排队准备打电话。

"你们知青点是不是有个叫张小芹的？"女接线员问道。

王文轩连忙说道："有的有的，有啥事？"

"她父亲刚才打电话过来了，捎信说如果张小芹这周末没啥事就回家一趟。就这事。"女接线员说道。

"好，我回去就跟她说。"王文轩说道，心想，回去让邵正易去跟张小芹说，这不又给了邵正易一个接触张小芹的机会嘛，真好。

王文轩排队打完电话就急急忙忙赶回知青点了，找到邵正易，神神秘秘地说道："邵哥，有个好事啊，我让给你吧。"

"有事快说，磨蹭啥？"邵正易对这个王文轩可没啥好脸色。

王文轩说道："张小芹她爸打电话到邮局了，捎信让她周末有空回去一趟，你去跟张小芹说一下，不是可以套套近乎吗？"

"我才不去，你自己去吧，别扯上我啊。这事跟我一点关系都没有。"邵正易心中暗爽，前两天跟詹永萍说的话有效果了，还是要抓紧把王志伟从县印刷厂弄回来，他在县里说不定能折腾上大学呢，要是待在知青点就没机会上大学了。

王文轩看邵正易这样，就随便拉了个女知青，让她跟张小芹说她爸妈让她周末有空回家一趟。张小芹得知爸爸让她周末回去一趟，也没多想，只是以为这几周没回去了，爸妈想她了。

自从王志伟来到了县印刷厂，整个印刷厂的氛围也跟着改变了，走过路过王志伟身边时，大家不夸两句王志伟，就好像缺点啥。温浩然看在眼里，记在心上，心里越发不高兴，但是人家王志伟确实是做得好，自己也没话讲，只能回家催温建国抓紧点了，王志伟在印刷厂一天，他就煎熬一天。

这天下班回去的路上，温浩然遇到了以前经常一起溜达的几个朋友，其中一个光头的人大老远就开始喊上了："兄弟，你这些天去哪里了，一天到晚不见人影？"

走近了，温浩然回道："别提了，我爸给我安排了个工作，本来不想去的，又不忍心惹他们生气，就先应付着去几天，这不，我刚下班。"

"到饭点了，走，咱们找个地方吃饭去。"光头哥兴高采烈地说道。

于是这六个人就开始在大街上逛了起来，路上行人纷纷避让、侧目，更有甚者抛来了鄙夷的目光，但是他们浑然不觉，自认为大家都被他们的兄弟义气所"震撼"。

"温哥，光头哥，你看那边那个小妞儿真水灵，要不要过去认识一下？"一个"小弟"凑过来说道。

温浩然和光头哥正不咸不淡地聊着天，听到"小弟"这么一说，朝"小弟"指的方向看了过去。那个姑娘真的很漂亮。一条长长的马尾甩在脑后，浅蓝色的大圆领碎花格子的外套，搭上修长合身的淡绿色裤子，远远看去给人新鲜、健康的美感。

一帮人一下就围了过去，走近一看，只见这姑娘两弯似蹙非蹙笼烟眉，一双似喜非喜含情目，眼波流转间，说不出的灵动，小麦色的皮肤浮现出的一抹娇红，更添几分韵味。如果王志伟在这里，一定能认出来，她就是刚到县城时自己"救"的那个姑娘陈秀娟。本来看到一帮人占道而行，陈秀娟已经让到了旁边，可是这帮人却围了过来。

有人吹起了口哨，陈秀娟厌恶地看了这帮人一眼，嘴里说着："麻烦让一下，我急着回家。"可是他们没人让路。光头哥发话了："姑娘，正好我们要去吃晚饭，请赏个脸，一起吃吧？"

"我不去，我妈还在家等我，你们去吧，麻烦让一让。"陈秀娟再次表示要走。

光头哥再次纠缠道："兄弟几个没别的意思，就是想请你吃个饭，认识一下你，赏个脸吧？"几个"小弟"附和道："就是啊，光头哥在这一片谁不认识，走吧，以后有光头哥罩着，谁敢欺负你，况且我们还有温哥在……"

"咳咳，就别说我了。"温浩然赶紧打断了那些"小弟"的场面话。

"我真的要回家了，今天家里真的有事，请让一让好吗？"陈秀娟又说道。

"小姑娘不要生气，我们不是坏人，真的只是想认识一下你，你叫啥名字？"光头哥又说道。

"可是我不想认识你们。"陈秀娟说着，忽然看到远处走来了一个熟悉的身影，那不是那天晚上在塘河大桥上"救"自己的王志伟吗？于是，她灵机一动，连忙招手喊道："志伟，志伟，我在这儿。"

王志伟下班后，想找个地方吃点东西，不然一会儿又停电了，就没得吃了。忽然听到有人叫自己，定睛一看，只见一群男的围着一个女的，那女的拼命地在向自己招手。王志伟连忙走过去，一看，这不是那晚自己"救"过的那个女孩子嘛。看情形是被一帮地痞流氓纠缠了，拉自己来救驾啊。于是，王志伟说道："怎么下班了还不回家，在这里干啥？"说着，王志伟挤进了"包围圈"。

王志伟走到陈秀娟面前，四周打量了一下，忽然看到了一个熟人，正是印刷厂的温浩然，连忙说道："浩然，你也在这里啊。"打量了一下光头哥和那几个流里流气的"小弟"，疑惑地说道："这几位是？"

温浩然说道："志伟，这几位是我玩得比较好的兄弟，这姑娘是你啥人啊？"

王志伟看了一眼陈秀娟，心说：这怎么回答啊，我连这姑娘叫啥名都不知道，这一说不是露馅了嘛。陈秀娟一看王志伟这样子，就说："我是志伟对象，志伟，咱们先回家吃饭吧，今晚我妈煮了你的饭。"说完一拉王志伟的袖子就要走。

王志伟赶紧说："浩然，还有哥几个，我先跟我对象走了啊，你们玩着。"说完跟着陈秀娟就一起走了。温浩然看着两个人逐渐走远的背影，疑惑地说："这个王志伟是长川市过来插队的知青，才来印刷厂没几天，怎么在县里就有对象了啊？"

光头哥一听，说道："这两人演戏给我们看的吧，我看这个小子就不顺眼，温哥，你认识他？"

"认识，他现在跟我一个印刷厂，我才去没多久，这小子就来了，来了以后猛表现，弄得我老没面子了，说不定还会影响我的转正。"温浩然也不瞒着光头哥，把自己的真实想法说了出来。

光头哥说道："温哥，要不要我们出面修理他一下，让他长长记性？"

"不用了，今天他看到你们跟我在一起，你们要是给他'上眼药'，这不是给我找事吗？"温浩然阻止道。

"那走吧，先去吃饭，老板娘还在等着我们呢，哈哈哈……"光头哥拍了拍温浩然的肩膀，他们又继续往前走去。

陈秀娟领着王志伟走过了一道街，回头看了看，发现那帮人没有追上来，就站住了脚步，扭头对王志伟说道："今天谢谢你了，算是跟那晚的事情扯平了。"说完自己先脸红了。

王志伟看着近在咫尺的陈秀娟羞红的样子，呆住了。

"你，你也不是什么好东西！"陈秀娟瞪了王志伟一眼，扭头就走。

王志伟连忙跟上，说道："对不起，对不起，我不是那种人，你误会了。"

陈秀娟站住了脚步，扭头说道："我怎么感觉你跟刚才那帮人是一伙的，你咋认识里面的那个人？"

"你是说那个温浩然啊，他也是印刷厂的，这不我才去没多久，其实跟他也不是太熟。今天也是碰巧路过，我跟他们真的不是一伙儿的。"王志伟连忙解释。

"你刚来印刷厂，应该不是跟他们一伙儿的，今天谢谢你了。我叫陈秀娟，在汽车站工作，有时候也会到窗口卖票，你要是去买票可能会遇见我。再见了，我先回家了。"陈秀娟摆摆手就要走。

"你妈不是做了我的饭吗？"王志伟揶揄陈秀娟。

"你想得美！走了。"说完，陈秀娟扭头走了，跳脱的大马尾在身后甩来甩去，煞是好看。

王志伟笑着摇了摇头，朝另外一个方向走去，不知不觉地又走到了塘河大桥这里。王志伟趴在栏杆上，看着黄色的塘河水，又想到了那天晚上自己"救"陈秀娟的情形，不禁摇了摇头，笑了一下。

　　看着远方逐渐西斜的太阳，蜿蜒的河水如一条玉带向远方延伸，夕阳的余晖给这条玉带镀上了一层金色，好一个"长河落日圆"。看着远去的河水，王志伟的思绪随着河水逐渐漂远……

　　陷入沉思的王志伟被自己肚子的咕噜声唤了回来，他才意识到自己晚饭还没吃。塘河县城里能吃饭的地方真的不多，有几个流动摊贩和相对固定地点的摊贩，自己煮饭好像又有点难度，一个人真的是很麻烦。王志伟心想：算了，随便走走吧，有啥就吃啥吧。

第十一章

王志伟在塘河县城走着，看着大家骑着自行车行色匆匆地往回赶，也许家里美味的晚餐已经摆上桌了吧。走着走着，看到了街边拐角一个冒着热气的米粉摊位，摊位旁边摆了两张小小的、矮矮的木桌子，放了8个小板凳。站在摊位前的是一个30岁上下的女人，围着围裙，包着头巾，一缕乱发调皮地从头巾中跑了出来，随着头的摆动而飞舞，白皙的鼻头上浮着一层细密的汗珠，别有一番风味。王志伟心里暗赞：好标致的一个女人！

王志伟走到了摊位前，老板娘抬头看了他一眼，笑了一下，说道："吃点啥？烫点米粉吧，我给你多放点雪菜，味道很好的。"

王志伟对吃的东西没有太讲究，就点了点头，说道："多少钱？"

"一毛五。"老板娘头也不抬，熟练地抓着米粉放到热气腾腾的大锅中烫了起来。

过了不一会儿，一碗热气腾腾的米粉上桌了，王志伟被笼罩在热气中。这热气，有着诱人的香味，夹杂着青菜、雪菜、米粉和汤料的清香。王志伟张开嘴，深深吸了一口气，闻着汤汁的咸香、米粉的芳香、菜叶的清香，很是陶醉。王志伟试着吃了两口，米粉非常顺滑，对老板娘说道："这米粉真不错！"

老板娘笑道："我这米粉别看简单，可是祖传手艺啊，味道绝对不输国营饭店，觉得好吃的话，帮我做个宣传，摊位开张不久，知道的人还不多。"

"一定的，我给你宣传宣传，好吃一定要让大家知道知道。"王志伟笑着说道。

王志伟和老板娘正说着，远处走过来一群人，这群人大大咧咧地走到了摊位前，一个光头的男人说道："老板娘，来6碗米粉，多加点辣啊！"

"好嘞，9毛钱。"老板娘说道。

"你先做吧，等下还有朋友来，吃完再算账。"光头男人说道。说着话，

6个人就围坐在了小桌子那里。

几个人坐下来后，王志伟一看，其中一个不是温浩然嘛，连忙站起来说道："浩然，你也来吃米粉啊？"

温浩然一愣，怎么是这小子，于是皮笑肉不笑地说道："志伟啊，你不是去你对象家吃饭了吗？怎么跑这里来吃了？"

王志伟被问住了，迟疑了一下说道："刚去对象家的时候，她家来了个客人，我看不方便，就没进去了。这不，就跟你们碰在一起了。"

"这不是刚才英雄救美的那个小子吗？"这时，一个男的认出来了王志伟。

光头男人一听，定睛一看，这可不，还真是刚才那个小子，于是说道："小子，你到底认不认识刚才那女的？你别拿我们耍着玩啊。"

"怎么会不认识呢？家里安排的对象，现在还处着呢。"王志伟满脸堆笑地说道。

"你对象叫啥名字啊？在哪里上班啊？"光头男人有点狐疑地说道。

"光头哥，算了算了，人家对象的事你打听那么清楚干啥？"温浩然做起了和事佬，阻止了光头男人的深究。

"温哥，光头哥，你看这老板娘——大美人啊。"一个"小弟"凑过来小声说道。

刚才光线不太好，一帮人没怎么仔细看老板娘，现在一看，可不是，起码是百里挑一的美女啊，就是年纪稍微有点大。

不一会儿，6碗热气腾腾的米粉摆上桌了，6个人呼哧呼哧地吃着米粉，都没空说话了，看来是都饿了。王志伟已经吃完了，不好意思先走，于是就坐在那里等他们吃完。

几个人吃完了，抹了抹嘴，站起了身。一个男的说道："温哥，光头哥，咱们一会去哪里溜达？"

"几位大哥，6碗米粉总共9毛钱。"老板娘看几个人吃完了，于是说道。

光头男人手一挥，说道："这次先不结了，记我们账上吧，下次一起结算啊。"

"大哥，小本生意，不赊账啊。就几毛钱，你看……"老板娘说道。

"你这个人怎么这样,不是跟你说了嘛,又不是不给你钱。"光头哥不耐烦地说道。

王志伟一看这情形,心说:一个女人家挺不容易,这几个人是想吃霸王餐啊。瞄了一下温浩然,发现他并没什么反应,似乎这样的事情并没有什么不妥的地方。再看看那个老板娘无助的样子,心一软,王志伟往前走了一步,说道:"浩然,我请哥儿几个吃吧,我来付。"说着,拿出了一块钱递了过去。

"你付什么?轮到你在这里充大头啊!"光头男人一把拍掉了王志伟递过去的钱。

王志伟很尴尬地收回了那一块钱,温浩然还是不动声色,似乎这件事跟他一点关系都没有。

老板娘看着光头男人,想着自己躺在床上养着腿伤的男人,自己好不容易支撑起来一个米粉摊,现在被这几个地痞欺负,眼睛里已有了泪花在闪烁。

王志伟看着老板娘的样子,说道:"哥几个,浩然,给个面子,老板娘也不容易,一个女人家出来摆摊,起早贪黑的,几毛钱的事……"

光头男人旁边的一个男的没等王志伟说完,就打断了他的话,说道:"你算什么东西,还用你来讲道理,我们光头哥出来身上从来不带钱的!"

王志伟的话都说到这份儿上了,温浩然不好意思不吭声了,于是说道:"光头哥,算了算了,几毛钱的事,我来给吧。"

"温哥,这钱你不能给,这不是几毛钱的事,这是光头哥面子的问题。"这个男的在继续胡搅蛮缠。

"算了算了,你们走吧,我不要你们钱了。算我倒霉。"老板娘无奈地说。

"怎么说话的!我们吃你几碗米粉,你就倒霉了?"一个男的抓到了老板娘的话柄说。

老板娘摇摇手,说道:"我不是这个意思,钱不要了,你们走吧。我还要做生意,你们在这里一围,我都没生意了。"

又一个男的说道:"我们不是客人吗?我们站这里就影响你做生意了?你这个老板娘长得挺漂亮,怎么说话一点都不清楚啊!"

"你们！你们也太欺负人了！"老板娘彻底崩溃了，捂着脸蹲了下来，呜呜呜地哭了起来。

温浩然一看这情形，从口袋里掏出一块钱，往摊位上一扔，推着光头男人就走了。

王志伟看这帮人走远了，过去拿起那一块钱，轻轻地拍了拍老板娘的肩膀，说道："他们走了，他们走的时候付了钱，你收好吧。"

老板娘擦了把眼泪，对王志伟说道："小兄弟，谢谢你了，我一个女人家要不是被逼的没办法，也不会冒着风险出来摆摊，真的谢谢你了。"

王志伟连忙说道："我也没帮到你什么，别谢我了，你要不要换个地方摆？这几个人不是什么好东西，避一避他们。"

"不折腾了，这里离家近一些，我男人腿摔伤了，如果没摔伤，他也可以帮我。不说了，扛过这段时间，估计就好了！"老板娘说着话，散出来的那缕头发飘到了她的嘴角，她紧紧地咬住了那缕头发，紧紧地抿住了嘴唇。

看着老板娘坚毅的眼神和紧抿的嘴唇，王志伟深深地被感动了，说道："有需要帮忙的话，我来帮你吧，反正我下班以后也没啥事干，过来给你搭把手。忘了介绍我自己了，我是印刷厂的，我叫王志伟，是长川市到龙门公社插队的知青，前些天来的印刷厂。"

老板娘看着王志伟真诚的眼神，犹豫了一下说道："我这小本生意，雇不起人啊。我一个人也忙得过来，扛得住。"

"我不是这个意思，我是免费给你帮忙，不要工钱。正好我也锻炼锻炼，学学你的手艺，你看咋样？"王志伟说道。

"这，我这也没啥手艺可言，这汤的配料是祖传的，不太好给你呀。"老板娘继续推脱道。

"我就是想帮帮你，没有别的意思。你要是不愿意，那就算了。"王志伟说道。

老板娘还是有些不相信，说道："我叫陈红霞，你叫我霞姐吧，那太麻烦你了。"

"没事，我也是有时间，正好可以找点事干。"王志伟说着就开始收拾起了桌子上的碗筷。

第十二章

周末，一大早，张小芹就到了龙门公社汽车站，在车站旁边买了两份红豆粑粑，兴冲冲地往县里赶去。她今天要先去印刷厂找王志伟，还要跟他一起回一趟长川。想一想这个旅程，张小芹不禁哼起了歌。

张小芹先是找到了县印刷厂，然后看门大爷老李一听是要找王志伟，就把大门一锁，很热心地领着张小芹去印刷厂宿舍了，路上还一五一十地讲述了王志伟来到印刷厂以后的表现，听得张小芹心花怒放。印刷厂宿舍离得并不远，走10分钟就到了。看门大爷老李把张小芹带到宿舍门口就回去了，张小芹连声感谢。

张小芹走到宿舍门口，敲了敲门，里面有了应声，王志伟走过来开了门，一看是张小芹，很高兴，连忙把张小芹让进屋里。

张小芹今天刻意打扮过，穿的是一件大红色的毛衣，裤子是藏青色的，一双方口绒面布鞋，显得热情而大方。特别是张小芹早上还专门洗了头，身上始终飘着洗发水的香味。自从张小芹走进屋里，王志伟感觉整个房间都是香味，忍不住深吸了两口气。张小芹看到了这一幕，笑道："好不好闻？要不要靠近点闻闻？"刚说完她反倒为自己的大胆脸红了，整个房间的温度好似忽然升高了。

"给，我给你买的红豆粑粑，吃吧。"张小芹把从龙门公社汽车站带过来的红豆粑粑递了过去——掩饰自己的窘态。王志伟伸手去接张小芹的红豆粑粑，不经意间两人手指碰到了一起，一种触电的感觉从指尖传来。张小芹迅速把手缩了回来，一种甜蜜的感觉油然而生。

王志伟咬了一口红豆粑粑，看着张小芹说道："真甜。"

张小琴说道："我觉得这家做得最好吃。"

"我是说你笑得真甜。"王志伟笑着说道。

"贫嘴，刚来县里就学坏了，县里是不是有很多漂亮姑娘？"张小芹心里跟喝了蜜一样，嘴上佯怒道。

王志伟一愣，到县里时间不长，确实遇到了漂亮姑娘，特别是那个陈秀娟，跟张小芹比起来一点都不逊色——哪敢说啊，于是说道："哪里会嘛，我才刚来多久，还没空去认识啊。"

"你说啥？你还有这个心思去认识？"张小芹一听，不高兴了。

"你看我这张嘴，看到你以后智商基本为零，我的意思其实是认识你以后，其他的人我都不想去认识了。"王志伟赶紧解释道。

"这还差不多，赶紧吃，吃完咱们一起回长川吧，我爸托人捎信儿让我回去一趟，你也很久没回去了吧？"张小芹说道。

"我爸妈都不想我，每次回去都让我别回去，让我在乡下好好表现，好像我不是亲生的一样。真羡慕你啊！"王志伟说道。

"他们嘴上这样说，心里还是希望你回去的，回去以后是不是给你做好吃的了？"张小芹问道。

王志伟想了一下说道："是啊，每次我回家都改善生活了。这么说来，我也是亲生的了？"

张小芹说道："瞧你那点出息，走吧，先去汽车站买票。"

王志伟一听去汽车站买票，心里立刻浮现了陈秀娟那灵动的模样，秀气中带点土气的样子让人一看就忘不了了。陈秀娟就在汽车站卖票，一会儿会不会遇到？王志伟不知道怎么回事，心里很不愿意在这个时候遇到陈秀娟。

王志伟到了汽车站，售票窗口没什么人。王志伟一眼就看到了坐在售票窗口的陈秀娟，正好陈秀娟也扭过了头，看到了王志伟。两人一对视，王志伟一愣，不知道自己咋想的，就对张小芹说道："我先去上个厕所，你帮我也买一张。"说完就一溜烟地跑了。

张小芹心里犯着嘀咕，这人刚才好好的，怎么忽然这样了。张小芹走到窗口，对陈秀娟说道："麻烦买两张去长川的车票。"

"总共四块二，10 点 20 发车。"陈秀娟说道。

"给您 5 块。"张小芹递过去 5 块钱。

"车票给您，找您 8 毛。刚才那个男的是你对象？"陈秀娟笑着问道。

"啊，是吧，不是不是。我们是同一个知青点的。你认识他？"张小芹有点疑惑。

"算认识吧，他救过我。他叫王志伟吧，印刷厂的？"陈秀娟说道。

"是啊，才到印刷厂没多久。救过你？这么有缘啊！我叫张小芹。"张小芹说道。

陈秀娟说道："我叫陈秀娟，你可要看好你家志伟啊，哈哈。"

"我家志伟？不是不是。"张小芹脸皮薄，脸一下就红了。

陈秀娟虽然走上社会没多久，但是在汽车站三教九流的人也见过不少，脸皮练得比张小芹厚多了，看到张小芹脸红成了苹果，又笑了起来，继续笑道："志伟很不错，你要珍惜啊，不然会被人抢走的。"

"嗯嗯，我会的。我先走了，再见啊。"张小芹逃跑似的走了。引得陈秀娟坐在那里又是一阵乐。

在候车厅见到王志伟，张小芹的脸又红了。王志伟有点丈二和尚摸不着头脑。

过了一会儿，张小芹打破了两人的沉默，说道："你跟窗口那个卖票的认识？"

王志伟一愣，说道："算是认识吧，见过两面，救过她两次。"

"见过两面？救过两次？快跟我说说，怎么这么巧？"张小芹的八卦之火熊熊燃烧起来。

王志伟沉思了一会儿，还是认为不能全盘托出，毕竟这里有很多的误会。于是说道："我刚来县城的那天，傍晚因为停电出去散步时，走到了塘河大桥上，视线不是太好，我看到桥对面有个人脚踩着栏杆要跳桥，于是冲过去把那人拉了下来，那个人就是陈秀娟，结果她脚踩着栏杆是要系鞋带。"

王志伟刚说完，张小芹就笑作一团，引得候车厅很多人将目光投了过来，她又不好意思了,脸再次红成了苹果。张小芹小声说道:"你把人家拉下来,没有被人家骂吗?哈哈……"张小芹忍不住又笑了起来。

"别提了,陈秀娟当时就哭了起来,还围了好多人,我还以为第二天她家里人要到印刷厂追究我责任,结果后来啥事也没有。"王志伟尴尬地说道。

"那第二次呢?你怎么英雄救美的?"张小芹继续八卦着。

"第二次也是傍晚,我下班出去要吃饭,结果陈秀娟被一帮地痞流氓围着纠缠,她看到我就说我是她对象,说要回家吃饭,我就被她当枪使了,就见了两次面,就救了她两次……"王志伟说道。

张小芹好不容易忍住笑,说道:"怎么样,英雄救美的感觉如何?那陈秀娟可是个大美女啊!"

"可千万别见面了,刚才我都不敢见她,生怕再出啥事。我还想为社会主义多做点贡献呢,还是饶了我吧。"王志伟笑道。

张小芹眨了眨眼睛,说道:"是陈秀娟好看,还是我好看?"

"那还用问,当然是你了,你是貌美如花、如花似玉、玉洁冰清、冰雪聪明、明艳动人、人见人爱,谁也比不上你!"王志伟说道。

"我才不信,你去骗别人还行,还想来骗我。"张小芹心里美滋滋的。

王志伟举起右手掌,说道:"我发誓,我说的话是真的,你是我见过最好看的姑娘,目前还没有之一。"

"好好好,我相信你了。就知道贫嘴!"张小芹说道。旁边的人看到两个人这样,都不禁莞尔。

过一会儿,大家便检票上车了。王志伟和张小芹买的票是挨在一起的,自然而然地坐在了一起。坐下来以后,两个年轻人的心跳也加速了不少,但是两个人都没有说话。

过了一会儿,王志伟打破了沉默,说道:"小芹,最近知青点忙不忙?"

"最近还好,过几天就开始插秧了,老支书准备搞个插秧比赛,你要不要回去参加一下,大家都很想你啊。"张小芹说道。

王志伟说道:"印刷厂最近不是很忙,我到时候回去一下也行,跟大家好好聚聚，时间长了，跟大家一起插队的感情就淡了。我不会留在县城的，肯定是回长川的。"

"你还是留在县里好一些，这样能去上大学的机会多一些。你觉得呢？"张小芹说道。

"走一步算一步吧，说实话，我真的不抱太多希望。小芹，如果我上不了大学，回不了城里，我将来会怎样？"王志伟抬头看着车顶说道。

张小芹突然抓住王志伟的手说："志伟，你不会的，你现在是没有等机会，等机会来了，你肯定可以一鸣惊人。"

"小芹，哪来的机会？你要不了多久就可以上大学，我还是那句话，我们真的不是一路人啊。"王志伟说着，不动声色地抽回了张小芹紧握着的手。

张小芹愣住了，自己所设想的美好都是建立在王志伟能够一鸣惊人，如果王志伟一直在龙门公社这里，自己该怎么办？自己如果跟他在一起，会放弃回城的机会吗？会放弃上大学的机会吗？自己的父母也不可能答应啊。

看着张小芹的模样，王志伟知道自己的话有点重了，不过他不后悔这样说。长痛不如短痛，一段没有将来的感情，还不如早做决断，他的脑海里不由自主地浮现出了陈秀娟的样子，也许自己努力一下，跟陈秀娟在一起还是有希望的。他摇了摇头，似乎是想赶走自己的这种想法。

张小芹想了一会儿，握了握拳头，对王志伟说："我今天回去就跟我爸妈说，让他们出面帮你。你看行不？"

"哎呀，姑奶奶啊，咱俩啥关系啊？你怎么跟你爸妈说，你这样一说，咱们连朋友都没得做啊。顺其自然吧，我也相信机遇只青睐有准备的人，以后说不定有机会呢，别着急，如果没有机会，我也不会耽误你的幸福，这点你放心。"王志伟说道。

"那好吧，我听你的。"张小芹嘴上说着，心里已经打定主意，这次回去要跟爸妈说一下王志伟的事情，看看他们能不能帮上忙。过了一会儿，张小芹感觉有点颠簸，慢慢地把头靠在了王志伟的肩膀上。王志伟稍微挪了挪，让张小芹靠得更舒服一些。不一会儿，张小芹便睡着了。王志伟看着张小芹浅睡的样子，暗叹一口气，心说："时间能够停在这一刻，该多好。"

"小芹，醒醒，到站了。"王志伟轻轻地推了推张小芹。

"这么快就到站了。走吧，下车吧。"张小芹伸了个懒腰说道。

出了车站，王志伟和张小芹相互道别。刚走没几步，张小芹回过头说道："志伟，明天早上去人民公园转转吧。"

"好的，几点？"

"9点吧。公园门口见啊。"

"好，赶紧回家吧。"

"明天见。"

第十三章

　　下午快 4 点的时候，王志伟兴冲冲地回到家，进门就喊"妈"，没人应声。一看父亲王来福坐在客厅，就问了句："爸，我妈呢？"

　　"你妈出去买菜了，回来就知道找你妈，没看到我坐在这里吗？"王来福没好气地说道。

　　王志伟不好意思地摸了摸脑袋，又问道："我妈咋这么晚还去买菜？她知道我要回来了？我没跟你们说啊。"

　　王来福说："这个时间去菜市场买菜，菜比较便宜一些。你妈现在换部门了，不在食堂那里了，而在厂里配件仓管那里了，家里吃的比不上以前了。还要攒钱给你娶媳妇，能节省一点还是节省一点呀。"

　　家里吃的，王志伟还真没关注，只是感觉自己小时候，家里的粮票似乎用不完，隔三岔五地还能见见荤腥，起码家里的猪油是不缺的，有时甚至觉得班里一些父母在政府工作的同学家的伙食还没自己家的好。

　　父亲的话让王志伟一愣，虽然家里条件不算好，但也算是衣食无忧，忽然听到父亲这样说，又一次让王志伟感觉到了自己家的平凡，距离优越还有着一道鸿沟，自己和张小芹的距离真的很远，自己拿什么去跟人家谈朋友。王志伟进家门时那股兴冲冲的劲头瞬间消失。

　　"你最近在公社咋样？"王来福问道。

　　"我最近到塘河县印刷厂上班了，现在主要是跟着一个师傅在车间印刷，下一步可能会去排版、校对等岗位锻炼一下，我自己也努力一下，到时看能不能拿到一个上大学的名额，我估计是比较难啊。"王志伟说道。

　　"不错，有进步，咱们家的条件你也看到了，父母都是工人，还要供你弟弟上学，你弟弟志强现在读初二，成绩比你那时候差得远啊，也不知道到时候能不能毕业，天天就知道在外面疯玩，你看，一到周末就看不到人影了。上周跟同学打架，我还被老师叫到学校训了一顿。"

"那是他先骂我的，骂得太难听，我才动手的，我不后悔。"王志强正好回来了，"哥，你回来了，我渴死了，我先喝口水。"说着话，王志强掀开水缸，拿起水瓢舀了一瓢水，喝完很潇洒地把水瓢扔进了水缸里，回头跟王志伟说道："哥，你给我带啥好吃的了？"

"就知道吃，个子都快赶上你哥了，成绩咋不赶上你哥啊。"王来福训斥道。还真别说，王志伟的个子大概有一米七五左右，虽然比弟弟王志强大了5岁，但是王志强和他站一起已经快到他眉毛了。王志伟的父母本来不想再生了，在王志伟3岁多的时候，被人家四五岁的兄弟两个打了，回去一商量，决定再生一个，结果就生了个弟弟，也算是皆大欢喜。

"给，这是红豆粑粑，拿去吃吧。"张小芹早上给王志伟买了两个红豆粑粑，王志伟吃了一个，放在军挎里带回来了一个。看着弟弟狼吞虎咽地吃着红豆粑粑，王志伟心里暗暗一叹，多好的小芹啊，自己怎样才能出人头地啊！

说着话，王志伟的妈妈秦敏云买菜回来了，进门看到王志伟，脸上绽放出了一朵花，说道："志伟回来了，晚上想吃点什么？"

"妈，你做啥我吃啥，只要是你做的，我都爱吃。"王志伟笑着说道。

"晚上我们包饺子吧，正好我买了白菜，这个时间也没猪肉了，家里应该还有猪油，吃起来味道也很香。你先跟弟弟去玩，一会儿就能吃了。老王，过来搭把手，你去剁馅儿，我擀皮。"家里响起了厨房协奏曲。

就在王志强缠着王志伟说着插队的事的时候，秦敏云一嗓子"开饭了"，两个人一下就到了灶台旁，一人端了一个碗，伸到了锅边，秦敏云笑道："不着急，不着急，马上就出锅了。"

就在王志伟一家人其乐融融、热热闹闹地吃着饺子的时候，张小芹家里的气氛就显得有点紧张了。张小芹从一进家门开始，就发现父母不太对劲，缺少了平时的那股热乎劲，虽然父母也问着自己在知青点的情况，但是基本上没有太深入地去问，这跟以前不太一样了，以前父母恨不得把知青点的一草一木的位置都要问清楚。

吃完饭，刷完碗，詹永萍说道："小芹啊，你坐这儿，爸爸妈妈有话要跟你说。"张小芹一听，这情况有点不妙啊，怎么这么严肃啊，于是开玩笑地说道："妈，你这在单位开会的架势一摆，我都有点发怵啊。"

"别耍贫嘴，老张，你来问她吧。"詹永萍跟张胜利说道。

"小芹啊，你最近是不是谈朋友了？"张胜利清了清嗓子问道。

"爸——你说啥话呢？"张小芹的脸一红，撒娇道，脑海里却浮现出了王志伟的模样。

"是不是——你直接回答就行了。"詹永萍不满意女儿的态度，直接发话了。

"爸，你看我妈啊，跟审犯人一样。"张小芹向爸爸求救道。

"别找你爸，你爸这次护不了你。我直说了吧，你是不是跟一个叫王志伟的人在处对象？"詹永萍开门见山地问道。

"哪有的事啊，你听谁瞎说的？"张小芹反驳道。

"你别管我听谁说的，那个王志伟因为有问题被县里叫去了。"詹永萍生气地说道。

"你们都在哪里听说的，王志伟哪有什么有问题，后来还让他进了县印刷厂，如果有问题，怎么可能让他去？"张小芹也生气地说道。

詹永萍说道："这个咱先不说。我问你，王志伟的父母是做什么的？"

"工人，怎么了？你问这干啥？"张小芹扁着嘴说道。

"你少给我扁嘴，从小就这样，一说你就装委屈。我告诉你，这次爸爸妈妈是很严肃地跟你谈，这关系到你的终身大事，决不能儿戏。老张，你说是不是？你倒是说句话啊，坐在那里干啥？"詹永萍又把气撒到了张胜利的头上。

"对，对，决不能儿戏，决不能跟王志伟处对象，他父母是工人，跟咱门不当户不对，不行不行。"张胜利赶紧说道。

"你们调查我？还去调查王志伟？你们太过分了！"说完，张小芹跑进房间，关上门，用被子蒙住头哭了起来。

詹永萍和张胜利相视一眼，同时摇了摇头，叹了口气。

詹永萍说道:"咱们是不是太心急了,有点关心则乱了。"

张胜利叹了口气说道:"咱闺女脾气倔,一会儿你进屋去看看吧。"

"要看你去看,我才不惯着她,她都是你惯出来的臭脾气。"詹永萍没好气地说道。

"你又来,说孩子的事,你又扯上我。你不去就算了。"张胜利说道。

张胜利把耳朵贴在张小芹的房门上,听着里面没啥声音,敲了敲门,说道:"小芹啊,你要不要喝水?刚烧的水。"

"不喝,你们别烦我了,我睡觉了。"张小芹在里面应道。

"好,那你睡吧,明早想吃点啥?"张胜利又问道。

"啥也不想吃,别烦我了。"张小芹说道。

"那你早点睡啊。"张胜利悻悻地回到了房间。

张胜利刚躺下,詹永萍就靠了过来,说道:"咋样,女儿说啥了?"

"你自己不会去问啊?"张胜利说道。

"是不是想睡客厅了?"詹永萍拎着了张胜利的耳朵。

"好,好,我说,女儿说让我们别烦她。"张胜利赶紧求饶道,想了一下,又说道,"你看女儿好不容易回来一趟,弄得这么不开心,明天咱们陪她去公园转转吧,慢慢开导一下。老是骂也不行啊。不早了,咱们早点睡吧……"

"你好好想想明天怎么劝女儿,我睡了。"詹永萍翻个身给了张胜利个后背。

第十四章

早上七点半，张胜利敲了敲张小芹的房门，喊了一嗓子："小芹，起来吃早饭了。"

张小芹应了一声："来了。"接着打开了房门，去卫生间洗漱打扮了一番，坐到餐桌边像没事人一样吃起了早餐。詹永萍和张胜利你看我、我看你，都被张小芹的行为弄糊涂了，这闺女心咋这么大啊，今天早上一觉醒来，把昨晚的事全忘了？

"咳咳！"詹永萍假装咳嗽两声，向张胜利使了个眼色，意思是你问问她。

张胜利看了詹永萍一眼，詹永萍看张胜利不愿意问，于是眉头一皱。

"小芹啊，你今天啥打算啊？"张胜利试探着问道。

"没啥打算啊，中午吃过饭我就回知青点。"张小芹没心没肺地说道。

"那你上午干啥？"张胜利说道，"如果没啥打算，我们全家去人民公园转转？"

"人民公园？"张小芹心里一惊，昨天跟王志伟约好的9点人民公园门口见的，难道爸妈知道了？她转念一想：应该不会的，巧合而已。既然你们昨晚那样骂我，我今天就让你们见见志伟，看你们能拿我怎么样，哼！于是说道："好啊，八九点再去吧，这会儿去还有点冷。"

难得女儿这么乖巧听话，跟昨天晚上简直判若两人，詹永萍和张胜利都很高兴。吃完饭赶紧洗刷完毕，两个人还在房间里换衣服换了半天。张小芹一看，两个人穿得很正式，就像是去参加什么重大会议一样，一下子笑了出来，说道："爸，妈，你们穿这么隆重干啥？又不是去相女婿。"说完这话，张小芹心里一动，这可不就是去相女婿吗？不由得脸一红。

"你这孩子，刚去插队两年，就开始没羞没臊了。"詹永萍笑骂道，但是

55

心里的确意识到女儿到了谈对象的年龄了，不由得想起了上周遇到的邵正易，那个小伙子好像还不错，有时间跟女儿说说。难得家里云开雾散，詹永萍也不愿意提起这个话题了。

此刻，在家里的王志伟正在做着心理斗争，"去""不去"，想着与张小芹在车站分开时说的9点人民公园约会，心里无比纠结。家里的座钟一响，王志伟抬眼一看，八点半了，一咬牙，就是普通朋友约我，我也要去，何况是关系这么好的张小芹，我只要跟她保持适度的距离，时间长了，她自然就知难而退了。想到这儿，王志伟便直接出门了。

长川市的人民公园在老城区的中心，很多市民的一天是从人民公园开始的。春末夏初的人民公园绿意盎然。人民公园的门口是金灿灿的"人民公园"四个大字，在阳光的照耀下闪闪发亮。左右两侧都有售票窗口，虽然收费一毛钱，但是也挡不住大家的脚步。正对大门的是绿油油的草坪，草坪旁边有许多的花草树木，那柳树抽出了细长的柳丝，微风一吹，柳树宛如一个小姑娘，辫子随风飘动，婀娜多姿。数也数不清的花儿，各展芳容，争奇斗艳，色彩缤纷，汇集在一起，织成了硕大无比、万紫千红的大花毯，热情地欢迎着来人民公园游玩的客人。人民公园里不仅有花草树木，还有由小湖织出的水趣图。沿湖旁边的各式凉亭、石亭、茅亭造型优美。

王志伟来到人民公园大门口的时候，见张小芹还没来，就买了两张票在门口等。人民公园里走出来了一帮老大爷老大妈，看样子应该是刚刚锻炼完出来。只听一个老大爷在神情夸张地大讲他的太极功底，他大声说道："我就是看不上听着音乐打太极的那群人，这哪里是太极拳，分明是太极操好不好？我不与他们为伍。"惹得一群人哈哈大笑。王志伟看着他们幽默风趣地聊天，从心里羡慕这种闲适的生活。

正当王志伟神游退休生活的时候，"志伟，你怎么也在这儿啊？"张小芹忽然出现在了他的身边。

"不是，你……"王志伟正要接着说，看到张小芹的眼睛使劲对他眨，便不说话了。

张小芹和王志伟并排站到了一起，转头摊开手，局促地说道："志伟，这是我爸妈。"

王志伟一愣，迟疑了一下，才反应过来，赶快说道："叔叔阿姨好，我是和小芹一个知青点的知青，这周也回长川了。"

张胜利和詹永萍的眼睛都快跳出眼眶了，昨晚还说到这个王志伟，今天就出现在眼前了，这也太意外了。看着张小芹的样子，詹永萍瞬间明白了，怪不得女儿早上跟昨晚判若两人，原来她早就约好了今天早上要跟这个王志伟见面。

想到这里，詹永萍气不打一处来，对张胜利说道："老张，你带小芹先去公园逛逛，我跟志伟聊一会儿。"

"给，我这儿有两张票。"王志伟说着，把买的两张票给了张小芹。张胜利拉着张小芹就往人民公园里面走，张小芹一步三回头地看着王志伟，一副不舍与担心的样子。

"跟我走吧。"詹永萍说着，看也不看王志伟，自顾自地顺着人民公园外围往前走。王志伟心里暗叹一声，跟上詹永萍的脚步往前走。

走了一会儿，詹永萍脚步慢了下来，回头跟王志伟说道："你在跟小芹处对象？"

王志伟迟疑了一下，说道："阿姨，说实话，没有。我们算是能谈得来的、比较好的朋友吧。"

詹永萍不想跟王志伟闲扯了，直接挑明了，说道："你不承认也没关系，你的情况我也比较了解，想追求小芹，可以，但是我有三个条件。"

"我承认我对小芹有好感，但是我们真没有谈对象。如果阿姨非要这么说的话，我倒想听听是什么条件？"王志伟有点生气了。

"第一个条件，你要上大学；第二个条件，5000块钱彩礼；第三个条件，在没有满足前两个条件之前，不能和小芹处对象。如果能够满足这三个条件，我就同意你和小芹在一起。"詹永萍说道。

"好，我答应你。本来我一直都在保持与小芹的距离，既然阿姨提出了条件，我现在倒想试一试，看看我能不能达到阿姨的要求。阿姨，你们慢慢逛，我先回去了，再见！"王志伟很硬气地说道，说完就头也不回地走了。

詹永萍看着王志伟逐渐走远的背影，心想：这前两个条件对你来说，将是不可能完成的，希望你能知难而退吧。

第十五章

"妈,你跟人家说什么了?我跟志伟真的没啥的。你这样一弄,我回知青点咋办?"张小芹看詹永萍回来了,赶紧问道。

"没跟他聊什么,就是让他认清一下现实。"詹永萍白了张小芹一眼说道。

"妈——你怎么还是这么保守啊,现在还讲什么门当户对啊!认清什么现实啊!"张小芹生气地说道。

詹永萍说道:"现在门当户对还是要的,我们这是为你考虑,两个人的成长环境不一样,思想观念和处世原则都有很大的差别。处对象是两个人的事情,谈婚论嫁就是两家人的事情了,爸爸妈妈肯定要管了。"

"我的事情不用你们管,我又不是小孩子了。"张小芹赌气地说道。

"你们知青点不是有个叫邵正易的吗?他父亲好像是公安厅的,他还是你同学,这几层关系在这里,你咋不考虑一下?"詹永萍说道。

"你说谁?邵正易!那个花花大少你也让我考虑,你是让我考虑他父亲的影响力吧?妈,你太现实了!"张小芹就像被踩了尾巴的猫一样叫了起来。

"好好好,不考虑。妈妈也是为了你好,我也没有完全把王志伟的路堵死,我说他想跟你在一起,必须要满足三个条件。"詹永萍一看张小芹有点歇斯底里了,连忙改口道。

"哪三个条件?"张小芹半信半疑地问道。

"第一个条件,王志伟要上大学;第二个条件,5000块钱彩礼;第三个条件,在没有满足前两个条件之前,他不能和你处对象。如果能够满足这三个条件,我就同意他和你在一起。"詹永萍说道。

"你这条件也太苛刻了,他怎么可能达到!这根本就是一点希望都没有嘛!"张小芹非常失望地说道。

"他答应了。"詹永萍平静地说道。

"志伟答应了？他怎么可能答应？你这是用第三个条件让他远离我！"张小芹吼道。

"好了好了，我这也是为你好。在这种压力下，说不定王志伟可以完成呢！老张，走吧，我们回家吧，别在这里吵吵嚷嚷的，丢人现眼了。"詹永萍说完扭头就走。张胜利一看这情形，拉了拉张小芹的胳膊。张小芹一摆手，说道："不要拉我，我自己会走！"说完，气鼓鼓地故意走在詹永萍前面，并大步往家走去。

……

中午吃过饭后，王志伟告别了父亲王来福、母亲秦敏云和弟弟王志强，带着母亲秦敏云给他准备的辣萝卜咸菜，就往汽车站赶去。

到了汽车站，买了下午3点10分的票，就往候车厅去了。进了候车厅，王志伟一眼就看到了张小芹。此时，张小芹的大眼睛正幽怨地盯着他，似乎有着千言万语要说一样。王志伟看着张小芹旁边的座位，刚想走过去坐，忽然想起了张小芹妈妈今天早上提的三个条件，刚迈出的脚鬼使神差地拐弯了。张小芹一看，气得嘴巴都嘟起来了，心想：真是个胆小鬼，我都不怕，你怕啥。算了，既然这样，我也不理你，看你能硬气到啥时候。

就这样，两个人就像陌生人一样在候车厅静等检票了。坐上了车，两个人买的座位隔了一排，一路无话。到了塘河汽车站，王志伟故意坐在车上不动，等张小芹下车后，他才下车。下车后，王志伟去上了趟厕所。出了厕所，走到车站出站口，环顾四周，发现没有张小芹的身影，暗暗地松了口气。

"王志伟！"忽然，王志伟的肩膀被人拍了一下，一声清脆的叫声在耳边炸响。扭头一看，居然是陈秀娟。

"你怎么在这儿？"王志伟笑着说道。

"你那小对象呢？咋没跟你在一起？"陈秀娟没有回答他的问题，调皮地问道。

"哪来的小对象，别瞎说。你怎么在这儿啊？你不是在售票窗口吗？"王志伟不想谈张小芹的事情，又把话题转移了。

"我们汽车站岗位是轮换的,我这两周在出站口上班,这里比较轻松一些。在窗口有时比较累,特别是每天都会碰到几个胡搅蛮缠的客人,所以大家都不愿意坐窗口。"陈秀娟可能是在出站口上了一天班,好不容易看到个熟人,于是莫名地高兴。

"原来是这样啊,我一直以为坐窗口很舒服,风吹不着雨淋不着,多好。"王志伟说道。

陈秀娟笑靥如花,眼睛里满含着笑意,看着王志伟问道:"晚上干啥?你救了我两次,我请你吃个饭?救命之恩无以为报,赏个脸吧?"

王志伟看着眼前清新可人的陈秀娟,不由自主地点了点头。陈秀娟一看,更加高兴了,伸手又拍了拍王志伟的肩膀,说道:"你等我一小会儿,我还有20分钟下班。"

"去哪里吃?我知道一家米粉摊,还是不错的。"王志伟说道。

"新开的?那我们就去那里吃吧。"陈秀娟笑着说道。

"你不知道,你前几天被几个地痞纠缠完,我跟你分开后,我路过了那个米粉摊,又遇到了那帮地痞,后面还发生了很多事。"王志伟说道。

"快跟我讲讲,后面发生了什么事?他们有没有为难你?"陈秀娟关心地问道。

"那个米粉摊的老板娘挺漂亮,这帮人想吃霸王餐,把老板娘都气哭了。后来我看老板娘挺可怜,我就帮她说话,后来想了想,我有空的话也可以去帮她摆摊。"王志伟挑重点说道。

"老板娘很漂亮?你是不是看老板娘漂亮,又想着英雄救美了?说,有没有我漂亮?"说完,陈秀娟自己脸一红,心说:自己一个女孩子,怎么能这样问人家?

王志伟毫不在意,其实他自己都没感觉到,他跟陈秀娟在一起聊天,完全是没有压力的,像本来就很熟悉一样。他说道:"哪来的英雄救美啊,我主要是看不惯他们这样欺负一个女人。"

"你还没说呢,快说,老板娘有没有我漂亮?"说着话,陈秀娟拉住了王志伟的胳膊。

"王志伟挠了挠头，说道："一会儿咱去她那儿，你就能见到了，我也说不好你们谁漂亮。"

"看你那傻样，说句好听的话哄我开心都不会，怪不得你找不到对象。"陈秀娟故作生气地说道，说完松开了王志伟的胳膊。

"我不是这个意思，说实话，老板娘很漂亮，你也很漂亮，但是你们不是一种类型的，我很难比较。"王志伟有些无奈地说道。

"算了，别解释了，一会儿我自己看，哼！"陈秀娟佯怒道。

"嘿嘿……"王志伟讪笑着。

就这样，王志伟和陈秀娟在出站口附近有说有笑地聊着，好似多年未见的老朋友，谁看到了也不会认为他们是才见过两次面的人。两个人谈笑风生的一幕，被坐在车里，转车去龙门公社的张小芹看个正着。张小芹越看越气，泪水在眼眶里打转，正想下车去骂王志伟几句的时候，车开了，她只能瞪着王志伟，如果眼神能杀人的话，估计王志伟已经千疮百孔了。此时的王志伟和陈秀娟却毫不知情，依然谈笑风生。

时间过得很快，不知不觉间，陈秀娟就到了下班时间。她对王志伟说道："你先等我一下，我换身衣服，马上就好。"王志伟点头说"好"。虽然那个年代化妆还不是很普及，但是陈秀娟的"换身衣服"似乎时间有点长了，按王志伟的估计，把制服换成便服顶多5分钟就好了，结果陈秀娟换了大概20分钟才出来。王志伟猛一看，陈秀娟似乎没有什么变化，无非就是制服换掉了，定睛一看，还是有很多细微的变化，头发明显是重新梳过的，一丝乱发都看不到了，脚上的那双黑色皮鞋似乎也重新上了油，相比之前更加亮了。

"等着急了吧，走吧，今天我请你，昨天刚发了工资。"陈秀娟蹦蹦跳跳地走到了王志伟的身边。

"没等多久啊，换掉制服就是另外一种美啊。"王志伟欣赏地说道。陈秀娟头上虽然简单地扎了个马尾，但是配上闪亮的大眼睛和细长的脖子，煞是好看。

"就会贫嘴，走吧，刚才同事都在下班，门口都是人。我就稍微磨蹭了一会儿。"陈秀娟不好意思地说道。

"秀娟啊，这是你对象？"一个声音传了过来。

"啊，主任，不是不是，这是我……我表哥。"陈秀娟赶忙解释。

"哈哈……表哥啊，没事，你们聊着，我先回去了啊。"主任露出了一副什么都知道的样子。

陈秀娟脸红得跟苹果一样，斜了王志伟一眼，小声说道："都怪你，快走快走。"

"怎么跟表哥讲话呢？哈哈……"王志伟笑了起来。

两个人说说笑笑地往汽车站外面走去。

第十六章

"志伟来了,这是你对象?长得可真漂亮啊!"老板娘陈红霞看到王志伟过来了,笑着打招呼。

"霞姐,她不是我对象,是朋友。"王志伟连忙解释道。

"我懂,我懂,女朋友吧?"陈红霞说着还给王志伟挤了下眼睛,一副"放心,姐帮你搞定"的表情。

"霞姐,别别别,一会儿你把秀娟吓跑了。"王志伟连连摆手。

"秀娟是吧,来。最近志伟有空时候会来帮我,我轻松多了。你们先坐着,我给你们弄米粉吃。"陈红霞说道。

王志伟看着锅里的热气被风吹得来回飘,有时热气熏到陈红霞的脸上,她还会往后躲一躲,毕竟被这热气熏着也不好受。于是王志伟说道:"霞姐,明天我给你弄点塑料布,支在这里,挡一挡风,这天要是起点风还有点凉啊。"

"你不知道,我前些天支过,可是前一天刚支好,第二天来就没了,我就不想再支了,不用折腾了,这个角落里客人吹不到什么风,摊位稍微能吹到一些,问题不大。"陈红霞说道,其实是她不想麻烦王志伟。

"不麻烦。秀娟,你先坐会儿,刚才路过供销社的时候,我看还没关门,我过去看下有没有塑料布。"王志伟说着就站起来走了。陈红霞看王志伟走了,也不忙着做米粉了,就放下手头的活儿,走过来跟陈秀娟坐在一起聊天。

"秀娟妹子,志伟是个好人,你要珍惜啊。"陈红霞以一种过来人的口气跟陈秀娟说道。

陈秀娟脸一红,说道:"霞姐,你说啥呢,我跟他没什么呀。我今天本来想请志伟吃饭,因为前些天一帮地痞纠缠我,他帮我解了围。"

"英雄救美啊,这在古代,一般都是以身相许的桥段啊。"陈红霞笑道。

"别说这个了，志伟还不一定看得上我呢，人家是省城来插队的，不一定啥时候就回省城了。我们这小县城怎么可能留得住他！"陈秀娟说道。

陈红霞一听就明白了，这两个人顶多是有点好感，离谈对象还差点火候，看来需要我给他们加把火啊。于是说道："知青回城也不一定啥时候，七八年的老知青多得是，在当地娶妻生子的也不在少数啊。"

"霞姐……你怎么越说越离谱了！"陈秀娟被陈红霞说得脸颊飞红，甚至连耳根子都红了。

"好了，好了，我不说你了。不过，你要是喜欢就要行动，毕竟优秀的男孩子很抢手啊。"陈红霞继续引导道。

正在两个人聊得开心的时候，有人喊了一嗓子："老板娘，来生意了！来5碗米粉，动作麻利点啊！哥儿几个肚子饿了。"

陈红霞抬头一看，心下一紧，怎么又是这几个地痞来了。她没有别的办法，只好硬着头皮站了起来，说道："先稍坐一下，马上就好。"

几个人晃晃悠悠就凑到了陈秀娟的桌边，明明旁边还有空桌，几个人偏偏一屁股坐到了陈秀娟这桌。一个嘴里嚼着一个狗尾草的男人跟光头哥说道："光头哥，这不是那天我们遇到过的那个吗？"

光头哥一看，于是说道："真是你啊，上次可是很没礼貌啊，问下你名字都不愿意说，搞得我们跟个坏人一样。"

陈秀娟不想理他们，赶紧站了起来，快步走到了陈红霞的身后。

"老板娘，这是你什么人啊？问个名字都跑掉，这也太小家子气了吧？"光头哥玩味地说道。

"这是我弟的对象，脸皮薄，你们就别吓着她了。米粉快好了，马上就好。"陈红霞赶紧转移话题。

"米粉不要了，别煮了。"光头哥说道，"今天我还不信问个名字，都问不到。"

陈红霞不想得罪他们，于是说道："这米粉都下锅煮好了，你们要是不要的话，煮过了就不能放了啊。我给你们打个折，一毛钱一碗，咋样？"

"哪来那么多废话，光头哥说不要了，听不懂啊？"光头哥身边的一个男人说道。

陈红霞看了身后的陈秀娟一眼,回头对光头哥这几个人说道:"我这米粉免费送你们吃吧,你们别为难我们了。好不好?"

"不吃,你这米粉难吃死了。乖乖地过来,别逼我们动粗啊。"光头哥威胁道。

王志伟去供销社买塑料布没有买到,于是他就回来了。远远地看着一群人围着陈红霞的摊位,心里还暗暗替陈红霞高兴,生意不错啊,这么多客人。随着逐渐走近,王志伟发现不对劲,就连忙跑了过去。跑到摊位旁,一看又是光头哥那几个地痞,心想:这还真是阴魂不散啊。

看到情形不对,王志伟说道:"光头哥,今天要吃米粉吗?先坐,马上就好。"

光头哥这帮人看着王志伟。一个男人骂道:"你是哪根葱啊?怎么哪里都有你!哪凉快待哪里去。"

王志伟真的有点生气了,自己已经够客气了,本来不想引起不愉快,主要是怕影响陈红霞的生意。看来今天不能善了了。心一横,大不了跟他们硬到底,帮霞姐把这帮人的问题解决一下。陈红霞走到了王志伟的旁边,把王志伟往远处推着,把陈秀娟护在身后,说道:"不关你们的事,你们走吧,别在这里影响我做生意。"

光头哥朝两个"小弟"使了个眼色,两个男人迅速绕到了三个人的后面,其中一个人对着陈红霞说道:"老板娘,光头哥的话还没说完,走什么!"

王志伟彻底怒了,回头走到光头哥身前,对着光头哥吼道:"你们到底想干什么?为什么为难女人,还是不是男人?"

光头哥身边的一个"小弟"上来就是一脚,直接踹在了王志伟的腰间。这一脚力度很大,王志伟根本没有防备,他直接向后倒去,撞到了桌子上,桌子也被他砸倒了。陈红霞和陈秀娟吓得尖叫起来。

王志伟挣扎着站了起来,揉了揉腰部,眼睛红红地盯着刚才踹他的那个男人,咬牙说道:"你们不要逼我。"

一个男人不动声色地走到了王志伟的背后,又是一脚踹了过去,王志伟刚刚站直的身体又一下子冲向了光头哥。最先踹王志伟的那个男人喊了一嗓子:

"兄弟们，揍他。"除了光头哥以外，其他四个男人都围了过来。一阵乱脚过后，王志伟衣服的颜色已经全部变了。在他们围殴王志伟的时候，谁也没有注意，陈秀娟扭头跑开了。

"别打了，别打了，我这摊不开了，求求你们了，你们走吧……"陈红霞扑到王志伟身边，跪在地上哭道。

刚才的一阵乱脚，王志伟被踹得蒙了，被陈红霞护住之后，他逐渐清醒过来，睁开眼睛，颤颤巍巍地站了起来。这时，陈红霞在旁边拉住了他。陈红霞劝道："志伟，算了，姐这摊不开了，让这帮人没处闹去。"

"霞姐，你别劝我，这帮人，今天不打死我，就都别走！"王志伟咬牙切齿地吼道，"来啊，来啊！"他拍着胸膛，一帮地痞都不敢靠近，光头哥也不淡定了，站了起来。作为一个过来人，他深知"横的怕愣的，愣的怕不要命的"。他看得出来王志伟这个时候是要拼命的，那血红的眼睛不是装的。

第十七章

"麻烦你们快点啊,再慢就要出人命了!"陈秀娟焦急地催着两个警察。原来陈秀娟看到形势不对,立马去公安局去报警,一路小跑地催着两个警察往王志伟那边赶。老远就看到摊位附近已经围了不少人。看到在对峙,大家都在静观其变。

"住手!"两个警察离人群还有二三十米的时候,就开始大喊起来。来到王志伟和光头哥那帮人身边,两个警察一看是光头哥那帮人,再看王志伟的身上,心里已经明白了个七七八八,于是说道:"怎么回事?"

还没等王志伟说话,光头哥抢先说道:"警察同志,没啥事,就是发生了口角,发生了一点小冲突,没啥大事啊。"

其中一个警察看了看围观的人群,挥了挥手说道:"大家都散了吧。"然后又对王志伟和光头哥一帮人说道:"你们几个跟我们到局里一趟吧。走吧。"于是王志伟跟跟跄跄地跟着光头哥一帮人往公安局走去,陈秀娟赶紧走过去搀着王志伟的胳膊一起走,还回头跟陈红霞说道"霞姐,你放心吧,我陪志伟过去,你先安心看摊,一会儿没事了,我们再来吃米粉。"陈红霞看着跟着警察走的一帮人,又看了看摊位,虽然心里很着急,但是摊位不能扔在这儿。叹了口气,回头收拾起了桌子和凳子。

公安局离陈红霞的摊位并不远,不大一会儿,一帮人就跟着警察进了公安局。

审讯室里,两个警察看着王志伟,心里不约而同地想着,这个人惹谁不好,怎么去惹光头哥这帮人。这个光头哥很难处理,他自己一般都不动手,打架斗殴是常事,三天两头就来公安局,每次都定不了他的罪,因为他基本上不亲自动手。

其中一个警察说道:"姓名?"

"王志伟。"王志伟答道。

这个警察又问道:"性别?"

王志伟一愣,但还是说道:"男。"

"家庭住址?"这个警察又问道。

"目前住印刷厂宿舍。"王志伟答道。

"请你描述一下事情的经过。"这个警察又说道。

王志伟思考了一下说道:"今天的事情经过是这样的,那几个人来到摊位说要买5碗米粉,结果老板娘把米粉煮了,他们又不要了。我跟他们说不要为难女人,他们二话不说就开始围殴我。前些天,这帮人还纠缠过我的那个朋友,就是刚才送我过来的那个女孩子。"

顿了一下,王志伟说道:"这帮人前些天也来过这个摊位,那次他们想吃霸王餐,还是我印刷厂的一个同事帮他们付的钱。我那个同事叫温浩然,好像跟他们关系不错。"

"温浩然?"两个警察对视一眼,心想:这不是局长的公子吗?其中一个对王志伟说道:"你继续讲,先把今天的讲清楚,以前的没有什么事,就不用说了。"

王志伟思索了一下说道:"今天的差不多说清楚了,就是我说了句公道话,结果就被他们围殴了一顿。"

其中一个警察说道:"没有别的话,你就在这个笔录上签个字吧。"负责做笔录的那个警察把记着刚才谈话内容的笔录纸拿过来给王志伟签字。

王志伟握住笔的手有些发抖,刚才被围殴时候,他下意识地用手臂护住了头部,手臂上没少挨踢,导致握笔有点吃力了。王志伟颤颤巍巍地写下了自己的名字。

刚才说话的那个警察说道:"你先出去等一会儿,我们要再问一下那帮人。"

王志伟说道:"好。"站起来时,没站稳,又一屁股坐到了椅子上。然后他扶着椅子扶手,慢慢地站了起来,慢慢地踱了出去。走出去的时候,正好看

69

到光头哥那帮人正戏谑地看着他，他也毫不示弱地看了过去。这时，一个警察走了过来，说道："你，那个光头的，过来一下。"

审讯室里，光头哥歪歪扭扭地斜靠着椅背，说道："警察同志啊，那小子的医药费我们来出，咱省事点，也别审了，我的资料不是都有嘛。"

其中一个警察权当没听见光头哥的话，说道："姓名？"

光头哥一阵无语，无奈地说道："涂顺德。"

那个警察继续问道："性别？"

"纯爷儿们。"光头哥玩味地说道。

"严肃点！"那个警察训斥道，"家庭住址？"

"滨河西路320号。"光头哥没好气地说道。

那个警察继续说道："说一下事情经过吧。"

光头哥说道："事情经过就是那个小子说话比较难听，你知道的，我们这帮兄弟脾气不好，就发生了一点小摩擦，回头我让他们好好道个歉。我跟你们局长的公子很熟的。"

负责审问的那个警察猛地一拍桌子，大声说道："说事情经过，别扯别的！"

"事情经过很简单，就是我和几个兄弟去吃米粉，那个人说那几个兄弟不是男人，那几个兄弟就气不过，就和那个人起了点小冲突。"光头哥又说了一遍。

"你还有没有要说的？那个人被你们打了，现在还需要验伤，看伤情追究责任。"负责审问的那个警察说道，"再叫一个进来。"

接下来的审讯很快，大家说得都差不多。警察很快就做完笔录了。两个警察刚走出来，就看到了温浩然。其中年长一点的那个警察对温浩然说道："小温，你来了。"

温浩然装作不经意间路过的样子，说道："郑叔好，我也是刚到，我爸的一个东西落在办公室了，这不，让我给他跑个腿，拿一下。这几个人咋了？"

"打架斗殴，小事情，一会儿看下能不能让他们协商解决，我们就不立案了。"年长的警察说道。

"郑叔，来借一步说话。"温浩然拉着年长的警察走到了一边，小声说道，

"这两拨人我都认识，那个王志伟是印刷厂的，你到时候能不能把这个事情通报印刷厂，就说是打架斗殴。一会儿我去帮你们说一下，让他们协商解决。这天也不早了，你们也可以早点回去，改天我请你们吃饭。"

年长的警察疑惑地看着温浩然，说道："我都没听明白，你这是在帮谁？"

"你就别问为啥了，你就照我说的做就行了，我晚上回去跟我爸讲一下这个事。拜托拜托。"

"那行吧，你抓紧时间，我们还没吃饭。本来要下班了，被这个事拖住了。"年长的警察勉为其难地答应了，是因为没吃饭，还是因为温浩然的父亲是局长，也只有他自己知道了。

温浩然走到光头哥那帮人和王志伟旁边，把光头哥和王志伟拉到一边，说道："今天出这个事，我没想到，大家都认识，你们都卖我个面子，咱们协商解决一下，我提个方案，你们看成不成吧。"

光头哥和王志伟都不想把事情闹得太大，都点了点头。

"志伟明天去医院检查一下，医药费光头哥来出，改天我带你们去塘河饭店摆一桌，大家握手言和吧，都是年轻人，血气方刚的，冲动一点也很正常。"温浩然明显偏向着光头哥说道。

光头哥连忙说道："我没意见。"

王志伟犹豫了一会儿，说道："我都是一些皮肉伤，医院我自己去看就行了，如果没大碍我就不找你们了，我就一个条件，能不能管好你手下这帮兄弟，别去找那个米粉摊的麻烦了，人家一个女人很不容易。"

温浩然看了看光头哥，光头哥连忙说道："这个没问题，医院还是要去看的。米粉摊我们不去了，放心吧。"

"志伟，光头哥，握个手吧。"温浩然拍了拍两人的肩膀说道。

看着王志伟和光头哥象征性地握了握手，温浩然说道："走吧，一起跟警察说一下，我们协商解决就行了。警察也没吃饭，就让他们先下班吧。"

温浩然、王志伟和光头哥一起走到了两个警察这里。年长的警察问道："怎么样？协商得咋样了？"

"协商好了，不报案了。"温浩然说道，"你们也没吃饭，回头请你们吃饭啊，塘河饭店的菜还是不错的。"

年长的警察说道："那行，协商好就好，那就都回去吧，年轻人以后脾气控制一下，别动不动就打打杀杀的。"

大家都相继往外走去。到了公安局门口，王志伟对光头哥那帮人说道："光头哥，记得刚才说的话啊。"

出了公安局的大门，光头哥好像就换了一张脸，刚才还满脸堆笑，什么都"好好好、是是是"的，现在脸上一丝笑容都没有了，光头哥说道："我光头哥一口唾沫就是一个钉，我们没那闲工夫去找她们麻烦了，你赶紧滚吧。今天真是扫兴。走吧，哥几个找个地方玩去。"

"走吧，志伟，我们先去霞姐那儿，估计她还在担心我们。"陈秀娟拉拉王志伟的胳膊。

王志伟看着光头哥一帮人远去的背影，叹了口气，说道："我们走吧，希望他们能够说话算话。"

王志伟和陈秀娟到了陈红霞的摊位前，看到陈红霞在收拾东西。王志伟说道："霞姐，你怎么要收摊了？"

陈红霞抬头一看，看是王志伟和陈秀娟回来了，连忙说道："你们回来了，警察没有为难你们吧？咋说的？"

"霞姐，先别问了，我们两个还没吃饭呢，先来两碗米粉。"王志伟说道。

"我看你们还没回来，我就想着先收摊，也过去看看你们，你们回来就好，你们先坐一下啊。"陈红霞麻利地摆好桌子和凳子，把煤炉的封火盖打开，就开始忙活起来。

很快，两碗热气腾腾的米粉就端到了王志伟和陈秀娟的面前。两个人是真饿了，三下五除二地就吃完了。陈秀娟本来吃饭很慢的，今天吃得也没比王志伟慢多少，两个人的碗里吃得干干净净。王志伟抹了下嘴，说道："霞姐，我觉得你的米粉好吃就好吃在汤上，味道真的很醇厚。"

陈红霞笑着说道："这汤是独家秘方。不说这个，警察怎么说？"

陈秀娟抢先说道:"志伟跟他们协商解决了,不准备立案了。"

"那怎么行,不能让这帮人白打啊,志伟你有没有感觉哪里不舒服?"陈红霞担忧地说道。

"我感觉还好,几个人踹我的时候也没下死手,应该是想给我点教训,我保护住了头部,脸上没事,骨头应该没事,放心吧。"王志伟说道。

"志伟跟他们协商,那帮人不能再来找霞姐麻烦就是条件之一。"陈秀娟说道。

"志伟,我不怕他们来,大不了不干这个了。"陈红霞硬撑着说道。

"霞姐,他们也答应不再来找麻烦了,希望他们说话算话吧。"

三个人就又说了会儿话,王志伟就送陈秀娟回家了。

第十八章

早上，虽然身上还有点痛，但是王志伟和往常一样，一大早就到了印刷厂，开始收拾起了卫生。刚收拾完，大家便陆陆续续地来上班了。由于是周一，大家都没有进入工作状态，很多人有一搭没一搭地谈笑着。

"志伟，厂长让你到他办公室一下。"一个同事走过来跟正在忙碌的王志伟说道。

"好的，谢谢啊。"王志伟称谢，然后停了印刷机，便往厂长办公室走去。王志伟轻轻敲了敲门，只听里面说了声"请进"。

王志伟推门进去，对着邵进军笑了笑，说道："厂长，您找我？"

"志伟啊，你来到印刷厂以后一直表现很好，大家对你的评价都很高。"邵进军停了一下，话锋一转接着说道："本来我这两天准备把你调整到校对那一块，可是你怎么不珍惜这来之不易的成绩呢？昨天怎么去跟地痞流氓打架斗殴呀？刚才我接到了电话，让厂里研究对你的处理意见。你说，厂里该怎么办？"

"昨天的事情不能怪我啊，那几个地痞调戏女人，被我制止，然后几个人就围殴我，我都没有还手啊，我才是受害者啊。"王志伟辩解道。

"现在说啥都晚了，县里打电话过来说是接到公安局的通报了。志伟呀，你到时候是要回省城工作的，你看，咱这印刷厂工作也很一般，要不……"邵进军欲言又止。

"厂长，没事，我明白你的意思，我大不了回龙门公社继续插队吧？"王志伟说道。

邵进军讪讪地说道："目前，这种处理方法比较合适。我会去县里帮你说说，尽量不要把这情况反馈到公社，不能影响到你返回省城上班。你看这样行不行？"

王志伟原以为昨天协商解决好了这件事就没有什么事了，没想到还会影响到自己，本来到印刷厂工作就在意料之外，现在回到龙门公社，似乎并没有什么可惜的。想到这里，王志伟便对邵进军说道："感谢厂长这段时间对我的照顾，我也没想到会出这件事，不过昨天我站出来并不后悔。我什么时候回龙门公社？"

"我一会儿去一趟县里，跟他们商量一下你的事情，看看有没有转机。你等我消息。"说完，邵进军就拿着自行车钥匙就出门了。

王志伟坐在邵进军的办公室里，思索了一下现在的境遇，大不了回龙门公社，其实跟知青在一起挺好，在印刷厂工作自己始终感觉像是一个局外人。大家都是一下班就回家，老婆孩子热炕头的，自己上班的时候还好，一下班就只能在县城里游荡。脑海里不由自主地浮现出了张小芹的容颜，可是想到张小芹妈妈提出来的三个条件，不由得心里一叹。

过了一小会儿，王志伟心神不宁地离开了邵进军的办公室，走到了印刷机旁边，他没有注意到的是远处温浩然嘴角那一抹得意的冷笑。

上午临近下班的时候，邵进军急匆匆地赶回了印刷厂。他看到王志伟在看他，就向王志伟招了招手。王志伟赶紧走了过去，跟着邵进军到了厂长办公室。两个人坐下来，邵进军喝了半茶缸水，吐了口气说道："志伟呀，我虽然是个厂长，但是人微言轻啊。我不知道你得罪谁了，县里的人其实也有帮你说话的，但是领导不松口，目前县里也觉得应该让你回龙门公社。等过一段时间找个机会再把你弄过来，你看如果方便的话，下午就可以回龙门公社了。你有没有啥需要的说一下，厂里能给你解决的一定帮你解决。"

王志伟如释重负地说道："这个结果早有预料啊。我没有啥需要的，厂里的书我能不能挑几本拿走，龙门公社那边的书还是比较少的。"

"没问题，你尽管去拿一些，厂里别的没有，书还是有不少的。"邵进军还真怕王志伟提出一些过分的要求，一听是想带走一些书，连忙答应下来。

"那就谢过邵厂长了，我这事就不在厂里宣布了，我自己安安静静地走就行了，你到时找个机会跟大伙儿说下。"王志伟说道。

"行，虽然错不在你，但这毕竟不是什么光彩事。放心吧，我会控制一下知情范围的，我就说你调到别的单位了。你先去吧。"邵进军说道。

王志伟出了邵进军的办公室，走到刘师傅的旁边，说道："刘师傅，我今天就要离开印刷厂了，下午回龙门公社，谢谢你这段时间对我的指导，我本来想多跟着您学习一段时间，但是……"王志伟欲言又止。

"咋回事？刚来时候我就怕你学会了就走掉，你果然也是跟原来那几个一样啊。"刘师傅满脸写着疑问。

王志伟说道："具体不太好说，我先回公社干着，有机会再来跟您请教。"

"说实话，我挺看好你的，你干工作是一把好手啊。"刘师傅说道。

王志伟和刘师傅说话的时候，温浩然走了过来，拍了拍王志伟的肩膀，顿了一下，说道："志伟，保重。"

王志伟一愣，温浩然怎么会知道的，这消息还没传出来。转念一想，再想到温浩然跟公安局的关系，他忽然似乎全明白了，扭头看了温浩然一眼，不咸不淡地说道："谢谢。"

温浩然看出来了王志伟的刻意疏远，也知道早晚王志伟能看出来是他搞的事，但是王志伟在这里，很可能成为自己的拦路虎，没办法，只能对不住了。

吃过午饭，王志伟没有跟印刷厂的其他人说，打起背包就往陈红霞的米粉摊那里赶去，到了地方，却发现陈红霞的摊位不在，应该是还没出摊。王志伟也不知道陈红霞家在哪里，只好往车站走去，等有机会再来说一下。到了汽车站，窗口售票的并不是陈秀娟，买完票，王志伟问里面的女售票员："同志，你好，请问陈秀娟今天不在吗？"

"秀娟啊，她今天休息。你找她有事？"里面那个女售票员头也不抬地说道。

"谢谢你啊。"王志伟心里有点失落，慢慢地走向了候车厅。在这一刻，似乎整个世界就剩他一个人了，想告个别也没找到人。他心说：罢了，本来自己就想安静地走开，正好。有机会再跟她们告别吧。也不知道知青点这帮人有没有想我，感觉来到塘河县以后，陆陆续续发生了太多的事情，回去可以跟大家好好聊聊，这也是不错的谈资啊。

等了一小会儿，发往龙门公社的车来了。王志伟回头又看了一下售票口，依然是那个面无表情的女售票员，陈秀娟的身影并没有出现。王志伟把背包往后一甩，用手紧紧地握了一下带子，头也不回地进了站。这一刻，似乎在宣告，告别了一种生活，即将开启另外一种生活。

就在王志伟坐上回龙门公社班车的时候，温浩然的家里气氛很紧张。温浩然本来很高兴地回家跟父母说王志伟走了，阻挡他成功转正的拦路虎不见了。没想到刚说完，温建国就大声骂道："你还有脸说？我跟你交代过，不要跟社会上的小流氓搅在一起，你跟他们不是一类人知道吗？你这次又帮他们开脱，公安局的人背地里会怎么说我？你有没有想过这个问题？"

温建国一连串地质问，把温浩然直接怼糊涂了。虽然自己有些时候确实看不惯光头哥那帮人的做派，但还是很享受那种被人"前呼后拥"的感觉，因为只有那个时候才会有被尊重的感觉。

温浩然诺诺地说道："我已经很少跟他们在一起玩了，这次不是他们犯事了嘛，人家找到我，我不是得帮帮他们嘛。"

"帮什么帮？你一个印刷厂的职工，帮什么？以后不要打着我的旗号，我的脸都被你丢光了。"温建国更加生气了。温浩然也意识到这件事情确实做得有点不对，虽然被父亲一顿猛骂，但是他心里并不后悔，起码王志伟被自己弄走了，接下来就没有人能挡着自己转正的路了。

"老温，你就别骂儿子了，儿子也知道错了，这件事情就别说了。好好商量一下儿子工作的事情，印刷厂也不是长久之计，我觉得儿子能往上走一走更好啊。"吴红莲在一旁帮儿子说话，试图转移话题。

"怎么帮他，读书时候不好好读，自己没本事，就是烂泥扶不上墙。"正在气头上的温建国大声说道。

吴红莲一看儿子又挨骂，就反驳道："你怎么这样说儿子，咱儿子咋就是烂泥了，不就是学习成绩不好嘛，你帮一帮自己儿子怎么了？"

"你们别吵了，烦死了，不就一个破工作吗，我本来就不想去，是你们逼我去的。现在又开始说这个。"温浩然看父母为了自己的工作吵起来了，脑袋一热就脱口而出。

"混账东西，别人想进印刷厂有多难，我是豁着老脸上的，好不容易帮你争取到的机会，你还跟我这样说！你要是有本事自己去搞啊。"温建国又对吴红莲说，"慈母多败儿，他都是被你惯坏的。你儿子你来管吧，我不管了。"说完，气呼呼地背着手出了家门。

家里突然安静了，吴红莲看着温浩然，叹了口气，说道："儿子，你别怪你爸，他也是恨铁不成钢啊，咱以后争点气，你爸那儿的工作我来做，放心吧，不过你以后真的不要跟那帮小流氓来往了，你爸会被人戳脊梁骨的。"

温浩然沉默不语，想着父母的话语，思考着自己的道路该怎么走。

第十九章

　　下了车，王志伟走在龙门公社的大街上，忽然感觉呼吸的空气都不一样，也许这里更适合自己吧。看到车站旁边的红豆粑粑摊位，想到张小芹很爱吃，于是就走过去买了两份，想了想又多买了几份，给知青点的知青们带一些。然后又到旁边的摊位上买了点花生瓜子什么的。

　　买完东西以后，王志伟就顺着南寨墙往东寨墙走。下了东寨墙，再走二里地就能到知青点，天气好的时候，站在东寨墙上就能清晰地看到知青点。从知青点再往前走，就是连绵的天雾山了。

　　王志伟站在东寨墙上，看着远处的天雾山，不禁被天雾山的美所折服。从远处看天雾山别有一番风味。只见天雾山的山顶上白雾缭绕，像极了一顶雪白的绒帽。再往下看，所有的云雾都不见了，绿色的树木覆盖下的天雾山变成了黛青色，犹如一袭拖地长裙，是那样端庄秀丽。

　　驻足了一会儿，王志伟便往前走。几个孩子正在玩枪战的游戏。

　　在这些孩子装弹药的空隙，王志伟渐渐走远了。不一会儿，王志伟就走到了知青点。知青点的院墙很矮，基本上里面的情况一览无余。王志伟发现知青点没有人，于是走了进去。

　　推开男知青房间的门，适应了一下里面的昏暗，发现三个人围在窗户边的床上在打牌。这三个人也在盯着背着背包走进来的王志伟。

　　其中一个不是别人，正是邵正易，只听他阴阳怪气地说道："这不是志伟吗？回来看望我们这帮难兄难弟了？"

　　王志伟默不作声地走到了自己原来的铺位那里，放下背包，坐了下来，回头跟几个人说道："我回来继续深造了。"

　　邵正易说道："志伟，来来，玩一会儿'跑得快'。"说着向旁边的王文

79

轩眨了下眼。

王志伟看了一下，说道："我不玩了，你们玩吧。"

王文轩下床把王志伟拉过来，说道："你先替我顶两把，我去上个茅房。"说完不等王志伟反应过来，就走出门了。

"来，洗牌洗牌。我们稍微加点彩头，一把牌一毛钱。"邵正易看王志伟坐下了，立马开始招呼起来。

跟邵正易玩牌的另一个知青叫齐顺昌，是一个老知青，一看邵正易这架势，马上就会意了。就这样，邵正易和齐顺昌当抽牌玩家时候几乎是必赢的，当被抽牌玩家时，就看王志伟的运气了。总体下来，邵正易和齐顺昌大部分都是赢的，不一会儿王志伟就输了快五块钱了。

"不玩了，不玩了，我玩这个真不行。"王志伟站起来不准备玩了。

邵正易赢得正起劲，哪肯让王志伟走，连忙说道："再玩会儿吧，他们收工回来还得一会儿。"

正说着，王文轩走了进来。王志伟一看，连忙站起来把王文轩拉了过来，说道："你来你来，我玩不来。"说完立马往外走去。

王志伟走出了知青点，往远处看去。远远地就看到几个人影，正往知青点走来。随着那几个人的走近，王志伟认出来了是知青点的几个女知青，她们是回来做饭的。在知青点，刚开始是男知青、女知青轮着做饭，后来发现男知青做饭实在是难吃，于是就变成了女知青做饭、男知青帮忙的局面。这几个女知青就是提前收工回来做饭的。

走在几个人最后面的就是张小芹，她走到知青点，忽然感觉到大门口有一道目光在盯着她。抬头一看，只见王志伟正直勾勾地盯着她看。张小芹一看是王志伟，想起了在塘河汽车站看到的那一幕，气不打一处来。她用眼睛狠狠地剜了王志伟一眼，"哼"了一声，也不理王志伟，直接走了进去。

王志伟本来以为张小芹看到自己会很惊喜，结果换来了个大大的"卫生眼"。他有点丈二和尚摸不着头脑，心想："这是咋回事？我好像没有干啥坏事啊，她怎么这个样子？"

张小芹扭头往里走的时候，心里已经有点后悔了。其实她也很纳闷，王志伟怎么突然回来了。这时，王志伟在后面说道："小芹，你等我一下。"

王志伟跑进屋里，把那几个红豆粑粑拿了出来，递给了张小芹，说道："我从印刷厂回来了，不回去了。给，你爱吃的红豆粑粑。这几份，你拿过去跟她们分了吃吧。"

张小芹一愣，不由自主地接过了红豆粑粑，在这一刻，对王志伟的不满烟消云散了，留下的只有关心，说道："为啥从印刷厂回来了，你不准备上大学了？那三个条件你不准备完成了？"

"唉，一言难尽。有机会再说吧。"王志伟摆了摆手，并不想谈从印刷厂回来的事情。

"小芹，快来啦，今天你掌勺。"一个女知青喊道。

张小芹看了王志伟一眼，不舍地说道："那我先过去忙了，有空再说啊，谢谢你的红豆粑粑啦！"说完就往女知青那个屋走去。

王志伟看着张小芹的背影笑了笑，扭头看着远方的天雾山，忽然感到张小芹的妈妈提出来的三个条件，就像这座天雾山，横亘在自己的面前。

第二十章

　　傍晚时分，知青们三五成群地回来了，看到王志伟回来了，免不了一阵热闹。在大家不懈地追问下，王志伟说了自己因为看不惯小混混的流氓行径挺身而出，后来被印刷厂辞退的事情，引起了大家一阵又一阵的唏嘘。说话间，王志伟把从龙门公社买的瓜子花生拿了出来，大家一人一把，三下五除二地就给分完了。看着大家跟王志伟乐成一团的样子，邵正易赢钱的快感也没有了。其实知青点的知青大多数还是普通人家的，像张小芹、邵正易这样的基本上没几个，这也造成了大部分人跟邵正易玩不到一起，反而和王志伟更能够谈得来。

　　"开饭了！"屋外一个女知青喊了一嗓子。男知青屋里的人瞬间就消失了，全都奔向了厨房。干了一下午的农活儿，肚子都饿了。

　　"今天的饭很香啊，是哪位大厨炒的菜啊？"邵正易进门就开始嚷嚷了起来。

　　一个跟张小芹关系比较好的，叫王婉晴的女知青说道："邵大公子，你猜？"

　　"这么香，肯定是小芹大厨掌勺？"邵正易看着围着围裙的张小芹说道，"今天晚上怎么多了个菜啊，平时不就是两个菜吗？今天怎么加了个菜？"

　　张小芹俏脸一红，嗔道："吃饭还堵不住你嘴。干啥啥不行，吃饭第一名。"周围的知青们哄堂大笑。邵正易不以为意，也跟大家一起哈哈笑着。王志伟看着张小芹，他知道，今天多炒的这个菜应该是因为他回来了，所以张小芹多炒了个菜。

　　20多个知青围坐在三个大桌上吃着饭，大家热热闹闹地聊着天。王志伟看着这一幕，内心感叹："还是在知青点舒心一些，在城里待着总感觉自己是个外来人，在这里才像回到了大家庭。"

　　"志伟，你听说了没，老支书准备今年在稻田里养鱼，他不知道在哪里听说了这种方法，想试着推广一下，准备在我们知青点的稻田里试验一下。前几天他跟我们说了一下，我们没答应他。"坐在王志伟旁边的一个叫甄万军的知青说道。

"这主意好啊，一举两得！"王志伟笑着说道。

"好啥啊，我们今天商量了一下，觉得不行，稻田里的水质也不怎么好，水也不深，况且如果鱼咬稻苗怎么办？如果水没来得及供应上，鱼很快就不行了。这里的困难太多了，我们都觉得不可行。本来我们的工分挣得就不多，这样弄一下，万一失败了怎么成？"甄万军说道，看来他也是持反对意见的。

王志伟说道："先等等，吃完饭我们一会儿去散散步，顺便到老支书家里问问，实在不行，我们弄一小块试验一下也行，不要全部养鱼。"

吃完饭，大家把碗筷洗刷完毕，都走到了院子里闲聊。张小芹走到了王志伟的旁边，小声说道："志伟，你过来，我有话跟你说。"

王志伟迟疑了一下，跟着张小芹往大门外走去。走了一会儿，张小芹回过身来，咬着嘴唇说道："志伟，那天你在汽车站跟那个女的在那里打情骂俏，我都看到了。"

"啊，你都看到什么了？我跟秀娟就是朋友关系啊，我救过她两次而已，她要请我吃饭感谢一下。"王志伟解释道。

张小芹嘟着嘴说道："我不管，你除了我，不能跟别的女孩子交往，尤其是漂亮女孩子，我看着不舒服。"

"说话也不行吗？"王志伟故意逗张小芹。

"说话可以，但是不能笑着说！"张小芹也故意气王志伟。

"太可怕了，你比你妈还可怕。得嘞，我以后只跟男的说话。"王志伟说道。

"这还差不多。你怎么突然回来了？"张小芹满意地笑了笑说道。结果王志伟却看着远处黑乎乎的天雾山不说话。

"我问你话呢！你说话啊！"张小芹用自己的青葱手指点了点王志伟的胸膛。

王志伟往后退了一步，笑着说道："你不是说不让我跟漂亮女孩子说话吗？"

"除了我！"张小芹的声音提高了几个分贝。

两个人在大门外聊天的时候，一双眼睛在远处盯着他们。看着王志伟和张小芹有说有笑的样子，邵正易远远地看着，心中的怒火不断地升腾着。

"小芹，我准备去老支书那里一趟。刚才在吃饭时候，甄万军说老支书想在我们知青点的稻田里养鱼，我想去跟他商量一下。你跟我一起去吧？"王志伟说道。

"好啊，走吧。这两天知青点都在说这个事，有的人同意，有的人反对。主要是大家怕到时候竹篮打水一场空，连工分都挣不到。"张小芹说道。

王志伟和张小芹说着话，往村里走去。到了老支书刘盛和的家门口，院门是开着的。看到里面亮着灯，两个人径直走了进去。

"老支书在家吗？我是志伟啊。"王志伟朝屋里喊道。

"志伟来了啊，还有小芹啊，稀客稀客。屋里坐，屋里坐。"老支书说着话拎着马灯从驴棚里走了出来。

到了堂屋，老支书刘盛和把马灯摆在桌子上，返身去拿开水瓶，给王志伟和张小芹倒了两缸子水，坐下说道："一到这个点就停电，也不知道啥时候能不给城市里让电，咱们农村也需要用电啊。"

"是啊，长川几乎就没停过电。这种情况应该快好了，塘河不是要建一个水电站吗？听说已经在筹划了。"王志伟说道。

"真的吗？那太好了。"老支书也不知道王志伟和张小芹的来意，就随口聊着。说着话，老支书拿出了腰间的旱烟袋，慢条斯理地压着烟叶，拿出了火柴，犹豫了一下，还是把烟袋锅凑近了马灯的灯罩口，点燃了烟叶。

王志伟说道："老支书，听说你想在知青点试验一下稻田养鱼？"

老支书慢吞吞地把一口烟吐了出来，说道："有这个想法，不过你们知青点好像意见不够统一啊。你要不要帮我做下工作？"

"可不可行？"王志伟问道。

"可行性是很大的，但是如果管理不好，很容易会被鱼吃掉稻苗。我们技术上还有欠缺，所以想在你们知青点搞个试点。如果成功的话，我们龙门公社可是要出大名了。"

"老支书，你的把握大不大？"王志伟不放心地问道。

老支书在桌子腿上磕了磕烟袋锅，说道："说实话，把握不是太大。但是如果知青点能够配合好的话，把握很大。我计划是养草鱼，因为草鱼是典型的草食性鱼类，又是典型的杂食性鱼类，在有适合的动物性食料时，它先吃动物性的，后吃草料，可以在稻田里放一些孑孓（蚊子的幼虫）和芜萍，草鱼就会把这蚊子的幼虫先吃掉，然后再吃芜萍。草鱼长大一点以后，主要就是吃芜萍之类的植物了，只要这些足够，草鱼是不会吃稻苗的。同时，稻田里的一些嫩芦苇、眼子菜等，草鱼也会吃。只有在草鱼实在没东西吃的时候，它们才会去吃稻苗。在草鱼长大一点的时候，稻苗也大了，草鱼也根本啃不动了。在这一点上，我觉得完全可以放心。现在难就难在管理上，必须有人时刻去关注水位之类的，我觉得你们知青点的知青更适合干这个事情。志伟，你可得帮帮我啊。"

老支书的话让王志伟眼前一亮，他心想："这个稻田养鱼确实是个好主意，自己全力配合，做好了也是个成绩啊，说不定能够离张小芹妈妈提的条件近一点。"他看了一眼张小芹，问道："小芹，你觉得咋样？"

张小芹想了一下，说道，"这个办法没听说过，不过我觉得可以试一试。知青点意见不统一，这个比较难办。"

"我觉得这个没关系，我们把知青点的人分成两部分，愿意搞稻田养鱼的分一拨人，不愿意的分一拨人。愿意的人我们单独分稻田来搞试验。你觉得咋样？"王志伟心思缜密，很快就找到了解决方案。

"好主意！"老支书一拍大腿，说道，"志伟这个主意好。不过志伟你尽可能地多找几个人进行试验，因为我们要试验出放鱼苗、放孑孓和芜萍的时间，还有水位什么的，这都需要精心地去试验。"

"这个事情我来弄吧，应该有不少人还是愿意试验一下的。我回去以后跟大家商量一下，实在不行，就分开干。"王志伟充满了希冀。

第二十一章

离开了老支书家，王志伟和张小芹一路上说说笑笑地往知青点走着。村里没有路灯，黄土路被马车碾出了车辙，黑灯瞎火的不太好走。走到一户人家门口时，院子内的狗听到了外面的动静，忽然对着外面狂叫起来，吓得张小芹一下子就抱住了王志伟的胳膊。由于太过用力，王志伟甚至感觉到了疼。王志伟连忙说道："没事，拴着呢，不怕。"说完拉着张小芹的手往前快步走去。当王志伟的手紧紧地牵住张小芹的手时，张小芹甚至觉得那狗叫声挺是时候的，内心中不禁有些窃喜。虽然一路两个人没有说什么话，但是两个人紧紧相牵的双手传达了无数的话语。就这样，王志伟一路牵着张小芹的手回到了知青点。到了知青点门口，王志伟依依不舍地松开了张小芹柔软的小手。由于牵的时间长了，两个人手都出汗了。进了知青点的院子，王志伟和张小芹各自回屋。

王志伟走进男知青的大屋子，看到大家都还没睡，打牌的打牌，看书的看书，都在打发着时间。他喊了一嗓子："我说大伙儿，老支书要搞稻田养鱼，咱们有没有想参加一下的？刚才我跟老支书聊了聊，我觉得这个要是成功的话，咱们这工分可是要盆满钵满啊。"

"这要是整不好，啥工分都没有了啊，只能喝西北风啊。"邵正易不失时机地泼了瓢冷水，接着又说道，"你们谁爱搞谁搞，反正我是不搞。"一石激起千层浪，接着大家都开始议论起来。

王志伟对这种局面早有预料，清了清嗓子，大声说道："咱们可以把稻田分一分，一部分搞稻田养鱼，一部分不搞，这样的话万一失败，起码还有的吃，你们看咋样？"

"本来就赚不到多少工分，这样一分不是更麻烦？依我看啊，别折腾了。吃鱼还行，养鱼，还是算了。"王文轩也开始拉后腿。

王志伟无视了王文轩的捣乱，说道："大伙儿有想搞稻田养鱼的，晚上考虑一下，我明早看一下有多少人，到时候跟老支书商量一下，专门分出一部分稻田做试验。咱们水稻有两季，不怕失败。"王志伟说完，又到女知青那边把张小芹叫了出来，让她征求一下女知青的意见。王志伟对大家能参加这次试验还是有信心的。毕竟这几年一成不变地种地，大家都感觉自己成了真正的农民，这样搞点新花样，反而激起了一些人的兴趣。邵正易那几个经常待在一起的人，对这些一点兴趣都没有。王志伟是一门心思地想做这件事，一部分人没兴趣也管不了了，就看第二天的大家选择情况了。

第二天，王志伟一大早就问大家的意见，结果令他非常惊喜。23个知青居然有16个愿意参加稻田养鱼试验，只有邵正易、王文轩和几个老知青不愿意参加，特别是4个女知青都愿意参加。于是王志伟兴冲冲地找老支书去了，老支书一听也非常高兴，立刻拉着王志伟去知青点的稻田勘察地形了。当天上午，便确定了4块稻田作为试验田。王志伟把愿意参加试验的人分成了4组，每一组都是3男1女，因为王志伟一直比较推崇"男女搭配，干活不累"。

中午，王志伟很快地吃完饭以后，站起来大声说道："大家先吃着饭，我跟大家汇报一下今天跟老支书商量的情况。"清了清嗓子，王志伟继续说道："虽然咱们只有16个人愿意参加稻田养鱼的试验，但是其他7个人，我们随时欢迎你们加入。"

"走了，你们商量吧，谁愿意参加谁参加，反正我是不参加。"邵正易说着端着碗走到外面去洗碗了。王文轩连忙端着碗跟了出去，另外5个老知青看这情形，也不好意思在餐厅待着，也说了句"你们继续，我们先走"，端着碗也走了。

王志伟看着这几个人走了，其实心里反而很高兴，这几个人平时就吊儿郎当的，特别是邵正易，平时能不上工就不上工，找出各种理由不下地。那几个老知青也不是什么勤快人，村民们其实很烦他们。王志伟心说："走了也好，省得他们添乱。"

王志伟继续说道："我们暂时确定了4块稻田做试验，我们有16个人，暂时分成4组,每组3男1女,大家可以自由组队。"话音未落,大家都把视线转向了张小芹,谁不想跟张小芹一组啊!

"我跟志伟一组。"张小芹说道。

"我也跟志伟一组。""我也跟志伟一组。"大家都争着要跟王志伟一组。

王志伟一看这情形,没法选了,看着张小芹,灵机一动,于是说道:"分组由女知青来选,我们作为被挑选对象。小芹,你先来挑?"

"好,我先挑吧。志伟、万军、光明,我们四个一组吧?"张小芹大大方方地开始挑了起来。甄万军和张光明都是平时和王志伟关系很好的,张小芹毫不犹豫地选了这两个人。甄万军和张光明一听,不禁喜上眉梢。别的男的看到这样,心里别提多失落了。看到大家失望的样子,甄万军和张光明的嘴巴越咧越大,笑得都合不上了。接着,另外三个女知青也挑好了队伍。

"现在组也分好了,我们需要在稻田旁边盖两个看田的棚子,大家分头去找材料,木料需要几根,我们抽几个人去弄木料,其他人还需要弄一些稻草,这盖房子我们也不专业,我再请老支书找个行家来指导我们搭。"王志伟说道。

大家吃完饭,立刻开始分头行动。王志伟来到老支书的家里,跟老支书说了一下目前的情况。老支书一听非常高兴,立刻找来了村里的泥瓦匠王运喜,让王运喜全力配合知青们搭看稻田的棚子。

有了王运喜这个专家,知青们用两天的时间就把两个棚子搭了起来,可以住两个人,可以看住稻田的上下游。万事俱备,只欠东风。

这天一大早,老支书带着儿子刘洪涛,叫上王志伟到塘河去考察鱼苗的事情。到了塘河的一个鱼塘,跟人家说了稻田养鱼的事。鱼塘管事的人立刻愣住了,还没听说过稻田大规模养鱼的,有时候溜进去的几条鱼,也不是能顺利活下来。聊了半天,总之是对稻田养鱼能不能成功持怀疑态度。鱼塘这边人的说法给王志伟浇了一盆冷水。

老支书三个人本来是准备回去的,老支书想了又想,决定回鱼塘再商量一下,既然没有成功先例,不代表自己不能成功。王志伟和刘洪涛一想,对呀,就是因为别人没成功,才能显出这次试验的重要性。

于是老支书三个人连忙赶回鱼塘，拉着鱼塘管事的人聊了起来。鱼塘管事的人被他们的热情所打动，最后答应给他们提供鱼苗及技术支持。这可把他们高兴坏了。

第二十二章

就在王志伟他们热火朝天地准备稻田养鱼试验的时候,邵正易和另外几个不参与试验的人冷眼旁观,其实他们的日子也不好过,原来大家一起干的时候,他们可以偷奸耍滑,甚至有些时候都不去上工,也能吃着大锅饭,混个温饱。现在是这几个人凑在了一起,谁也不想干活,更重要的是谁也不会干活,都是跟着混的。这几个人现在就盼着王志伟他们的试验失败。当然,王志伟现在已经顾不上邵正易他们咋想了,只是一门心思地扑在稻田养鱼上了。

王志伟把12个男知青分成6组,准备开始试验就得24小时有人在稻田值守,因为水位非常重要,一旦缺水,整个稻田的鱼苗将不复存在,这也是稻田养鱼的难点之一。

转眼间就到了育秧时节,老支书带着王志伟这帮人就开始忙碌了起来。为了做好稻田养鱼的试验,老支书专门为试验田精选了种子,亲自上手和王志伟他们一起晒种两天。

晒种的第一天,王志伟和张小芹以及其他几个知青一起,边晒种边挑拣一些砂石和不太饱满的种子,倒也是其乐融融。

正在挑拣种子的甄万军说道:"志伟,我觉得我们不一定局限于养鱼,养泥鳅、黄鳝也是不错的选择。"

"对呀!"一语惊醒梦中人,王志伟连忙说道,"这个主意不错,而且泥鳅和黄鳝不影响鱼的生长空间,一举三得啊。这件事我们买鱼苗的时候要请教一下,我觉得这是可行的。"

张小芹担忧地说道:"我们这次晒完种子,这几天还要浸种。要是弄农药浸种的话,会不会影响养鱼?"大家听了张小芹的担忧,纷纷议论了起来。

张小芹的话让王志伟陷入了沉思,稻田养鱼没有现成的经验可借鉴,都需要摸索。老支书那里能给支持，但是技术上能支持的不多。想到这里，王志伟说道："如果是这样的话，浸种时，我们不要放药了。养鱼的过程中也不能打药，不然养鱼将受到影响。"大家也都没有经验，都纷纷附和着。虽然困难重重，但是王志伟和这帮年轻的知青对未来充满了希冀。

经过大家精心地挑拣，作为试验田的育苗比往年的长势都好。大家看着秧苗，都是喜笑颜开。

邵正易那几个知青看到试验田这帮人开心的样子，也过来凑热闹。邵正易说道："志伟啊，你们这边的秧苗用不完，匀我们一些啊，都是一个知青点的，你看我们那边的秧苗大大小小，一点都不均匀。"

"好说好说，如果有剩，可以匀一些给你们。"王志伟笑着说。

看着试验田这帮人像护眼珠一样护着秧苗，邵正易他们看无机可乘，也就晃晃悠悠地走了。

这天早上4点多，王志伟就醒了，披上衣服走出门外。一股凉意袭来，王志伟不禁把衣服裹得紧了些。望着远处的天雾山，没有一丝光亮，千百年来如同一个巨人，矗立在这里，透着一股沧桑与淡漠。王志伟暗暗攥了下拳头，心道："今天开始插秧了，接下来就是连续奋战，希望能够做出成绩，这样自己有可能得到推荐上大学的名额。只要能上大学，我和张小芹在一起的日子就不远了。"

天慢慢地亮了起来，大家也陆陆续续地起来了。今天大家起得都比往常早一些，除了邵正易那几个人还是"外甥打灯笼——照旧"。

吃完早饭，大家便开始热火朝天地干了起来。4块试验田如同几幅等待描绘的白纸，知青们如同画家，在试验田里用秧苗进行绘画。明镜似的水田插上了一排排绿油油的秧苗。远远望去，水田、绿苗和年轻的知青们，组成了一幅宁静而和谐的画面。

傍晚时分，一个叫陈新佳的女知青插秧时晕倒在了水田里。大家七手八脚地把她抬到田埂上。一问才知道，她因为水土不服，去找了公社的医生看病。医生开了激素类的药，直吃得她小腿肿得像水萝卜，有时还会头晕眼花、口中发苦。今天插秧的劳动强度有点大，所以一不小心就晕倒了。看到陈新佳的情况，大家都停下了手中的活儿。王志伟一看大家的劲头泄了，就说道："今天我们就干到这儿吧，明天早上男同志都早点起来啊，我们4点多点火把来干，争取早点把所有的秧苗插完，插完秧苗之后我们就去弄鱼苗。"

当晚，草草吃过晚饭后，大家虽然经过了一天的劳作，但是要干大事的那种亢奋感还没有消退。几个知青躺在床上引吭高歌，歌声飘出房间，久久盘旋在寂静的山林里，给这个寂寞的夜空增加了一丝丝活力。

第二天，早上4点多，王志伟就把男知青们叫了起来，免不了吵醒了邵正易他们几个，免不了听了几句他们的抱怨声。王志伟他们也不在意，拿着火把就往试验田走去。一路上，几个火把如同一条长龙，蜿蜒地前进在天雾山脚下。虽然清晨还比较凉，但是大家的热情非常高涨，一路上飘洒着大家的说笑声。

山区农历三月的田埂上粘满白霜，稻田水面甚至有一层薄冰。可是，这些寒冷却挡不住王志伟他们这帮热血青年。

挽起裤腿，脱下鞋子，踩进冰冷的水田里，如针刺般的寒冷让这帮知青惊叫起来。只听一人喊道："太爽了。"

就这样，王志伟和知青们连续奋战了几天，圆满地完成了插秧工作。这天傍晚，大家站在田埂上，看着整整齐齐的秧苗，露出了会心的笑容。王志伟说道："明天放假一天不出工，大家可以到公社的街上去转转。"

"好！"大家齐声喝彩。

第二十三章

  知青点的生活是比较枯燥的，跟外界联系的渠道只有书信和电话。当然，电话是比较奢侈的，很多知青也不舍得打电话，更主要的是不知道电话打到哪里，因为自己父母那里也没有电话。

  前一天插完了秧苗，今天可以不出工，这些知青穿得整整齐齐，一起走出了知青点，哼唱着《莫斯科郊外的晚上》等歌，浩浩荡荡地走进了公社的大街。

  这些知青大多会去同一个地方，那就是街上的邮电所。巴掌大地方的一个邮电所，顷刻间就会被知青们挤得里三层外三层。柜台后面坐着一位文静又热情的女营业员，这个女营业员全名叫什么，知青们都不知道，只知道她叫秀儿，一成不变的是她不论穿什么衣服，胸前都会戴着一枚团徽。

  看到知青们一下挤进了邮电所，女营业员秀儿立马热情地笑了起来，招呼大家不要拥挤，一个一个来。其实大家来邮电所无非就是两件事，一件事是取信，另一件事就是取汇款单。知青们与家人、同学通信，是为数不多的、慰藉精神的渠道。秀儿看起来跟每一个知青都很熟，热情地聊着家常。知青们自然而然地宣泄了心中的烦闷，被繁重的农活儿压皱了的心舒展了，于是话也多了，笑声也大了，把小小的邮电所填得满满当当的。

  知青点的知青在插队的第一年每个月都有国家的8块钱补贴，第二年开始就没有这个福利了，因为第一年赚下的工分可以进行贴补，但是微薄的工分收入很难支撑，常常造成寅支卯粮，这就需要家里给自己汇款来补助。于是，到邮电所取汇款单，也就成了知青们最高兴的事情。当然，每个人拿到的汇款单也不尽相同，有多有少。但是女营业员秀儿一视同仁，从来不会因为汇款的多少而改变自己的笑容。在她的脸上看不出任何蔑视，反而让人感到都是对知青当前困窘的理解。有时，一些知青没有收到家里的汇款单，秀儿就会安慰道：

"在家千日好,出门一时难,何况是在山区插队?"知青们听了,心里热乎乎的,有的人甚至把邮电所当成了自己的精神家园,把秀儿当作了"梦中的她"。

就在大家围在邮电所跟秀儿聊天的时候,一大早,老支书和王志伟就赶着驴车到塘河的鱼塘请教养鱼的技术去了。到了鱼塘,鱼塘管事的人热情地接待了老支书他们,又带着他们参观了鱼塘,并说要大力支持老支书他们的试验,也希望能够成功。其实老支书也明白鱼塘管事的人的想法,这次稻田养鱼如果能够成功,必将引起轰动,那鱼塘的经营也必将火爆起来。

转了一圈,几个人回到鱼塘边的房间里坐下,鱼塘管事的人给老支书和王志伟倒了水,说道:"你们先不要往田里下太多的鱼苗,我每隔一周给你们提供一些鱼苗,分几批进行试验,第一批鱼苗算是赠送你们的。对了,刚才你们说到的泥鳅,我这里没有苗,需要从外地调货。要不先不要试验泥鳅了。"

老支书一听,非常高兴,连连道谢:"太谢谢了,我代表生产大队的父老乡亲们谢谢您了!今天我们就把第一批鱼苗带回去。"

说干就干,鱼塘管事的人带着老支书他们就去捞了小半桶的鱼苗。老支书和王志伟便兴高采烈地带着鱼苗赶着驴车往回赶,一路上王志伟紧紧地抱着装着鱼苗的水桶,生怕颠一下把桶给弄歪了。中午就回到了知青点的试验田里。王志伟小心翼翼地把鱼苗倒进了稻田里。小鱼苗进了稻田像撒欢似的散开了。老支书和王志伟站在田埂上看了很久,直到看不到小鱼苗了,才恋恋不舍地往回走。回去的路上,老支书说道:"志伟啊,鱼苗放进去了,从明天开始就要派人在这里值班了。"

"今晚就要开始了,我一会儿吃完饭就过来,我们已经排了值班表,每天轮班两个人,前期会轻松一些,主要看看水位什么的。"王志伟说道。

"那就好,我就放心了。"老支书高兴地说道。

王志伟回到知青点吃完午饭,就带着铺盖到试验田的草棚住下了。傍晚时分,张小芹拎着晚饭到试验田给王志伟送饭,两个人站在田埂边,看着试验田,仔细地找着小鱼苗的踪影,看了半天,一条也没看到。偶尔一点涟漪打破了稻田镜面一样的水面,都要引起张小芹的惊呼:"志伟,快看那里,小鱼苗!"

两个人跑过去，依然是看不到小鱼苗的踪影。两个人站在田埂上，聊了一会儿，张小芹就带着碗筷回去了。当天晚上，王志伟盯着稻田平静如镜的水面，偶尔泛起了一点点涟漪，心中也跟着泛起涟漪，这些鱼苗承载了他的许多希望。

　　第二天一大早，王志伟走出草棚，第一眼就看向了试验田，忽然发现秧苗间有几条飘着的小鱼苗——翻着白肚，很显然已经不行了。王志伟连忙围着田埂转了一圈，越走越心凉，很多小鱼苗已经不行了。王志伟顾不上洗脸，立刻往老支书家跑去。

　　一进老支书家门，王志伟就喊道："老支书，不好了，鱼苗全死了！"

　　"什么？昨天刚放进去的啊！快带我去看看。"老支书披上衣服，跟着王志伟就往试验田赶去。到了试验田一看，老支书非常震惊，这太不可思议了。看了一会儿，确认了鱼苗确实是死了不少，只有一部分还活着，但是也不够活泼。老支书说道："走，咱们去塘河一趟。"

　　老支书和王志伟顾不上吃饭，就赶上驴车往塘河鱼塘赶去。一路上，老支书和王志伟都在分析为啥鱼苗会一晚上死了那么多，百思不解。

　　到了塘河鱼塘，找到那个管事的人，把死了很多鱼苗的情况详细地说了一下。那个管事的人想了一会儿，一拍大腿，说道："原因找到了，应该是这些天早晚温差比较大，你们水田的水太浅了，水温太低了，所以才会造成这种情况的发生。"

　　"那怎么办？不对啊，你这鱼塘就没事啊，咱们离得又不远，温差也不会大啊。"王志伟提出了疑问。

　　"鱼塘比较深，在底层还是比较暖和的，鱼还是没事的，你们可以把稻田里挖几道沟，作为鱼沟。深度至少在1米以上比较好，这样鱼觉得冷的话就会往深水处游。"鱼塘管事的人说道。

　　老支书和王志伟对望了一眼，点了点头。老支书说道："行，我们先回去把鱼沟挖出来，再看看情况。我们总共有4块试验田，另外选一块先挖了试一试。再拉一点鱼苗回去试试。"

　　"好，没问题，全力支持你们搞试验。"鱼塘管事的人也是个利索人，说完就又捞了鱼苗给老支书他们带回去。

老支书和王志伟马不停蹄地赶回了知青点，带着知青们就到了试验田。一帮知青站在田埂上看着试验田，都在犹豫怎么弄。只见老支书说道："我们这鱼沟按照一米二来挖，两边和中间各挖一条，宽度就挖1米左右吧。"说完就开始脱衣服，王志伟赶紧拉住了老支书，说道："老支书，您先看着，不要下水了，水太凉了，我们年轻我们上。"

老支书甩开了王志伟的手，说道："这种天气我下去的次数多了，没事的，干一会儿就热起来了。"说完义无反顾地踏进了水田。知青们一看老支书已经开始甩开膀子干了。大家放水的放水，下水的下水，全都忙了起来。说来也真快，不到两个小时，三道鱼沟就挖好了。挖好后，大家站在田埂上，看着三道深深的鱼沟，都没有感觉到凉意，很多人身上冒着热气。老支书手一挥，喊道："放水。准备下鱼苗。"大家看着水慢慢地润过水田，心里也像喝了蜜一样甜润。

"大家快回去换衣服，这样会着凉的。"老支书催着大家赶紧回去换衣服，自己却打了个喷嚏。

"老支书，你也回去吧，这里有我看着，没事的。我衣服也在这里。你们都先走吧。"王志伟也催着大家都回去。等大家都走了以后，水也灌满了水田。王志伟把从塘河带回来的鱼苗倒了进去。傍晚还是张小芹来送饭。几个女知青轮流送饭，今天本来不是张小芹送饭，她听说今天还是王志伟在试验田，便跟别人主动换了班。吃完晚饭，张小芹陪着王志伟聊了一会儿，还说起了邵正易几个人听说鱼苗死了很多，都在那里幸灾乐祸。王志伟沉默了，憋出了一句话："不用管他们，我们还在试验。说不定这次成功了。"说这句话的时候，王志伟自己心里也没底。张小芹又待了一会儿，看天快黑了，就回知青点了。

王志伟在临睡觉前，打着手电筒围着试验田转了一圈，没发现翻白肚的鱼苗，这才放心地去睡觉了。凌晨两三点的时候，王志伟忽然惊醒，连忙爬起来穿上衣服，打着手电筒转了一圈，没发现鱼苗有什么异样，这才放下心来，看来这次挖了鱼沟应该不会把鱼苗冻死了。

早上天亮的时候，知青们不约而同地都来到了试验田，发现原来投放鱼苗的那块试验田漂起了更多翻白肚的鱼苗，而新挖鱼沟的这块试验田没有翻白肚的鱼苗，看到这种情况，大家欢呼起来。王志伟说道："今天我们加把劲，争取把另外三块试验田的鱼沟也挖出来，这个鱼的成长周期要七八个月，我们要抓紧时间下鱼苗。"谁也没有提出异议，当天，一帮热血青年在水田里奋战了一天，终于把四块试验田的鱼沟都挖好了。谁也没有注意到的是，老支书当天并没有来试验田。傍晚时候，在田里奋战一天的王志伟到老支书家，才知道老支书发高烧在床上躺着。

第二十四章

看着老支书虚弱的样子，王志伟不禁眼睛湿润了，强忍着掉泪的冲动说道："老支书，我们挖鱼沟的试验成功了。今天大家把剩下三块田的鱼沟也挖好了，明天我就去塘河拉鱼苗，准备四块田同时试验。"

老支书抬起虚弱的手，轻轻拍了拍王志伟的胳膊，说道："真不错，明早让我儿子洪涛赶着驴车去拉吧，这次多拉点，一次性把四块田全放上鱼苗，我就不信搞不成。辛苦你了。"

"老支书，你就放心吧，洪涛明天跟我去就行了，你安心在家养病。试验田那边有我们呢！"王志伟安慰老支书。

第二天一大早，老支书的儿子刘洪涛便赶着驴车来到了知青点，拉上王志伟就往塘河鱼塘赶去。在公社每人买了两个菜包子，没停留，两个人就直接去塘河了。一路上两个人聊了很多，主要是刘洪涛问王志伟在长川的生活，因为他没有去过大城市，对长川充满了好奇。王志伟也是很耐心地跟刘洪涛讲着长川市的情况，让刘洪涛更加对大城市充满了向往。

王志伟和刘洪涛聊着天，不知不觉，就到了塘河鱼塘。还是那个管事的人接待了他们，一听王志伟说解决了鱼苗挨冻的问题，大为高兴，当场拍板说他们生产大队的鱼苗可以先供应，到时候卖了钱再付款。王志伟和刘洪涛也很高兴，准备多买点鱼苗。鱼塘管事的人详细地问了他们的试验田规模后，建议他们每块田投放800尾为宜，基本上七八个月就可以捕捞了。王志伟就按照鱼塘管事的人的要求装了鱼苗后，就跟刘洪涛一起赶了回来。把鱼苗投放在四块试验田之后，王志伟才算放下了心。

鱼苗投放后，知青们的关注点就完全放在了鱼苗上。大家每天都会来看鱼苗的成长情况，对鱼苗的活动规律也掌握了不少。在大家精心地呵护下，不知不觉，就到了晒田阶段。往年在插好秧一个月左右的时候就要晒次田，一般都要晒一周多。现在稻田里养了鱼，这样晒田会不会影响鱼的生长，成了王志伟他们要解决的重要问题。知青们找来了老支书，又一起到塘河请来了鱼塘的技术人员。几个人在试验田研究了半天，最后决定三块试验田进行晒田，慢慢放水，把鱼都慢慢赶到鱼沟里，这样不影响晒田，剩下的一块不进行晒田，到时进行比对，看是否有大的影响。

说干就干，在排水口放置好拦鱼网后，打开排水口，只见三四厘米的小鱼随着水位的降低，都游向了鱼沟，大家不禁欢声雷动。平时这些小鱼隐藏在水稻秧苗间，一般不容易看到，现在一下子看到这么多小鱼，让大家很是兴奋。

晒田的时候，附近的很多村民来看，看到稻田鱼沟里那么多三四厘米长的小鱼密密麻麻地游来游去，大家都在啧啧称奇，甚至有的人开玩笑说道："这么大的鱼，捞上来放油锅里炸一炸，绝对好吃。"这个村民刚说完，知青们不约而同地对他怒目而视。说者无心，听者有意。过了两三天以后，王志伟他们发现离值班知青的草棚最远的那块试验田鱼沟里的小鱼明显比另外两块的少了一些，但是也没发现翻白肚的小鱼。这让王志伟他们大为疑惑，几个人商量了一会儿，不约而同地想到了一起——有人偷鱼！

晒田的第四天，王志伟他们不动声色地加强了值班。两个草棚，每个草棚住两个人，还带了手电筒和棍子，四个人准备轮班值一夜。这天夜里，月亮不明不暗，可以清晰地看到没有放水的那块试验田反射的白光。到了凌晨1点多，值班的甄万军看到了两个身影慢慢地靠近了试验田，到了放水的试验田鱼沟附近，用一根竹竿绑着的网兜捞着什么。看到这里，甄万军赶紧大喊一声："抓贼啦！抓贼啦！"这一喊不要紧，吓得那两个人扔了网兜撒腿就跑。其他三个人还没有起来，甄万军一个人拎着棍子就追了出去。可是两个偷鱼的人，早就看好了逃跑路线。甄万军追了一段路，发现两个人往山里一钻，就再也不见踪影了。没一会儿，王志伟和另外两个知青也追了上来。四个人一商量，就没有再去找了，回到草棚商量了一下，还是先继续值班，明早去找老支书说说，让老支书在大队用大喇叭喊一喊。

第二天一大早，王志伟就去老支书家把昨晚有人偷鱼的事说了一下。老支书一听火冒三丈，饭也不吃了，立刻到大队部用大喇叭喊了起来："父老乡亲们，我们生产大队好不容易弄起来了稻田养鱼的试验田，这是为我们大队探路的好事，如果稻田养鱼能够成功，咱们大队可就跟着沾光啊。就在昨天晚上，有两个人拿着网兜去试验田偷鱼，那小鱼苗才小指头长，还不够塞牙缝，你们去偷它干什么？我相信咱们大队的父老乡亲们还是有这个觉悟的，大家放那些小鱼一条生路吧。我刘盛和拜托大家了，放小鱼一条生路吧！"老支书的肺腑之言，在整个生产大队引起了轰动，所有人都在猜测是谁去偷鱼了，议论完偷鱼这件事，都不忘最后啐一口，以表示对这件事的愤慨和对偷鱼人的鄙视。

接下来的几天，不知道是因为老支书的话起到了作用，还是偷鱼人发现知青点已经提高了值班的警惕性，直到晒田结束，再也没有人来偷鱼了，这也让王志伟他们长舒了一口气。

随着晒田的结束，试验田又恢复到了常态，偷鱼人再也没有出现过。小鱼越来越大，试验田里添加了一些孑孓和芜萍。看着试验田每天的变化，知青们每天都是笑逐颜开。

转眼间，就到了"双抢"的季节。今年的"双抢"跟往年不一样，因为稻田里养了鱼，不能把水放掉再收。就在大家在纠结的时候，老支书也来到了试验田。老支书看到大家为难的样子，说道："大家跟我一起下水割，不过大家要小心一点，因为有水，挥舞镰刀的时候一定要小心，千万不要割伤自己。"

说完，老支书撸起袖子、挽起裤腿，带头跳进了稻田里。大家一看这情形，纷纷跟着撸袖子、挽裤腿，热火朝天地干了起来。塘河的7月，太阳的威力已经初现，很多知青被晒得嘴唇开裂，特别是第一次参加"双抢"的一些知青，已经有点扛不住了，甚至有两个人热得中暑晕倒了。其中一个叫童世平的知青就在老支书的旁边晕倒了。老支书眼疾手快，跨过去一下扶住了童世平，但是老支书的脚腕碰到了童世平跌落的镰刀，被划了一个不深不浅的口子。老支书简单地包扎了一下伤口，毫不在意。王志伟和一些知青都劝老支书休息一下，但是老支书说道："我们庄稼人这点伤是常事，没事的。"说完执意在田里收割稻谷。大家看劝不住老支书，便更加卖力地陪着老支书抢收稻谷。没把水排干的稻田，收起稻谷来难度更大，因为稻田的土并没有干结，一定要很小心地收割。在收割水稻的时候，有时会碰到小鱼在脚边翻起的水花，惹得大家哈哈直乐。

就这样，大家起早贪黑地抢收着水稻。老支书在第三天中午的时候发起了高烧，实在是坚持不了了，就回到了田埂上休息。大家看老支书的状态很不好，都劝着老支书去公社卫生院看看医生。老支书摆摆手说："没事，就是中暑了，没有别的问题。"

王志伟不放心地看了看老支书脚腕上的伤口，只见伤口已经被水泡得发炎了。他心疼地说道："老支书，你真的要去看看医生了，去公社也不远，去看看总归放心一些。"大家也都劝着让老支书去看医生。

老支书看众意难违，就去了公社卫生院。公社卫生院的那个年轻医生看了看老支书的伤势，帮他处理了一下伤口，然后说让老支书留院观察一下。

老支书一听，立刻急了，说道："现在'双抢'这么忙，我哪能留院观察！医生，我这死不了人吧？"

那个年轻医生说道："看症状像是中暑，也像是脚腕发炎引起的发烧，但是我觉得还是要观察。"

"那就没啥大事，我先回去干活儿，有啥问题我再赶回来，离公社卫生院也不远，在家观察也一样。"老支书执拗地说道。年轻医生拗不过老支书，就让他回去了，交代他不要再沾水了。

老支书回到试验田，跟大家说道："医生说了，就是天太热，有点中暑，多喝点水，没关系的。你们大家也要小心一些，不要中暑，还要小心一点，别被划伤了。"说完，老支书挽起裤腿又下田了。

第二天早上，大家熟悉的老支书没有出现在试验田。王志伟不放心，就赶到了老支书家里，结果发现老支书家里没人。问了一下村民，说是老支书昨天夜里发高烧，全身抽搐，呕吐得很厉害，一大早就被送到公社卫生院了。王志伟本来想赶到公社卫生院去看一看，可想到正是"双抢"的关键时候，就回到试验田忙了起来。

到了晚上，传来了噩耗，村民说老支书快不行了。王志伟和一些知青一听，都惊呆了。昨天还带着他们"双抢"的老支书，怎么中个暑，人都要不行了？王志伟和一些知青连忙疯了似的往公社卫生院跑去。

第二十五章

　　王志伟和一些知青气喘吁吁地赶到公社卫生院，发现老支书躺在病床上一动不动，老支书的儿子刘洪涛在床边呆若木鸡，老支书的老婆在那里抹眼泪。王志伟连忙问道："医生呢？怎么一个人都没有？"刘洪涛说道："那个医生一看我爹快不行了，让我们安排后事，现在人都找不到了。"

　　王志伟走近老支书，摸了摸老支书的手，发现还有温度，试了试老支书的鼻息，还有微弱的呼吸，连忙拍了拍刘洪涛，说道："老支书还有气，赶紧送塘河医院啊。"刘洪涛如梦初醒，赶紧套起驴车，背起老支书放到了驴车上。一些人都想去塘河陪老支书。王志伟看驴车不够大，就说道："大家把钱都给我吧，先凑一凑，你们回去再筹点钱，明天派个人到县医院来，我和刘婶还有洪涛连夜去塘河。你们先回去，明天还要'双抢'。"大家都点头称是。

　　王志伟、刘洪涛和刘婶赶着驴车连夜赶到了塘河医院，医生看了老支书的症状以后，叹了口气，说道："这不是中暑，而是典型的钩端螺旋体病，每年的'双抢'时候，都会有人得这个病。病人是不是被镰刀破过皮？"

　　听医生这么一说，王志伟连忙说道："对呀，老支书几天前脚腕被镰刀割破了。后来发了高烧，以为是中暑就没太在意。"

　　"应该就是那个时候感染的，现在有点太严重了。要是前两天送过来就好了。"医生说道。

　　"医生，请您一定要救救我爹啊！"刘洪涛红着眼圈求医生。

　　"我们尽力抢救吧。"医生说道。

　　正说着话，老支书忽然有了反应，抽搐了两下，开始剧烈咳嗽，忽然喷出了一口鲜血，大量的血沫在口中涌出，然后又不动了。这一下可把王志伟他们吓了一大跳。刘婶吓得一屁股坐到了地上。刘洪涛拉着老支书的手哭了起来：

"爹，你不要吓我啊！爹——"医生赶紧上去翻了翻老支书的眼皮，说道："病人的瞳孔已经有点散开了，能够救回来的可能性太小了，已经是肺部的弥漫性出血了。我劝你们还是早点回去，这种情况我们医院还没救回来过。他也不一定能撑到明天，你们还是安排后事吧。"

刘洪涛已经吓呆了，在他心目中，自己父亲一直像天雾山那样巍峨，怎么可能说倒就倒下了，一时间完全接受不了自己父亲现在的状况。王志伟看着刘洪涛的样子，知道已经指望不上他了，于是对医生说道："医生，请你们再救一下吧？说不定老支书真的是中暑？"说到后面，王志伟自己都没有底气。

医生听到王志伟这样说，也有点生气了，说道："如果你不放心的话，再花点冤枉钱检查一下吧。"

王志伟知道自己这样讲，医生必定会生气，但是看着老支书的样子，他还是抱有一丝希望，咬咬牙说道："医生，我不是怀疑您的医术，我是不希望老支书有事，他真的是一个好人。"

医生看着王志伟，迟疑了一下，说道："好吧。那就检查一下吧。"

于是王志伟和刘洪涛就推着老支书做了检查，诊断结果出来了：肺炎性钩端螺旋体病。刘婶留在抢救病房照顾老支书，王志伟和刘洪涛拿着诊断结果找到了医生。医生看了看说道："如果在刚开始发烧的时候能够诊断出来，直接打一针青霉素说不定就没事了。现在以医院的条件，真的救不了了。另外，你们说刚开始公社卫生院诊断为中暑，也确实不能怪人家，钩端螺旋体病的前期症状跟中暑很像，而且公社卫生院的医疗条件也很难诊断出来。另外，这种病的致死率并不高，很多人靠自身的免疫力就能扛过来，不治自愈。当然也有很少的人很快就会进入危急状态，但是一旦耽误就是神仙也回天乏术了。我这样讲，你们能明白不？"

"那，那，现在该咋办？"刘洪涛在说话的时候，嘴唇一直在发抖。

"真的太迟了。老人家随时都可能走了，如果一会儿能清醒一下，有啥话赶紧说，不要留有遗憾。"医生说道。

王志伟和刘洪涛心情无比沉重地返回了抢救病房，看着刘婶热切的目光，王志伟实在是不忍心说出医生说的话，但是看着刘洪涛已经难以说话了，还是硬下心来，对刘婶说道："刘婶，是这样，今晚观察一下，看老支书会不会醒过来。如果醒过来，还有希望。"说着，王志伟自己哽咽了起来。刘婶看着王志伟，心乱如麻，王志伟说的什么，其实没听进去啥，就听到了"如果醒过来，还有希望"，这让她眼睛一亮。

到了凌晨的三四点钟，老支书又抽搐了，这让刘婶非常兴奋，赶紧把刘洪涛和王志伟叫了过来。只见老支书眼睛里仿佛泛着光，艰难地抬了抬头，但是没有抬起来，刘婶赶紧上前往老支书的头下面垫了个枕头。老支书嘴巴张了张，没有发出声音，刘婶和刘洪涛赶紧凑近了，只听老支书艰难地说道："娃他娘……我……我走了后……你……你要……要坚持住……一定要……要……抱……抱上孙子……再……再来……找我……"他又歇息了一下，接着说道，"洪涛……你要……要听……你……你娘……的话……我……最……最放心……不……不下的……就是……就是你了……"

刘婶和刘洪涛忍着哭意，连连应着。老支书看到了站在刘洪涛后面的王志伟，他看着王志伟，张了张嘴，王志伟赶紧凑到床边，只听老支书说道："志……志伟……鱼……鱼……一定……要……养……养好……"王志伟连忙答应着："老支书，放心吧，鱼我们一定会养好的！"

老支书艰难地点了点头，又扭头看着刘婶，嘴巴张了几下，但是没有发出声音，刘婶赶紧把头凑到老支书的嘴边。只见老支书把手举起了一点，说道："我……我走……走了……葬……葬礼……从……从简……"说完，老支书的嘴巴微张着，稍微抬起的手臂落了下来。在这一刻，病房归于寂静。过了片刻，刘婶扑在老支书的身上，发出了撕心裂肺的哭声，刘洪涛也拉着老支书的手哭了起来，王志伟满眼噙泪默默地走出了病房。

老支书家的灵堂设好后，前来吊唁的人络绎不绝，龙门公社的很多干部都来吊唁，甚至天雾山的另一边也有人过来吊唁。下葬这天，似乎整个康庄大队的人都来了，知青点的所有人都来给老支书送行，送葬的队伍蜿蜒了几公里。老支书葬在了天雾山上，能够遥看整个康庄大队，当然也能看到稻田养鱼的试验田。

虽然老支书的葬礼很简单，但是送葬队伍的规模让这个葬礼显得尤为隆重，算得上是风光大葬了。王志伟随着送葬的队伍前行，感受着老支书的光辉。虽然老支书的一生不算长，但是他的为人、他的精神给康庄大队留下了宝贵的财富，也给康庄大队留下了希望。

就在老支书下葬的第二天，知青点的童世平发起了高烧。刚刚因为发高烧送走了老支书，大家一点也不敢耽误，立刻把童世平送到了塘河医院。一检查，也是钩端螺旋体病。经过治疗，童世平很快就痊愈了。童世平回来后，王志伟陪着他来到老支书的墓前，他长跪不起。童世平哭着说道："老支书，我的病跟你的病是一样的，你要是能够早点去大医院就好了。"

王志伟拍着童世平的肩膀说道："世平，老支书走了，也给你带来了生的机会，老支书泉下有知，一定会很欣慰。"

"志伟，老支书对我们太好了，为我们知青盖的房子比他们自己住的还好，还专门把一些好的稻田给我们知青，有什么好事都想着我们知青，从来都是先人后己。"童世平哭着说道。

"这里是我们的第二故乡，有机会我们一定要来报答老支书，这里的山山水水都是老支书牵挂的地方。"王志伟说道。

"我很庆幸，年轻的时候能够遇到这样的老支书，能够遇到你们，我这一辈子也忘不了。"童世平说道。

"如果有机会，我一定会回来，为老支书牵挂的地方做点贡献。"王志伟坚定地说道。

过了许久，王志伟和童世平才返回了知青点。

第二十六章

经历了"双抢"和老支书的离去，龙门公社也安排了康庄大队新的党支部书记闫国顺，康庄大队的一切似乎都归于宁静了。

知青点的试验田也在不知不觉间名扬十里八乡，经常有一些人慕名来看稀奇。知青们表现得很热情，更多的是自豪，跟来参观的人详细地讲解稻田养鱼的历程，每每这个时候都要提到老支书刘盛和，免不了和参观的人一阵唏嘘。当然，每当被人问起来稻田怎么弄、鱼怎么养的时候，知青们就提高了警惕，对于稻田养鱼的方法守口如瓶。

这一年，塘河的夏天特别热，很多村民在试验田参观的时候，说今年的晚稻可能会提前一点，不一定到 10 月底了。每次大家来试验田参观的时候，王志伟他们这些知青都很开心。相比较旁边不远处邵正易那几个人种的水稻，试验田的水稻长势不是一般的好，每个人来参观时候都要对两边的稻田对比一番。这可把邵正易这帮人气坏了。

转眼间，就到了 8 月底，每天来参观的人依然络绎不绝。看着稻田的鱼成群地游来游去，大家都在啧啧称奇。试验田里的草鱼差不多有两斤重了，看起来很是喜人。这段时间，每天晚上知青们都是四个人轮班，始终保持有一个人是没睡的，从村民家还要来一条黄狗拴在草棚这里放哨。因为现在，这些草鱼对大家来说还是很有吸引力的，难保不会有人铤而走险的。来试验田参观的人，也有不少提出要买几条回去的，知青们都是以"还没养到时候，先不卖"为由给回绝了。

这天晚上，天非常黑，伸手不见五指。值班的正是童世平，他觉得天这么黑，黑灯瞎火的，啥也看不见，肯定没有人来偷鱼了，自己也就靠着草棚迷迷糊糊地打着瞌睡。忽然拴在对面草棚的黄狗狂叫了起来。童世平睁开眼一看，有人打着手电筒在田边晃悠。他大喊一声："干什么的？"这一喊不要紧，忽然发现更多的手电筒亮了起来。田埂上人影绰绰，似乎有无数的身影，仿佛全天下的盗贼都来到了这里。童世平也不敢一个人往前冲了。这时，值班的另外三个知青也起来了，看着这些人影，欲哭无泪，这哪里是偷鱼啊，这分明是抢鱼啊！

这时，童世平和其他三个知青，每个人抄起一根木棍，其中一个放开了狗的绳子，大喊一声："偷鱼的，我跟你们拼了！"直到这时，那些偷鱼的人才开始四处逃窜，他们蹦下土坎，异常敏捷，知青们根本追不上。只有童世平的手离一个女人的辫子就差几寸，最终还是被她跑掉了。

天亮的时候，几个知青就找到了十几只盗贼们丢下的鞋子，有布鞋、解放鞋、草鞋，甚至还有一只拖鞋。上午的时候，知青们都来到了试验田，看着这十几只鞋子，每个人都面面相觑、哭笑不得。所幸的是，这几十个偷鱼贼虽然声势浩大，但是也没偷到什么鱼。这天下午，有个到公社买菜的知青说孟庄有个青年昨晚摔断了腿，不知道跟昨晚的偷鱼事件是否有关。

王志伟带着两个知青，翻了五六里山路，来到了孟庄，找到了那个摔断腿的青年家里。果然，那个青年躺在床上，小腿上敷着草药膏，一见到王志伟他们，立刻吓得面色惨白、汗如雨下。王志伟问他腿是怎么摔的，他说是砍柴摔的。一个知青偷偷去了他家的厨房，果然在一个水桶里看到两条一两斤重的草鱼。王志伟他们叫这个青年到公社去说清楚，他死活不肯，一口咬定是在溪里抓的鱼。正在王志伟他们和这个青年争执不下的时候，院子里进来了一大群人，都是这个青年的亲人和左邻右舍，这帮人把王志伟他们围住了，七嘴八舌地帮这个青年开解着，甚至有的人开始摩拳擦掌地要动手了。王志伟他们只能狠狠而又愤怒地离开了孟庄。

说来也怪，自从这次大规模偷鱼事件后，再也没有人来偷鱼了。王志伟他们也乐得自在，每天看着鱼无忧无虑地在稻田里钻来钻去，有点乐不思蜀了。有很多人已经两三个月都没有回家了，特别是王志伟，除了有时候到公社邮电所寄个信之类的，基本上都没有回长川了。这几个月，王志伟也恪守着对张小芹妈妈詹永萍的承诺，跟张小芹保持着距离，两个人的关系有点不咸不淡、若即若离。邵正易一如既往死皮赖脸地追着张小芹，但是丝毫没有换来好脸色，反而让张小芹更加厌恶他了。

10月初的一天，公社的通讯员送来了通知，说公社明天要在稻田养鱼的试验田召开领导现场观摩会，塘河的一些领导也会到场，让康庄大队做好相关准备。接到这个通知，康庄大队的新支书闫国顺非常高兴，立刻跑到了知青点，跟王志伟他们商量怎么准备。知青们也很高兴，这说明稻田养鱼的试验田得到了上级的关注。闫国顺和知青们一商量，决定明天捞一些鱼上来，给领导们更直观地看一看。

一大早，王志伟他们几个便用网兜抓了一些鱼放在了几个大盆里。看着大盆里活蹦乱跳的鱼，知青们就像看自己的孩子一样，心里美滋滋的。

就在王志伟他们围着大盆看鱼的时候，闫国顺领着一大帮人走了过来。王志伟他们一看，这应该是塘河和龙门公社的领导来了，连忙迎了上去。

这帮领导在闫国顺的带领下，沿着试验田走了一圈，对试验田里的鱼非常感兴趣，连连称赞，这可把王志伟这一帮知青高兴坏了。

其中一个领导笑着说道："闫书记，这个稻田里的鱼吃起来味道咋样？有没有稻花的香味啊？"

闫国顺说道："程局长，这个鱼我们还没吃过，还不知道味道咋样？要不，给您带回去两条试试？这稻田我们药都没敢打，纯天然的。您看这鱼活蹦乱跳的，稻谷明显也比周边的长得好，这水稻能养鱼，鱼也养水稻啊。"

程局长说道："那我们可成了你们稻田养鱼的试验者了啊。"环顾了一下四周说道，"大家愿不愿意做这个试验者啊？"说话的时候，在"我们"和"大家"加重了语调。

闫国顺一听就明白了程局长的意思，这是每个人都要弄点鱼啊。他回头看了看王志伟他们，王志伟他们都没有说话，就好像没听懂程局长的意思一样。闫国顺一看这个样子，心里暗叹一声，这帮小子怎么这么小家子气啊？看知青们没反应，硬着头皮说道："太感谢局长了，没问题，一会儿给大家每人装几条，好吃的话，大家帮忙宣传宣传。"

109

程局长一看闫国顺这么说了，露出了赞许的笑容，说道："闫书记啊，你们这个稻田养鱼试验得好啊，我回去以后给你们宣传宣传，跟赵书记建议一下，看能不能在塘河进一步推广，这不光是你们康庄大队的特色品牌，也是龙门公社的特色品牌，更是塘河的特色品牌。我看可以给这个鱼起个名字。稻田养鱼，稻花香，你看叫稻香鱼怎么样？"

"好！"闫国顺反应很快，带头鼓起掌来。周围的人也跟着叫好，一起鼓起了掌。王志伟和知青们也跟着鼓起了掌，眼光都瞟向了大盆里的鱼。

观摩团的这帮人又聊了一会儿，毫不吝啬地夸着康庄大队，夸着知青们，还怀念了一下老支书刘盛和。最后，每个人在往蛇皮袋里装鱼的时候，都恨不得多装一些。看得王志伟他们心疼得直咧嘴，早知道弄一点小袋子过来，那蛇皮袋也太大了。程局长一行心满意足地观摩完试验田，每个人带着一大蛇皮袋的鱼回去了。

不知道是不是程局长回去以后的宣传起了作用，还是稻香鱼真的很好吃，"稻香鱼"的这个品牌打了出去。接下来的一段时间，不停地有各级领导来观摩，"保留的节目"就是最后带一些稻香鱼回去"做试验"。短短两个星期，四块试验田的鱼有一半被各级领导带回去"做试验"了。看着试验田里的鱼越来越少，王志伟和知青们脸上的笑容也越来越少。

这天下午，送走了一个观摩团，王志伟走到闫国顺身边，犹豫了一下，说道："闫书记，这样下去鱼都被带走了，我们都没舍得吃一条，这样怎么行？这可都是老支书的心血啊。"

闫国顺清了清嗓子说道："志伟啊，我也知道你们搞这个稻田养鱼很不容易，上级领导来观摩，这也是对我们工作的肯定啊，下一步说不定还会在全公社推广，这是大好事，咱们得支持。"

"可是这鱼也不能这样'做试验'啊，都被这帮人弄走了。有些领导已经来'观摩'好几次了。"王志伟说道。

"唉，这也没办法。那这样吧，我们自己也做'试验'，晚上吃鱼，大家放开了吃，也吃一吃咱们的稻香鱼。"闫国顺说道。

"咱不卖了？这鱼眼看着就可以卖钱了。"王志伟问道。

"咋不卖？卖！还要尽快卖，要不然真被'试验'完了。你以为我不心疼啊，我也着急啊。不过这鱼不大，不知道好不好卖。"闫国顺说道。

王志伟想了一下："行，明天开始卖。晚上咱们吃鱼，辛苦半年了，也该尝尝了。咱们以后每天也'做试验'。"周围的知青们一听，也都高兴地叫起好来。

晚上吃鱼的时候，整个知青点像过年一样，邵正易他们几个虽然没参与搞试验田，但是也跟着大家一起吃，在这个时候似乎大家团结在了一起。

第二天一大早，王志伟和几个知青捞了一大盆鱼，拉着板车，推到了公社集市上，摆了一上午，询问的多，几乎没有卖出去几条。现实的打击让王志伟他们对稻田养鱼产生了动摇。

第二十七章

　　虽然王志伟他们的稻香鱼在集市遭遇了打击，但是也找出了为什么不好卖的原因，主要是草鱼刺多，特别是草鱼还不够大，刺就更多。知青点的鱼才长到了两斤左右，正是刺多的时候，这在昨天晚上知青点吃鱼的时候，大家已经深有体会。

　　王志伟和其他知青灰心丧气地拉着鱼又回到了知青点。

　　眼看着水稻就要成熟了，现在摆在王志伟他们面前的有两条路，这鱼养还是不养？如果养，要继续耗费大量的人力、物力来看护。如果不养，这半大不小的鱼实在是不好卖。当天晚上，知青点里，有的人说不要养了，晚上的贼防住了，白天观摩的人把鱼给观摩走了；有的人说继续养，再养一年，等鱼大了绝对能够卖上价。两帮人始终争执不下，谁也说服不了谁。

　　第二天早上，当又一批塘河的领导来观摩的时候，更坚定了知青们的想法，那就是不养了，因为没法养了。因为有个领导居然提出可以在试验田里开展抓鱼的活动。王志伟也顾不上闫国顺的面子，当场把这个提议给反驳掉了，理由就是水稻还没收，不能下田。这个提议也就不了了之了。

　　又过了几天，10月中旬了，水稻终于成熟了，可以收割了，知青点的知青们又开始了起早贪黑地忙碌，这次收的水稻可是关系到明年的口粮，每个人都很用心地做到了颗粒归仓。忙了四五天，大家终于把水稻收割完了，成群的鱼看得也更真切了。

　　站在田埂上，闫国顺跟知青们说："我也听说你们一些人想继续养鱼，也有的人说不要养了。我个人支持不要养了。"闫国顺的话一说完，很多知青包括王志伟都有点怀疑地看着闫国顺。一直以来，知青点的知青们背地里都在骂闫国顺，都认为他是用试验田里的鱼来巴结上级领导，不过大家纳闷的是，鱼要是不养了，闫国顺还拿什么去巴结领导。

闫国顺一看大家的表情，笑了笑，说道："我知道，最近很多领导过来，都是我带着过来的，大家背地里叫我'阎王爷'。但是我知道大家搞这次稻田养鱼不容易，不管赚不赚钱，这些都不重要了，这是一次非常成功的尝试。在我眼里，在各级领导的眼里，你们都是成功的。所以我觉得这鱼再养下去也就是大了一点，正是因为只有这些试验田，所以很多人帮我们'做试验'就心安理得。只要我们没有别的地方搞试验田，我们这里就一直会被观摩，很难避开这个问题。只有大规模地推广稻田养鱼，我们这里就不会这么受关注了。"

知青们听了闫国顺的话，纷纷点头称是。王志伟说道："确实，很多人过来是看个稀奇，但是帮我们'做试验'的口子一开，很难厚此薄彼。闫书记的说法，我是非常同意的，这鱼不能再养下去了。不过我倒有个想法，我们可以把鱼分给上级领导，也可以分一些给我们康庄大队的村民，大家说是不是？"

"分了吧，分了吧，这一天天轮班也很累，每天晚上都是提心吊胆的。把鱼分掉省心。"甄万军应声说道。周围的知青们议论纷纷，大部分人都同意不养了，毕竟这鱼要养大一些，还要过个冬，再养一年。

闫国顺示意大家静一静，说道："我有个想法，我们既不得罪上级领导，也不亏待我们康庄大队的村民。"说完这句话，闫国顺卖了个关子不说了。看着大家静了下来，都盯着他的时候，闫国顺才说道："我们组织一次抓鱼大赛，想要抓鱼的，下田直接抓，抓到都是自己的。邀请上级领导和村民都来参加，我们一次性把鱼全部送出去。赚不赚钱不重要，你们试验田的工分一分也能不少！你们看行不行？"

知青们愣了一下，接着都反应了过来，都大声叫好。工分不少，明年的口粮就没问题了，不用问家里要了，能不好吗？

闫国顺一看大家都同意，也很满意，说道："我今天去公社说一下这个事，暂定后天上午搞这个抓鱼比赛，这两天大家也分头去康庄大队的各个村通知一下，让村民们都来参与一下。明年我们把稻田养鱼规模扩大，这样就不用盯这么紧了，也不会这么累了。大家分头行动吧。"于是，一场为稻香鱼彻底打响名气的活动紧锣密鼓地酝酿起来。有的人骑着自行车，有的人靠两条腿，到附近的村落开始宣传。还有的人用大队的喇叭，进行反复播报。

闫国顺到公社报告了准备组织一次抓鱼活动，公社也非常高兴，表示大力支持这次抓鱼活动，还专门派了一名叫陈国栋的干部负责指导做好这件事。

陈国栋跟着闫国顺到了试验田这里，跟知青们一起商量，决定给这次抓鱼活动起名，叫龙门公社首届"稻花香·庆丰收"抓鱼活动。接着，大家又七嘴八舌地商量起了如何布置、如何组织等细节问题。

第二天，知青点的知青们全员出动起来，试验田的周围拉起了横幅、彩旗，到处洋溢着活动的氛围。附近的村民有的闻讯赶来，问起了活动的详情，然后摩拳擦掌地回家准备去了。当天晚上，忙了一天的知青们兴奋地有点睡不着了。

抓鱼活动的一大早，知青们就已经到了，村民们把试验田围了个里三层外三层，大家都等着活动开始。

上午9点多的时候，不知道谁喊了一声："来了，来了。"大家都朝路口看去。只见闫国顺走在前面，领着一大群人往这边走来，看样子应该是公社的领导来了。人群自动分到了两边，摆在道路旁边的两面大鼓响了起来，声势震天，煞是热闹。闫国顺引着领导走到了挂着"龙门公社首届'稻花香·庆丰收'抓鱼活动"横幅的拱门。这个拱门是稻草扎成的，非常有田园气息。

只见有个领导站在了拱门前面的正中间，其他人自觉地走到了他的身后站成了一排。闫国顺用手示意大家安静下来，待到人群安静了下来，他拿出了一个小本子，打开看着大声说道"父老乡亲们，大家上午好！10月是收获的季节。我们刚刚完成了晚稻的收割。今天，我们在这里隆重庆祝今年这个丰收年，特别组织龙门公社首届'稻花香·庆丰收'抓鱼活动。请允许我介绍一下出席这次活动的领导，他们是：龙门公社姚建宏副书记、陈文林主任、赵超远所长、郑红旗所长、杨德兴主任以及公社的机关干部，让我们以热烈的掌声欢迎公社领导的莅临指导。"说完，带头鼓起掌来，周围响起了热烈的掌声。

掌声稍歇，闫国顺接着说道："下面，请姚书记给我们做指示，大家欢迎。"

姚建宏等到掌声弱了下来，大声说道："乡亲们，受公社姜长生书记的委托，今天我代表公社来参加这次首届'稻花香·庆丰收'抓鱼活动,我感到非常荣幸。看到大家因为丰收而开心的笑脸,我也由衷地为你们高兴。这次康庄大队搞的这个稻田养鱼试验,我觉得非常好!姜书记多次开会时表扬了刘盛和老支书,也表扬了我们知青点的知青们。这段时间,公社很多同志来观摩以后,回去也是交口称赞。"顿了一下,他接着说道,"今天呢,康庄大队为了庆祝这个丰收年,组织这次'稻花香·庆丰收'抓鱼活动,这是首届抓鱼活动,以后还会有第二届、第三届,我希望可以一直延续下去。同时,也将我们龙门公社的稻香鱼这个品牌推出去。在此,我代表公社姜书记和公社领导班子,预祝活动圆满成功。"话音刚落,掌声四起,经久不息。

闫国顺等到掌声平息了一些,大声说道:"我长话短说,我再宣布一下活动规则,徒手抓鱼,不能使用工具,以半个小时为限,取前五名,抓到的鱼最多者,再奖励20条,第二名奖励16条,第三名、第四名和第五名均奖励10条。在这里我特别强调一点,只要参加活动,抓到的鱼都是奖励给大家的。下面,请大家挽起裤腿、撸起袖子,到田边就位。"

不大一会儿,田埂上就站满了人,旁边摆满了桶和盆子,有的人甚至摆了两三个桶,一个个摩拳擦掌,准备大干一场。王志伟和几个知青没有下田,在田边维持秩序,其他知青也想下去,就站在田边准备下田。

看到参加活动的人都已经就位,闫国顺凑到姚建宏的身边,小声问道:"姚书记,准备好了,请您宣布开始吧。"

姚建宏清了清嗓子,大声说道:"下面,我宣布,龙门公社首届'稻花香·庆丰收'抓鱼活动,现在开始!"话音未落,大家如同下饺子一样冲向了稻田,惊得群鱼四下乱蹿,惹得大家一片欢腾。有的人为了抓一条鱼,一不小心摔倒了,爬起来继续抓。有的人站在一个角落一动不动,两只手悬在空中,等着被人惊过来的鱼游过,随时准备出击,没想到用这种方法还真抓到了不少鱼。有的人认准一条鱼追着抓,大有一副不抓住不罢休的劲头。有的人像无头苍蝇一样,看到哪里有鱼就往哪里追,把自己转得晕头转向,也没抓到几条。

半个小时说慢也慢,说快也快,很快已经25分钟了。闫国顺大声喊道:"还有 5 分钟，加油啊！"接着让鼓手敲起了大鼓，本来已经没啥劲头的人们，又开始爆发了，稻田里又掀起了一波抓鱼高潮。不停地有人大叫一声："抓到了！"然后把鱼高高举起，旁边立刻投来了羡慕的眼光。

"时间到！"闫国顺大声喊道，然后示意鼓手先停一下。在王志伟他们的清点下，很快就排出了前五名。第一名居然是老支书的儿子刘洪涛。姚建宏亲自为前五名颁了奖，宣告了抓鱼活动的结束。

中午时分，喧闹的人群逐渐散去。王志伟看着一片狼藉的稻田，人们狂欢的声音似乎还在耳边，他看着天雾山，振臂高喊："啊——结束了，爽啊！"周围的知青们也跟着大喊起来："啊——"喊声在山间回荡，似乎是天雾山的回应。

第二十八章

　　龙门公社首届"稻花香·庆丰收"抓鱼活动宣告了一年农忙的结束，知青点也进入了农闲时节。

　　1977年10月21日，跟往常一样，知青们有的三五成群地围在一起打着扑克牌，有的下着象棋，几个女知青围在一起打着毛衣，这是一年中难得的快乐时光。王志伟和张小芹虽然没有围坐在一起，但是两个人时不时地都会瞄一下对方，不经意间的眼神交汇，让两个人感到非常甜蜜。

　　就在大家沉浸在这种闲适静谧气氛的时候，忽然，王文轩满头大汗地从外面跑了进来，手里举着一张报纸，由于跑得太急，跟跄了一下，差点摔个嘴啃泥，还好手按地了，可惜报纸被撕成了两半。王文轩顾不上这些了，连膝盖上的灰也顾不得拍，就大声喊道："恢复高考啦！恢复高考啦！"知青点的知青们都停下了手中的活儿，一下子都跑到院子里，围了上来，七嘴八舌地问了起来。有的人甚至伸手过来抢报纸。王文轩今天去公社闲逛，没想到看到了恢复高考的重要消息，立刻买了张《人民日报》，一路跑回了知青点。王文轩把报纸高高举起，大声喊道："别挤，别挤，我来给大家念一下，不要着急。"这一嗓子让大家安静了下来。

　　王文轩清了清嗓子，开始念了起来。

　　"我来，我来，念重点。"邵正易大声说道，一下把报纸从王文轩手里抢了过来，接着念道，"全面地正确地贯彻执行我党的教育方针，高等学校招生进行重大改革。新华社一九七七年十月二十日讯。教育部最近在北京召开全国高等学校招生工作会议，提出了关于今年高等学校招生工作的意见。今年将进一步改革招生制度，努力提高招收新生的质量，切实把优秀青年选拔上来，为在本世纪内实现四个现代化，尽快地培养又红又专的建设人才。"说到这儿，邵正易停了下来。

大家一看邵正易停了下来，七嘴八舌地嚷嚷了起来："快念啊，恢复高考咋说的？啥时候高考？我们能不能考？"

"你念的啥啊，有没有点实质的东西啊？"张小芹憋不住问邵正易。

邵正易摸了摸头上的汗，正好口干舌燥，连忙把报纸递给了张小芹，说道："给给给，你来！"

"我来就我来。"张小芹接过报纸，看了一下，念道："根据会议提出的招生工作意见，今年高等学校的招生工作有了重大改革。"顿了一下，接着念道："今年的招生对象是：工人、农民、上山下乡和回乡知识青年（包括按政策留城而尚未分配工作的）、复员军人、干部和应届高中毕业生。年龄20岁左右，不超过25周岁，未婚。条件是：政治历史清楚，拥护中国共产党，热爱社会主义，热爱劳动，遵守革命纪律，决心为革命学习；具有高中毕业或相当于高中毕业的文化水平（在校的高中学生，成绩特别优良，可自己申请，由学校介绍，参加报考）；身体健康。"念到这里，张小芹顿了一下，抬起头，眼神一下子就与王志伟交织在一起，脸没来由地开始发烫起来。

"我们都可以参加高考了！"知青们欢呼起来。王志伟站在旁边也攥了攥拳头。有人说道："高考考啥啊，快看看有没有说？"

张小芹接着念道："考试分文理两类。今年，文科的考试科目是：政治、语文、数学、史地。理科的考试科目是：政治、语文、数学、理化。报考外语专业的要加试外语。由省、市、自治区拟题，县（区）统一组织考试。"

这时，闫国顺拿着个收音机来到了知青点的大门口，看大家围在一起，连忙喊道："大家静一下，恢复高考了，你们上山下乡的知青都可以参加了，刚才广播里说的。"

"闫书记，我们正在看，报纸上也登了。"王志伟说道。

闫国顺拿着的收音机里传来了广播的声音："今年高等学校招生工作推迟到第四季度进行，新生将于明年二月底以前入学……"大家听到这句话后，顿时沸腾了起来，后面广播里说的啥，大家已经听不清楚了。高考第四季度开始，

现在已经 10 月 21 日了，没几天了。

刚才那种"漫卷诗书喜欲狂"的狂喜心情跌到了谷底，现在大家有机会上大学了，但要复习，一没有时间了，二没有复习资料。大家轮流拿着报纸看了一遍又一遍，心情也跟着里面的文字起起落落。

张小芹找了空当，拉了拉王志伟的袖子。王志伟跟着她走到了旁边。张小芹说道："志伟，你要加油啊！一定要考上大学！"

王志伟说道："我准备报文科，我准备中午吃过饭就去塘河找点复习资料，现在时间不多了，随时都有可能开始考试。"

"我也准备回长川一趟，这里估计也找不到啥资料，我回家看能不能弄一些，我给你也带一些。恢复高考后，也不知道还有没有推荐上大学的制度了。我也得准备参加高考。"张小芹说道。

"那我们别吃中午饭了，现在就走吧。"王志伟一刻也不想耽误了。

就在两人准备出发的时候，发现知青点的知青们都准备着出门去找复习资料了。大家一改原来慵懒的模样，每个人都像打了鸡血一样，恨不得肋生双翅飞到目的地。

时间不等人，现在全国的知青们基本上都知道了恢复高考的消息，而且门槛非常低，其实等于是零门槛，基本上没有严重问题，每个人都能够参加高考。每个人都是异常兴奋，铆足了劲，想着拼一把。就连平时吊儿郎当的邵正易，这个时候也动了起来，也不想着打牌了，收拾了东西，也跟着返城找复习资料的大军往车站赶去。

到了龙门镇上，发往塘河的班车早已经人满为患了。售票员在大声地呼喊着："快点了，准备发车了，里面的人往里挤一挤，还能再上几个人。那个谁，你起来给人家女孩子让个座，你大老爷们也好意思坐那儿。这就对了嘛！"

"别挤了，再挤挤扁了。"里面有个女的在喊。

车厢里一阵哄笑。

哄笑过后，整个车厢依旧是闹哄哄的，大家在兴奋地讨论着恢复高考的事情。

"邵哥，你说国家这次恢复高考，能招多少大学生？"王文轩问道。

邵正易一听，瞥了一下不远处的张小芹，想了一下，说道："这次高考虽然门槛降低了，但是我觉得考题也会简单一些，招生量也会很大，毕竟10年没高考了，很多人基本上都已经把那些知识忘光了，考得太难了，就没有什么意义了，你说是不是？"邵正易对自己的回答还是很满意的，说完还偷偷看了一眼张小芹，他没有发现张小芹嘴角的一抹浅笑。

"邵哥，你高啊！"王志轩一个马屁就拍了过去，"让你这么一说，我忽然有信心了，你是不是有内部消息啊，怎么知道这么多？"

邵正易的心里那个舒服啊，就像三伏天吃了根冰棍一样，太舒服了。特别是王文轩这一说，大半个车厢的人都在关注他了，这种感觉真的很享受。邵正易看大家都被他吸引了，清了清嗓子继续说道："高考停了10年，国家的人才培养也是停了10年，虽然还有大学生，但是供不应求，很难满足国家的发展需要。现在恢复高考了，我们也有了用武之地，国家不是也需要我们这些人吗？"

"好，说得好！"车厢里不知道谁叫了声好，引来了一片附和声。张小芹暗暗点头。

邵正易看到大家给他叫好，心里暗暗得意，刚才听收音机里讲的，没想到这么快就派上用场了。

王志伟没有跟张小芹坐在一起，听了邵正易的话，觉得他说得很有道理，也暗暗点头。被恢复高考的消息刺激得无比亢奋的知青们，每个人都感觉到了大学在向他们招手。

第二十九章

到了塘河汽车站，发现回长川的车票早就卖完了，一帮人都傻眼了。陆陆续续地，车站里的人越聚越多，都是塘河下面一些公社的插队知青，准备回城市找复习资料，结果到了车站，才发现车票早就卖光了。

王志伟在售票窗口外面远远地看到了陈秀娟，可是陈秀娟一直在忙着应付那些知青的询问。只见陈秀娟一遍又一遍地解释着，每个知青都会不死心地多问几遍。这样的情形一直持续到了中午，每个人都在车站等着，期待客车来的时候能挤上去。

到了午饭时候，陈秀娟把售票窗口的小窗户关上了，连着喝了大半杯水，喘了口气，从抽屉里拿出了一张塘河到长川的车票，高兴地笑了笑，把车票揣进口袋，到休息室的工作服换了下来。她便到车站里转悠了起来，因为她觉得王志伟今天应该会来车站。果不其然，她看到了和一群知青站在一起聊天的王志伟，也看到了王志伟旁边的张小芹，愣了一下。这时，可能是女人的第六感，张小芹扭过头来，一眼就看到了陈秀娟，两个人对视了一眼，谁也没有说话。张小芹拉了拉王志伟，王志伟扭过头来，看到了陈秀娟。王志伟脸上马上荡起了笑容，迎着走了上去。

"志伟，你跟我来一下。"陈秀娟摸了摸口袋里的车票说道。

王志伟回头看了张小芹一眼，说了一声："我过去一下啊。"没等张小芹反应过来，就跟着陈秀娟向车站外走去。

到了车站外面人少一些的地方，陈秀娟停了下来，转过身来，从口袋里掏出那张车票，递给王志伟说："给你，下午1点20分的。"

王志伟接过来一看，脱口而出："到长川的！"

"嘘，别吭声了，现在已经没票了，我专门给你留了一张。"陈秀娟连忙打断王志伟的话。

"秀娟,还有没有了?"王志伟讪笑着说道。

陈秀娟看着王志伟,说道:"怎么着,准备给你旁边那个女孩弄票?"

王志伟不好意思地说道:"是啊。"

"这真没有了,我就给你留了一张,你看着办吧,我要去吃饭了,下午还要应付你们这帮知青。对了,你回去要是弄到复习资料也给我一些,我也要参加高考。"说完,陈秀娟便走了。

王志伟连忙喊道:"钱给你,别急着走啊。"

陈秀娟头也没回,手在头顶潇洒地挥了挥。

王志伟攥着手里的那张票,百感交集。这张小小的车票在今天就显得弥足珍贵了。王志伟看了一眼车票,往车站里走去。他走到张小芹的身边,把她拉出了人群,说道:"来,跟我来,给你个惊喜。"

"什么惊喜?"张小芹一听说有惊喜,刚才王志伟被陈秀娟叫走的那丝不快也抛之脑后了。

王志伟领着张小芹到了一个人少的地方,把车票递给了张小芹。张小芹接过来一看,惊喜地跳着叫了起来:"长川的!下午1点20分!"王志伟连忙制止张小芹的惊叫。

张小芹过了一会儿才平静了下来,问道:"哪里搞的?"又忽然想到刚才那个女孩,说道,"那个,她给的?"

王志伟说道:"对,秀娟刚拿给我的。"

张小芹轻轻捶了一下王志伟的肩膀,说道:"你可以啊,还有没有了?"

王志伟也没躲开张小芹的粉拳,说道:"就这一张,你回去找资料,到时给我带一些就行了。我回去肯定没有你厉害。这个光荣而艰巨的任务就交给你了,我就在知青点等你的好消息。"

张小芹想了想,也不推辞了,因为她知道回去以后,靠她家的关系网,应该可以多弄点复习资料,于是说道:"好,我回去多弄一些。你放心吧。"

"走,趁还有时间,我带你去吃一家很好吃的米粉。"王志伟看还有时间,于是准备带张小芹去陈红霞那里吃碗米粉再走。两个人有说有笑地来到了陈红霞的米粉摊这里。陈红霞一看王志伟来了，还领着一个漂亮女孩，顿时满脸堆笑地迎了上来，连忙招呼两人坐下后，悄悄拉了一下王志伟的袖子，王志伟跟着陈红霞走到了另一侧。

"志伟，你这是换了一个？"陈红霞问道。

王志伟脸一红，说道："都不是，霞姐，这是知青点的，关系跟我还行。两碗米粉，别问了，还要赶车。"

陈红霞被王志伟说得一愣一愣的，心道：这臭小子，还不让我问，不会是脚踏两只船吧？这可不行，我一会儿问问他。

不一会儿，两大碗米粉就端了上来。张小芹一看这么大碗，自己肯定吃不完，就把碗里的米粉分了一些给王志伟。王志伟和张小芹在车站待了一上午，也饿了，埋头吃了起来。

两个人正吃着，陈红霞凑了过来，坐下来说道："志伟呀，这位姑娘是？"

王志伟恍然大悟，自己居然忘记介绍了，连忙说道："霞姐，这是张小芹，跟我一个知青点的。小芹，这是霞姐，我在塘河印刷厂那段时间认识的，对我非常好。"

"霞姐，你好。我是志伟的朋友。"张小芹笑着说道。

陈红霞看着张小芹，心说：我这个小老弟眼光不错，这个比原来那个更好看啊，一看气质都不一样啊。于是说道："小芹长得真好看，一看就不像是我们这种山沟沟里出来的。我这个志伟小老弟是个好人，你可别欺负他啊。"

张小芹俏脸一红："霞姐，你别开玩笑了，我哪敢欺负他啊，都是他欺负人家。"话一出口，又感觉不对，脸更红了。

陈红霞一看这情形，又瞪了一眼王志伟，说道："你给我小心点，别欺负人家啊！"

王志伟赶紧举手投降："霞姐，你就别拿我开心了，我心里有数的。"

这时又有客人来点米粉，王志伟和张小芹才算解围，两个人相视一笑。吃完米粉，又和陈红霞聊了几句，王志伟就送张小芹去车站了。送完张小芹，本来想和陈秀娟打个招呼，看到售票窗口被围了个里三层外三层，便作罢了。

张小芹赶回长川，一到家，父母还没有下班回来。于是她就开始翻箱倒柜地找复习资料，找了一些，发现除了语文、数学的书还在，其他的已经很难找到了。张小芹坐在床上，急得头上都冒汗了。想了一会儿，决定去找同学问问，于是她便找自己高中时候的几个同学。找了几个同学，都没有借到复习资料，因为大家都要参加高考，而且书本都不全，还都想着问别人借一些。

傍晚时分，张小芹心情很失落地回到了家里，父母已经下班回来了。詹永萍一看女儿回来了，非常高兴，说道："今天公布恢复高考，我还想着去你知青点一趟，没想到你今天就回来了，回来就别回去了，我跟塘河那边打个招呼。今天几个同事还在商量给孩子凑个补习班，请高中的老师过来给你们辅导一下，距离高考时间不多了。"

张小芹一听，脑袋里一片空白，自己回来是带着找复习资料的"神圣使命"，怎么能就不回去了呢？连忙说道："妈，我还得回去啊，今天就我一个人回来了，知青点20多个人都等着我带复习资料回去呢！"

"这样啊，那你复习资料找到了吗？"詹永萍问道。

"没找到多少，现在复习资料奇缺，大家都在找。我准备明天上午去学校看看，现在只能去学校找一些了。"张小芹说道。

詹永萍狐疑地看了看张小芹，说道："是不是因为那个王志伟，你才要回知青点？"

"哎呀，妈，你说什么呢！"张小芹被詹永萍说中了心事，撒娇掩饰道。

"你明天去原来的学校看看，我找一找教育部门的朋友，看能不能给你弄点书。"詹永萍说道。

第二天，张小芹起了个大早，早早地来到了长川一中门口。等了一会儿，等到了以前的老师。张小芹跟着老师到学校找资料，从仓库翻出来了几册《几何》《代数》，找到历史老师要了十几页有关中国史的填空题，还有一本周一良、吴于廑编写的《世界历史》，找地理老师拿到了一些油印的资料。张小芹非常开心，她知道能够拿到这些资料有多不容易。

中午，詹永萍回到家里，看到张小芹收拾好了资料准备回知青点，就说："小芹啊，你今天回知青点后，抓紧时间回来，我会跟塘河那边协调，到时候还是回长川请老师来给你辅导比较好，这次高考的形势非常严峻。"顿了一下，又说道："今天我跟教育厅的朋友聊了一下，人家说这次高考报考条件放得很宽，报名人数也是难以预计，毕竟大学就那些招生名额，所以想考上心仪的大学，难度还是非常大的，你在知青点很难系统地复习，况且还要参加劳动，我觉得你还是回到长川比较好，如果没问题，我就找人安排补习班的事情了。"

"妈，你上次不是答应王志伟只要他考上大学就可以和我交往，你看能不能补习班也带上他？"张小芹喏喏地说道。

"不行！"詹永萍立马拒绝道，"考大学的事情，需要他自己去争取，我不会帮他的，这事不要再提，一提王志伟，我就想生气。你吃完饭就赶快回知青点，把资料送回去就回来吧。我这边着手安排补习班的事。"

张小芹一看詹永萍生气了，便草草地吃完饭，就拿上复习资料回塘河了。

第三十章

张小芹带着一大堆复习资料回到了知青点,并把自己母亲要自己回长川复习的想法说了一下。王志伟心里暗叹,表示无条件支持张小芹。

这天,知青点的知青陆陆续续回来了。大家或多或少都带回来了一些复习资料,而且都是五花八门的,甚至有的带回来了一大捆报纸,本来大家都问带报纸干啥,说是考政治时候需要复习这些报纸,才恍然大悟。

王志伟看到大家带回的复习资料以后,心中有了主意,说道:"大家先静一下,现在复习资料很难找全,特别是习题类的特别少,这对我们复习迎考是非常不利的。我们要把资源集中起来,尽可能地抓紧点滴时间来复习。时间可能还有一个月,也可能还有两个月,但是我们已经很多年没碰过课本了,基本忘得也差不多了,需要抓紧时间把这些知识学起来。"

"你说的这些,我们都懂,你说咋办吧?"王文轩插嘴说道。

"好,我直奔主题了,我主要是想提几个建议。第一,我们把复习资料登记好,大家轮流使用,这样可以最大限度地利用好这些来之不易的复习资料。第二,我们成立学习小组,每天抽半天时间集中复习,一起交流复习心得,这样的话我们只需要专攻一些学科,大家相互交流。第三,我们可以外请一些老师来给我们辅导,这样更权威一些。"说完,王志伟停了一下,看了张小芹一眼,接着说道:"当然,我也建议有能力、有资源的人,尽量回城里复习;留下来的人,我们就抱团取暖吧。"

王志伟说完,很多知青鼓起掌来。很多人纷纷表示要留下来。此时的张小芹陷入了沉思当中,这次高考复习,听了王志伟的说法,其实挺想留下来,在知青点跟大家一起复习备考。但是如果这样的话,估计父母会非常生气,张小芹陷入了两难之地。

王志伟看到大家的热情很高，说道："这次高考非同以往，可以说是真正的过独木桥，大家要各显神通，只要能考上一个，都是我们知青点的荣耀。我的语文成绩一直不错，我自荐担任语文学习小组组长。大家可以看下，自己擅长哪方面，可以把学习小组组织起来，集中力量复习，可以事半功倍。"

接着，大家自由组起了学习小组。看着大家热火朝天的样子，张小芹非常犹豫。她来到王志伟的身边，小声说道："我得给我妈打个电话，我也想留下来跟你一起复习。"

王志伟一愣，然后说道："小芹，我们这是没有办法的办法，我觉得你还是听你妈的，回去复习比较好。现在能够系统地复习一下，比我们这样强多了。现在不是意气用事的时候，你听我的。你也要相信我，我会努力的！"

张小芹听了王志伟的话，内心还是比较纠结的。正在这时，有人在外面喊："张小芹在吗？"

张小芹应声出去，一看是刘洪涛，连忙招呼道："洪涛啊，进来坐吧？"

刘洪涛说道："不坐了，公社那边传消息过来，说你父亲受伤住院了，你母亲给你请了假，让你回家一趟。"

张小芹一听，心中一急，来不及细细思考，立刻应道："好好，我马上回去。"她返回屋里，跟王志伟他们说道："我爸受伤住院了，我要赶紧回长川了。"王志伟也是一愣，随即心里便明白了，但是也不点破，就说道："那赶紧回去吧，你那边如果弄到什么复习资料了，可以给我们寄一些。"

张小芹的心思已经全乱了，完全失去了判断能力，连忙点着头，就往外面走去。到了龙门公社坐上车的时候，张小芹心里才稍微定了神，自己父亲受伤住院的消息是真的吗？越想心里越没底，这个消息十有八九应该是假的，应该是家里想让自己回去复习。想到这儿，张小芹甚至想下车回知青点，但是想到父母为了自己能上大学，连自己受伤都能编出来，真是可怜天下父母心啊！

张小芹回到长川后，直接到了父亲的单位，结果发现自己的父亲果然好好地在上班。一切都真相大白了，张小芹虽然很生气，但是考虑到父母的良苦用心，也就认命了，只是很是担心知青点的王志伟他们。

且说龙门公社的知青们，在王志伟的带领下，各个学科的学习小组有条不紊地复习着。最让知青们欣喜的是，每隔几天就会有一些学习笔记给王志伟寄过来，上面是密密麻麻的张小芹娟秀的字迹。每次在补习班上课的时候，张小芹都会认认真真地记笔记，晚上回家再誊抄一遍笔记，攒上一些就赶快给王志伟寄过来。

王志伟和知青点的知青们白天忙着冬灌，晚上拖着疲惫的身体回到知青点刻苦地学习。农村晚上停电的时候居多，大家就围着煤油灯挑灯夜战，每个人的心都在奋力地跳跃着，毫不顾忌被煤油灯熏得黑乎乎的鼻孔和熬得通红酸涩的眼睛。真可谓是恢复高考制度的时代先声，在知青点得到了最为亢奋有力的回应。不到一个月的时间，知青点的每个人都瘦了三到五斤，因为大家都很清楚，这次高考将是改变自己命运的时刻。

这次的高考不是全国统考，而是各省各自命题组织考试。长南省的高考初试定于12月7日、8日两天，第二轮高考为12月21日、22日两天。这次恢复高考不再根据政治表现和家庭成分限定考生资格，王志伟、张小芹和知青点的知青们都如愿报了名。王志伟准备考新闻类或者文学类的专业。张小芹准备考医学类的专业。

紧张而忙碌的复习备考在大家的废寝忘食、通宵达旦中一天天地重复着。转眼间，就到了高考的前夕，因为龙门公社的知青们都到塘河的一些学校参加高考，张小芹也回到了知青点。

12月6日中午吃过午饭，张小芹找到了王志伟，两个人一起走向以前常去的小山包。一路上，两个人都没有说话。最后，两个人同时打破了沉默，同时说道："复习得咋样了？"两个人相视一笑，王志伟说道："你先说。"

"我感觉数学有点问题，其他的还好，我还是有把握的。你呢？"张小芹笑着说道。

"我感觉还行，平时我也没落下学习，这段时间强化了一下，应该不会太差，我准备报汉江大学的中文系，你呢？怎么想的？"王志伟说道。

"我爸妈想让我读长南省医学院，想让我在家门口学检验学。我也想报一个离家远的学校，可是爸妈那里的工作还要去做。"张小芹说道。

"等高考完再去做工作吧，你爸妈的意见还是要参考的。毕竟你妈在卫生系统，如果你学医，她可以帮你不少。我钻研一下文学吧。现在说这个还为时尚早啊，11年没有高考，很多人都在学习，应该是藏龙卧虎。"王志伟说道。

　　"志伟，我也报汉江的医学院吧，我想跟你在一起。你一定要考上啊，我可是有把握的。"张小芹俏皮地举了举粉拳，给自己加油，也给王志伟加油。

　　"汉江大学的中文系叫作中国语言文学系，是我向往的学校。"王志伟望着远方说道，思绪似乎已经飘向了汉江大学的中文系。

　　张小芹看着认真模样的王志伟，看得有点痴了，在她眼里，这个时候的王志伟真的很有魅力。王志伟说完半天，没听到张小芹的反应，转过头看到张小芹吹弹可破的脸蛋上细密的绒毛清晰可见，乌黑的眼睛秋水清亮，他也看得痴了，心中只有一个声音："太美了！有女如此，夫复何求？"

第三十一章

12月6日的下午,知青点的知青们收拾了一下东西,就都到塘河的招待所住了下来,接着大家去各自的考点看了考场,这样的话比较方便参加第二天的考试,不然从龙门公社赶过来,浪费太多的时间了。

12月7日的一大早,王志伟他们相互提醒着起了床。大家前一天晚上睡得都不是太好,甚至有的知青还顶着个熊猫眼,看来是彻夜难眠。

王志伟的考点在塘河四中,离招待所不算远,在路上买了馒头、包子,就着军用水壶里的热水草草地吃了。张小芹的考点在塘河一中,跟王志伟在相反的方向,于是两个人便去了自己的考点。

到了塘河四中的门口,王志伟已经看到门口挤满了人。

站在门口的考生更是五花八门,有的已经三十几岁,有的才十五六岁,甚至还看到了一个妻子抱着孩子送丈夫来考试的。

就在王志伟站在门口四下张望的时候,肩膀被人拍了一下。王志伟扭头一看,居然是陈秀娟正面带笑意地看着他。王志伟笑道:"你也在这个考点啊。报的文科,还是理科?"

陈秀娟说道:"我报的文科,我家里想让我报考师范类的,到时端个铁饭碗就行了。我自己复习得也不是太好,心里一点底都没有。我还是请假背着单位来考的,我爸不想让我丢掉车站这份工作。"

"没事,等你考上大学了,这份工作你就看不上眼了。"王志伟笑道。

王志伟和陈秀娟正说着话,学校的侧门就开了,几名工作人员站在门侧检查考生的准考证。王志伟和陈秀娟就随着人流经过检查口,走进了考点。两个人互道加油后就分开了。

第一天上午考语文,王志伟考得很顺利,特别是作文题"谈青年时代"很对他的思路。王志伟洋洋洒洒地把考卷的作文纸写了个满满当当。交卷出来，大部分人都是垂头丧气、唉声叹气，都在谈论考试题太难了。可能卷子并不难，但是大家实在是荒废太久了，短短的一两个月复习时间，很难将这次高考卷子做完，甚至有的人一出考场就哭了，因为作文一个字都没来得及写。

下午考政治，王志伟考得有点吃力，没什么把握，另外还有一些时事政治的题目基本上是靠蒙的。从考场出来的时候，更多的人已经捶胸顿足了。晚上跟知青点的知青一会合，大家都是垂头丧气的。张小芹考得还可以，但是对第二天上午的数学没有一点信心。

第二天的数学，王志伟的卷子上开始出现空白了，诸如"二次函数求极值"之类的题目一点都没答。考完以后，王志伟觉得自己能考个60分就不错了。下午的史地对于王志伟来讲，一样难度不小，虽然丢开书本才一两年，由于以前上学的时候没有高考，这些不是主科的课程学得都不够深入，考试的题目虽然很简单，但是很多知识点都是似曾相识，做起来就有点吃力了。

两天的初试很快就结束了。初试的试卷难度大多是初中毕业考试的难度，但是几家欢喜几家愁。很多人直接就认命了，感觉自己不可能进入第二轮考试了，因为第一轮考试要淘汰三分之二。王志伟和张小芹都有信心进入第二轮考试。

初试的试卷是塘河直接组织批改的。接下来就是一周时间的焦急等待。果不其然，王志伟和张小芹通过了初试，龙门公社知青点的知青全部通过了初试，并进入了第二轮考试。消息传来，大家欢呼声震天动地。因为成绩不是太好的，可以报考中专类，录取的希望还是很大的，起码就可以跳出农门了。

第二轮的高考如约而至。王志伟在提前一天去塘河参加高考的时候，在汽车站售票窗口看到了陈秀娟。陈秀娟告诉王志伟，她也进入了第二轮，王志伟由衷地替她感到高兴。

12月21日早上，王志伟早早地来到了考点，这次的考点在塘河某一初中。在塘河某一初中的门口，看着等候进入考点的考生们，王志伟感到进入第二轮的考生构成似乎没有第一轮那么复杂了，年纪普遍小了不少，很多老知青在这次高考中没有进入第二轮。虽然已是冬季，再次坐进高考的考场，王志伟根本感觉不到冷，完全被紧张兴奋的情绪所感染。心境跟初试时候相比，平静了很多，做起试卷来更加得心应手，特别是数学这科感觉比初试时候还要好。

两天的高考紧张而忙碌，王志伟在结束了考试之后，走出考场，心头的一块大石落了地，并且长长地舒了一口气。第二轮高考是全省统考，改卷速度没有那么快，预计要一个月的时间才能通知。

高考完毕，就开始了估分和报志愿的环节。这天，知青点的知青们都来到了塘河教育局估分、报志愿。拿到高考试卷答案后，大家就开始了呼天抢地，有的人估完分直接就坐到地上了。

王志伟和张小芹估完分，脸色都不太好，两人相视一眼，满脸都是苦笑。王志伟说道："我估计我能考个275分左右，数学和史地能及格就不错了。"

张小芹接着说道："我跟你差不多，也不知道分数线有多高。我们这分数是报大学还是报大、中专类的？"

"等下问一下大家，看大家都能考多少分，再做定夺吧？我还是很想上大学的。"王志伟说道。

王志伟询问了知青点的知青们的估分情况，他和张小芹的估分反而是最高的，大部分都是200分出头，250分以上的几乎都没有。

大家在估分的时候，王志伟遇到了陈秀娟。陈秀娟估完分之后半天没说话。王志伟问了几遍，她才回过神来。陈秀娟看了一下王志伟，说道："我估分210分左右，估计与大学无缘了。不知道报长阳师专行不行？"

王志伟也不知道怎么安慰陈秀娟，就说道："你原来就想当老师，能上师专就可以分配到塘河来教学了，也挺好。"

"关键是要能考上才行啊。复习的时间太短了，再给我点时间就好了。"陈秀娟懊恼地说道。

"再给你点时间，别人也有更多的时间了。今年大家估分都不高，说不定应该可以考上。"王志伟安慰陈秀娟道。

"但愿吧。你估了多少分？"陈秀娟问道。

"我估了270分，也不知道录取率有多高。刚才教育局有个人说，我们整个塘河估计能上大学的人数不会超过两位数。"王志伟说道。

这次高考报志愿，大家可以报三个志愿，报名没有区分重点和非重点，全部是平行志愿，不分批次录取。王志伟提前和家人已经商量过，家人完全尊重他的志愿。张小芹跟家人的沟通不太顺利，她妈妈詹永萍还是想让她报长南医学院的医学检验专业，但是她不想跟王志伟分开太远，想报汉江医学院。

在填报志愿的时候，王志伟在第一志愿那一栏郑重地填上了汉江大学中国语言文学系，第二志愿填报了汉江大学新闻系，第三志愿填报了京北大学中国语言文学系。虽然王志伟清醒地知道自己离京北大学的录取分数线会很远，但是用一个志愿的指标去碰碰运气，他还是很愿意的。张小芹报志愿的时候犹豫了很久，最后一咬牙，第一志愿填了汉江医学院医学检验专业，第二志愿填了长南医学院医学检验专业，第三志愿填报了京北大学临床医学专业。填完志愿后，张小芹感觉浑身的力气都要被抽空了，这次填报志愿，可以说是违背父母意愿的最出格举动。

王志伟在张小芹填报志愿的时候，一句话也没说，因为他不想左右张小芹的想法，一切都要看她自己的选择。最后，王志伟看到张小芹填报了汉江医学院和京北大学，心中非常感动。在张小芹填报完志愿的时候，王志伟轻轻地握住了张小芹的手，玉手一片冰凉。王志伟痛惜地轻轻地揽住了张小芹的肩膀。陈秀娟远远地看到了这一幕，心中暗叹一声，默默地填完志愿就回家了。

第三十二章

"我考上了！我被录取了！"龙门公社的邮电所里，一个人拿着一封拆开的信，状若疯狂地跳着大叫，大有范进中举的风范。周围的人虽然看不惯此人有些疯癫的模样，但内心更多的还是羡慕。

王志伟和知青点的知青们，每天都会来龙门公社的邮电所逛上一逛，主要就是为了看看大学的录取通知书来了没有。1978年1月30日这天，龙门公社的邮电所收到了第一份录取通知书，虽然不是知青点的知青考上了大学，但是大家还是很开心，毕竟录取工作已经开始了。

1月31日，王志伟和其他知青照例吃过早饭后，就三五成群地往龙门公社的大街上去了，一路上大家插诨打科，开着玩笑，心思其实已经飘到了那个小小的邮电所，这里承载了他们所有的希望。到了邮电所，营业员秀儿已经上班了，一如既往热情地招呼着知青们。看到大家一窝蜂地涌进来，秀儿清楚地知道他们想干什么，也最想知道什么。她把早上收到的信件拿了出来，大声地念着："邵正易，你的信。"

"我考上了？我考上了！快给我看看！"人群中的邵正易激动地往前挤着，手使劲地往前伸着。周围的人都羡慕地看着邵正易，自觉地给他让开了一条道。

"快拆开看下。"人群中的王文轩听到邵正易拿到信了，赶紧催促道。

邵正易很享受现在大家的目光，慢条斯理拿着信，递给王文轩，大声说道："文轩，你拆吧，我有点激动，拆完帮我念一下，让大家都高兴一下！哈哈哈……"

"好嘞！"王文轩接过邵正易递过来的信，小心翼翼地拆开，拿出了一张折叠在一起的粉色卡片。王文轩清了清嗓子，展开卡片念道："亲爱的邵邵……"王文轩刚念一句，就愣住了。周围的人也愣住了，这录取通知书也太肉麻了。邵正易一听，脸一下就红了，心道：不好，这应该是上次交的笔友的回信。他连忙夺过王文轩手中的信，夺路而出，同时邮电所传来了哄堂大笑，整个邮电所的窗户都在震动。

等到邮电所里的笑声稍微小了一些，营业员秀儿接着喊道："张小芹，你的挂号信。""这里，我在。"张小芹赶紧举起手来，窗户边的人把挂号信拿过来递给了张小芹。张小芹拿到信，一看信封，右下角有着大大的"汉江医学院"的字样，心中一阵狂喜，这次没错了，应该是录取通知书了！张小芹用微微颤抖的手拆开了信封，把一张红红的纸抽了出来。还没等张小芹说话，旁边眼尖的人念了出来："张小芹同志，您已被我院医学检验专业录取，请于3月1日前到我院报到。汉江医学院，1978年1月23日。"

邮电所里一片欢呼声。张小芹满眼含笑地看着王志伟，王志伟也是由衷地高兴。就在这时，营业员秀儿的声音再次响起："王志伟，挂号信。""志伟，你录取通知书来了！"窗口的人群里递过来一个黄色的信封。

"看下，是不是汉江大学的？"张小芹说道。

"是不是情书啊？"旁边有人打趣道。

"一边去，没看到这大大的'汉江大学'在这儿印着吗？"王志伟笑着说道。王志伟小心翼翼地拆开信封，打开一看果然是录取通知书，心中一阵狂喜，拿着录取通知书的手微微颤抖起来，心中大喊："考上了！"王志伟看着张小芹，张小芹高兴地笑着，眼中泛起了些许晶亮。

"走吧，我们先回去。"王志伟对着张小芹说道。张小芹很乖巧地"嗯"了一声，跟着王志伟往外走去。王志伟小声跟张小芹说道："咱们要不去公社的寨墙逛一逛？据说西边有片竹林，那里很好玩。"

张小芹有些意动，看了一样王志伟的表情，少女的矜持让她毫不犹豫地拒绝了："我才不要去，那里有啥好玩的，全是谈恋爱的。"说完，自己又后悔了，现在自己不是在跟王志伟谈恋爱吗？

王志伟笑了笑，才不管张小芹说了啥，拉着张小芹就往寨墙方向走去。

到了高高的寨墙上，王志伟和张小芹看到远处的天雾山，不约而同地驻足。站了一会儿，两个人坐到了寨墙上的草地上。虽然有些雾气，但是还是能依稀看到知青点，甚至能看到老支书的墓。两个人都没有说话，就这样静静地看着天雾山。

过了一会儿，王志伟说道："小芹，咱们考上大学了，这几天就要去体检，然后就回城了，要离开天雾山了，我还真有点舍不得这里。因为在这里我认识了你。"

张小芹看着王志伟说道："幸好有你，要不然我也不知道怎么过，这两年太难熬了。"

"小芹，你说，我们以后还有没有机会来这里？"王志伟说道。

张小芹想了一下说道："毕业分配政策还没出来，按以往的惯例是回不到这里了，咱们到时候还是回长川吧。现在你也考上大学了，我妈那三个条件应该不成问题了。至于那5000块钱，我想我妈也就是说说。"

"小芹，放心吧，不就是5000块钱吗？我去想办法，我一定让你妈高高兴兴地接受我。"王志伟说道。

"志伟，你对我真好。"张小芹轻轻地把头靠在了王志伟的肩膀上。

看了一会儿远方的天雾山，王志伟说道："走吧，我们回知青点收拾收拾，下午去塘河转转。明天在塘河体检，然后就回长川，等着开学就行了。""好，听你的。"张小芹说道。两个人手牵着手回到了知青点，虽然大家都在恭喜他们两个，但是脸上的落寞还是掩饰不住。知青点的知青们就收到了他们两个人的录取通知书，其他人的还没收到。王志伟一看就明白了，连忙安慰道："没事，每个学校的录取通知书寄出的时间不同，陆陆续续都会收到的。"每个人都笑了，自然有些勉强，聊以慰藉罢了。因为谁都知道时间拖得越久，就越不可能，因为能上大学的名额太少了。

中午吃过饭，王志伟和张小芹一起来到了康庄大队支书闫国顺的家里。一阵寒暄之后，王志伟和张小芹掏出了录取通知书，然后跟闫国顺说明了要道别的来意。闫国顺大为高兴，这么多年康庄大队都没有过大学生了，这一下子来两个，那可是大好事啊！本来王志伟和张小芹想道个别就走的，闫国顺非要留两个人吃晚饭。王志伟想了想，体检的事情也不是太急，还有时间，就应了下来。

晚上，闫国顺把康庄大队几个比较有名望的乡贤都叫了过来。

晚饭就在闫国顺的家里。菜上差不多的时候，闫国顺端起了酒杯，王志伟也跟着端了起来，闫国顺说道："志伟，你和小芹考上大学，这可是咱们康庄大队的光荣啊，我先干为敬！"说完，一仰脖，把那一杯白酒灌了进去。王志伟也学着闫国顺的样子，跟着一仰脖把白酒灌了进去。这杯白酒的味道，第一个感觉就是"呛"，呛得几乎无法呼吸；第二个感觉就是"辣"，不同于辣椒的那种辣，整个口腔和食道都能感觉到那种辣，甚至能感受到酒顺着喉咙往下流动的轨迹；第三个感觉就是"顶"，感觉酒已经到了嗓子眼儿，随时都可能喷出来；第四个感觉就是"热"，虽然天气还比较冷，但是王志伟的脸上立刻红了起来，身上忽然就发热了，感觉手心脚心都开始冒汗。王志伟用舌头紧紧地顶着上颚，使劲地往下咽口水，过了一会儿，那些感觉终于淡了一点。

接下来，几个乡贤轮流敬酒，几个人推杯换盏，三下五除二就把王志伟灌醉了。本来王志伟一直在推脱不喝，结果喝着喝着自己醉了。要不是王志伟年轻力壮，估计早钻桌子底下了。

这一晚上宾主尽欢，王志伟最后走不动路了，于是就在大队部休息了，一晚上时不时都要起来吐一下，张小芹留下来照顾他。张小芹看着王志伟吐得稀里哗啦的样子，既好气又心疼。她也不嫌脏，帮着王志伟清理秽物、漱口、擦嘴，甚至还拿热水帮王志伟擦了擦上身，直到凌晨，王志伟终于安静了。张小芹看着王志伟睡着的样子，犯了难，这就一张床，自己怎么睡？要是回知青点，把王志伟一个人放在这里也不放心，要是跟他躺在一起，万一……

看着王志伟的样子，思前想后，张小芹还是决定留下来。张小芹脱掉外套，和衣躺了下来，迷迷糊糊地也睡着了。

早上，公鸡的打鸣声此起彼伏，张小芹感觉自己被压醒了，她睁开了眼睛，发现王志伟的胳膊和大腿都压在了自己的身上。吓得她尖叫了一声，看了看自己整齐的衣服，才放下心来。王志伟被张小芹的尖叫吵醒了，看到自己和张小芹躺到了一张床上，一下子就坐了起来，宿醉后的脑袋是一片空白。看着张小芹嘴唇动了动，王志伟断断续续地说道："小，小芹，我也不知道咋，咋回事，我会负责的。"

张小芹看着王志伟的样子，笑了起来，说道："你要记住对我负责啊。快起来吧，一会儿该来人了。"

王志伟看着张小芹的样子，很是纳闷，晃了晃仍然疼痛的脑袋，挪到床边走了下来，脚一挨地，一阵发软，差点摔倒。张小芹赶紧上前扶住了王志伟。

王志伟定了定神，说道："小芹，没事，这酒喝完腿有点发软，适应一下就好了。"说完试着走了几步，平稳多了，回头跟张小芹说道，"看，没事了吧。走吧，回知青点，跟大家告个别，我们下午就去塘河吧。"

"好。"张小芹应道。

第三十三章

王志伟和张小芹一走进知青点，就被甄万军发现了。甄万军笑着看看精神萎靡的王志伟，又看看满脸憔悴的张小芹，"一副我什么都懂了"的模样，说道："你们也不睡个懒觉再回来啊，去哪里庆祝了？志伟你要怜香惜玉啊，你自己也要悠着点啊，身体要紧。哈哈哈……"

张小芹恨不得找个地缝钻进去，手又不由自主地揪住了王志伟腰后面的软肉。王志伟一下子疼得直吸气，又要应付甄万军，说道："哪有啊，昨天在闫书记家里喝酒，结果喝多了，就住在大队部了，小芹照顾我来着。不是你想的那样。"

"我想的哪样啊？哈哈哈……"甄万军又一脸坏笑地逗王志伟。

王志伟的腰间一疼，他知道张小芹又开始了"揪肉大法"。王志伟岔开话题说道："今天再去邮电所看看，说不定大家的录取通知书也来了，邮寄的路上有快有慢。"

"对呀，我也要去看看，我报的大专不知道咋样，我自己估分还不到两百分，也不知道能不能考上？真羡慕你们两个，可以一起去汉江上大学。"甄万军说道。

"面包会有的。万军，相信你可以的。"王志伟为甄万军鼓劲。

甄万军说道："我一会儿去邮电所再看看，然后在供销社买点酒，中午咱们再喝点，你跟小芹上大学了，以后再想见到就难了。"

三个人在门口说着话，惊动了房间里的人，大家免不了都出来打趣一下王志伟和张小芹，随着张小芹的脸红了又红，王志伟腰间的软肉就是疼了又疼。

这天上午，知青点的知青们没有收到新的录取通知书。不过很多人虽然觉得有点失望，但还是心存希望，因为今年的高考录取是优先录取重点院校，报考的三个志愿是平行志愿，所以造成了很多人第一志愿报得不算高，反而会被后面的第二、第三志愿优先录取。

中午，大家在知青点欢聚一堂，包括邵正易也假惺惺地凑过来敬了王志伟一杯，王志伟来者不拒，很快又喝得差不多了，张小芹在旁边极力阻拦，这才让王志伟没有当场倒下。不过，下午王志伟酒足饭饱后就躺下睡觉了，这一睡就叫不醒了，本来想去塘河体检的，结果泡汤了。

第二天一大早，闫国顺和老支书的儿子刘洪涛就来到了知青点，王志伟和张小芹打着背包告别了大家，在众人充满艳羡的目光和不绝于耳的祝福声中，离开了坚守两年的知青点。王志伟和张小芹临走前，还去了老支书的坟前跟老支书说了会儿话，告了别。

到了公社邮电所，王志伟和张小芹把背包寄回长川，两个人背个军挎就去塘河了。到了塘河，王志伟和张小芹在车站售票窗口看到了陈秀娟。王志伟便到售票窗口跟陈秀娟聊了起来。

"秀娟，咋样？考上了没？"王志伟说道。

"嘘——"陈秀娟连忙作噤声状，然后小声地和王志伟说道："今天早上刚知道，考上了。不过我过几天就发工资了，我再上几天班，等发了工资再辞职。"

"恭喜恭喜，考到哪里了？"王志伟问道。

"宛城师专，我看人家很多人都收到录取通知书了，我还以为没戏了呢，没想到居然成了。"陈秀娟说道，"你把地址写给我一下，我们有空通信，我先上班了，你快去陪你女朋友吧。"说着，朝后面的张小芹努了努嘴。

王志伟回头看了一眼张小芹，转过头对陈秀娟说："拿张纸，还有笔，我写给你。"

陈秀娟拿了一张纸和一支笔递出窗口，王志伟写下了"汉江大学中文系"，便递了回去。

"快走了，我们先去体检，我早饭还没敢吃呢。"张小芹在后面催促道。

"好好好，那秀娟我们先走了。"王志伟跟陈秀娟摆着手，跟着张小芹走了，他虽然看到的是陈秀娟满眼的笑意，却没看到陈秀娟眼底的落寞。

早上的体检很顺利，王志伟和张小芹花了不到 1 小时就体检好了，说是下午就可以拿结果了。两个人就准备到陈红霞的米粉摊吃个米粉，下午拿到体检结果交到教育局就回长川。

到了陈红霞的摊，王志伟和张小芹看到陈红霞的旁边站了一个穿着围裙的男人在帮着张罗。陈红霞看到了王志伟和张小芹，赶紧上前招呼："志伟，小芹，你们来了，来坐，坐。"

"姐，这位是？"王志伟看了看那个男人，问陈红霞道。

"你是说老崔啊，这是你姐夫，前段时间腿不方便，现在差不多快好利索了，出来帮我。老崔，这是我常跟你说的志伟，这是志伟的女朋友小芹。"陈红霞恍然说道。

老崔赶紧向王志伟伸出手来，一看自己手上不干净，赶紧在围裙上擦了擦，这不擦还好，手比围裙还干净一些。王志伟也不介意这些，伸出手握住了老崔的手。老崔说道："志伟啊，以前真的感谢你了，要不是你，我家那段时间是真难啊。"说着眼圈就有点红了。

王志伟连忙说道："姐夫，别说这些了，现在不是挺好吗？我和小芹今天来，是跟你们道别的。我俩都考上大学了，过些天就要去上学了。"

"真的！你们也太厉害了。听在我这里吃米粉的人说，今年参加高考的人数有570万人，录取率可能还不到百分之五，这里还包括了大专和中专。你们两个都是大学，真厉害。"陈红霞忍不住竖起了大拇指。

"红霞啊，收摊，回家炒几个菜，我和志伟今天好好喝一杯。"老崔说道。

"好嘞。志伟，你稍坐一下，我收拾一下，很快的。"说着，陈红霞就开始收拾摊位上的东西了。

"姐夫，姐，别别别，我这两天喝得快不行了，你们就饶了我吧，我喝酒自己受罪，小芹受累啊。我今天和小芹还要回长川。"王志伟连忙阻止道。

"这怎么行，住一晚，明天再走吧。"老崔说道。说完不由分说，就开始跟陈红霞一起收拾摊子了。

王志伟和张小芹相视一眼，两个人满脸的苦笑。王志伟心想："得，又不是没醉过，喝就喝，豁出去了，大不了再醉一次。"想到这里，王志伟就帮着

141

陈红霞收拾起了桌椅板凳。收拾妥当，四个人就往家里走去。

陈红霞炒了几个菜，王志伟和老崔就开始喝了起来。这一喝不要紧，直接就从中午喝到了下午快5点，张小芹坐在旁边别提有多无聊了，就看着王志伟和老崔相见恨晚地要拜把子，真是哭笑不得。陈红霞在旁边也是非常开心，好久没见自己丈夫这么开心了。

吃完饭，王志伟已经不胜酒力，直接就睡在了陈红霞8岁儿子崔永强的房间里。陈红霞本来是想让老崔跟孩子睡，自己和张小芹住一个屋。但是张小芹不放心王志伟，就跟陈红霞说，她跟王志伟一个屋就行了。陈红霞本来还想提醒一下张小芹没结婚不能住一个屋，旁边老崔拉了拉她袖子，她就没说什么了。

这一晚上，王志伟依然是吐了好几次，张小芹忙前忙后地照顾了大半夜，这才躺在王志伟旁边睡去。这一宿，两个人也确实累了，毕竟是马不停蹄地折腾了一整天，第二天日上三竿，两个人才醒来。两个人开门出来，看到陈红霞，都不好意思地笑了。

"起来了啊，那先吃饭吧。"陈红霞说道。只见桌子上摆上了馒头和稀饭，还有一盘金灿灿的炒鸡蛋和豆豉。

王志伟和张小芹洗了脸，坐到餐桌上。王志伟问道："永强呢？"

"都几点了？早上学去了。"陈红霞说道。一听这话，王志伟和张小芹都不好意思地笑了。

"我姐夫呢？"王志伟在没话找话地化解尴尬。

"老崔去进货了，摆摊用的一些材料快用完了，隔几天都要去进点货。快吃吧，饭菜我刚热过了。"陈红霞热情地说道。

王志伟和张小芹三下五除二地吃完了饭，就跟陈红霞道了别。到了车站售票窗口买票的时候，陈秀娟看到王志伟和张小芹，心中也是有点疑惑，这两个人昨晚去哪里了？但是嘴上没有问出来。王志伟和张小芹买了两张票便跟陈秀娟道了别。坐上车，一路上，王志伟和张小芹都是手牵着手，张小芹靠在王志伟的肩膀上，俨然一对热恋中的情侣，羡煞旁人。

张小芹到了家，免不了受到了詹永萍的一阵数落。后来看在报了医学院的份上，詹永萍放过了张小芹，但是跟张小芹约法三章，大学毕业一定要回到长川。毕竟只有这一个宝贝女儿，詹永萍不想让她远走高飞。

　　王志伟到了家，那可是被家里人捧上天了，家里出了个大学生，那还得了！王来福也是张罗了一桌菜，拉着王志伟的弟弟王志强，说啥也要跟王志伟喝两杯。王志伟不敢违抗，虽然心中万般不愿喝了。结果没喝多久，王志伟的弟弟王志强最先喝多了，直接来了个"现场直播"，可把王来福和王志伟笑翻了。王志伟的妈妈秦敏云在旁边心疼地照顾着王志强，满眼含笑地看着王来福和王志伟在喝酒，心中像喝了蜜一样。

第三十四章

还有1个月才开学，王志伟和张小芹就有了很多的时间来约会，几乎每天都要见一次面。两个人骑着自行车走街串巷，好好地把长川市玩了个遍，大街小巷撒下了自行车的车铃声和张小芹银铃般的笑声。张小芹有时也会到王志伟的家里做客，秦敏云每次都把张小芹当儿媳妇一样疼，让张小芹充分感受到了家的温暖，有时甚至都不想回家面对强势的詹永萍。

张小芹每天出去和王志伟约会，其实詹永萍既不支持也不反对，有点任其自然发展的想法。丈夫张胜利倒是有时候会帮着王志伟说几句好话，甚至旁敲侧击地说小芹也老大不小了，可以考虑谈婚论嫁的事了。詹永萍每次都是说小芹年纪还小，等上完大学工作了再考虑。其实张胜利心里很清楚，詹永萍对王志伟还是保留意见的，虽然王志伟考上了大学，詹永萍对王志伟和张小芹的交往睁一只眼闭一只眼，但是如果有更好的选择，依詹永萍的强势作风，还是会毫不犹豫地干涉张小芹的选择的。张胜利一点办法都没有，詹永萍在家里积威已久。

随着王志伟和张小芹去大学报到日子的临近，龙门公社知青点的知青们渐渐也放弃了考上大学的想法，龙门公社知青点就考上了王志伟和张小芹两个人。现实就是这么残酷，无情地摧毁了大家的梦想。随着高校的开学，知青点的知青们也陆续返城，很多人铆足了劲准备参加下一次高考。邵正易按照家里的安排，去部队当兵了。

王志伟和张小芹结伴坐火车去汉江报到，坚决制止了家人的陪伴送行。两个人一路的甜蜜羡煞旁人。王志伟暗暗给自己鼓劲：自己一定要好好上学，不辜负张小芹的青睐。

列车到了九河市火车站停了下来，列车广播要停留1小时的时间。

大家都在车厢里坐着，因为天气冷，车窗也没开，不过因为人多，车厢里倒是比较暖和，大家都有点昏昏欲睡的感觉。忽然，王志伟发现前一排斜对面的一个瘦小的男子把手伸向了旁边熟睡女孩的口袋里，一个鼓鼓囊囊的手帕卷眼看就要被拉出来了。王志伟一下子就站了起来，瞪着那个男子。那个男子毫不示弱，回瞪了王志伟一眼，意思是："你不要管闲事！"

张小芹也发现了王志伟的不对劲，看到了瘦小男子威胁王志伟的眼神，轻轻拉了拉王志伟的裤子，王志伟轻轻拍了拍张小芹的手背让她安心。

王志伟丝毫不退让地看着那个瘦小男子，大有"你再不收手，我就不客气"的架势。这时旁边的另外一个满脸横肉的男子站了起来，走到王志伟的身边，拍拍王志伟的肩膀，小声威胁道："各有各的门道，出门在外不要挡别人的财路。"

王志伟一听就明白了，这个满脸横肉的男子应该和那个瘦小男子是一伙儿的，但是他丝毫不退让，说道："把东西还给人家，我看不见就算了，我看见了就一定要管。"说着，垂下的手不着痕迹地对着张小芹摆了摆手，让张小芹先离开这里。张小芹心领神会，装作不想掺和这几个人的事的样子，说道："让一下，我上厕所。"说完绕过王志伟往外面走去，到了走廊，连忙顺着车厢就跑，她要尽快去找乘警。

那个满脸横肉的男子一看张小芹跑了，明白了她是和王志伟一起的。这时，周围的一些人都注意到了这里的动静，很多人看了过来。满脸横肉的男子看了看王志伟，说道："小子，今天算你走运，别让我逮到你。"说完，对着那个瘦小男子甩了甩头，瘦小男子把手帕卷扔到了座位上，两个人连忙下车了。

不一会儿，张小芹带着两个乘警过来了，但是两个小偷已经下车了。乘警拍了拍那个熟睡的女孩，把那个手帕卷递给了她。她连忙打开手帕卷看了看，一看那一卷钱还在，连忙向乘警道谢。一个乘警指着王志伟说道："你要谢就谢谢这个小伙子吧，是他把小偷赶走了。"女孩赶紧对王志伟说道："太感谢你了。钱差点被偷走了。谢谢，谢谢！"乘警又问了一下现场情况，就走了。

随着列车播音员清脆的播报声，王志伟和张小芹抵达了汉江火车站。汉江火车站非常大，一下火车，两个人跟着人流往出站口走去。刚出出站口，就看到很多人举着牌子，上面写着汉江理工大学、汉江工业学院等。王志伟一眼就看到了汉江大学的牌子，但是他没有立刻过去，和张小芹找了一会儿，也看到了汉江医学院的牌子。于是张小芹走到了举着汉江医学院牌子的那个年轻男子的身边，说道："同志，您好，请问您是接新生的吗？"

那个年轻男子听到张小芹的话，转过头来，愣住了，心中只有一个声音"太美了"。

张小芹又加重了语气："同志。"

那个年轻男子反应了过来，连忙说道："是啊，是啊，您是来报到的新生？我叫肖毅，是大二的学生。"说着向张小芹伸出了手。

张小芹一愣，出于礼貌，伸出了手，指尖被肖毅握了握，就赶紧抽回来了。然后，张小芹扭头看了旁边的王志伟一眼，看他没有生气，这才放下心来。然后说道："我叫张小芹，是大一的新生。"

肖毅这才注意到张小芹旁边的王志伟，说道："这位同学也是来我们医学院报到的吗？"

王志伟说道："我不是医学院的。"

肖毅一听不是医学院的，顿时失去了交谈的兴趣。

肖毅把手中的牌子往旁边的一个女孩手里一递，说道："来，拿着，我先送师妹去学校。"旁边女孩翻了肖毅一个白眼。肖毅当作没看见，说完，伸手接过了张小芹的旅行包，说道："小师妹，走吧，我带你去学校。"

张小芹完全没想到，刚出火车站就要跟王志伟分开，扭头看着王志伟，没有说话。王志伟笑了笑说道："小芹，你先去报到吧，等安顿下来，我去找你。"说完，把旅行包放在了地上。

张小芹一个乳燕投怀便扑进了王志伟的怀抱，紧紧地抱住了王志伟，在王志伟的耳边呢喃："志伟，我不想和你分开。"肖毅看到这一幕，整个嘴巴都合不上了，旁边女孩已经笑得不行了。

王志伟拍了拍张小芹的后背，温柔地说道："去吧，我有空就可以去找你。"

过了一小会儿，两个人才分开。张小芹一步三回头地跟着沮丧的肖毅走了，直到很远，张小芹还在回头看。旁边接肖毅接站牌子的女孩实在是忍不住了，笑出了声，刚才肖毅看人家小情侣拥抱的表情真是太精彩了。王志伟礼貌地对着这个接站的女孩笑了笑，拎起旅行包往汉江大学的接站人员那里走去。

王志伟走到汉江大学接站人员的旁边，忽然发现身边有个女孩很眼熟，定睛一看，居然是刚才火车上差点被偷了钱的那个女孩。那个女孩也发现了王志伟，惊喜道："你也是汉江大学的？我是来报到的。"

王志伟说道："是啊，我也是今天来报到的。"

"我叫郑月琴，中文系的。"说着那个女孩大大方方地伸出了手。

王志伟轻轻握了一下郑月琴的手，说道："巧了，我也是中文系的，我叫王志伟。"

两个人就站在接站人员面前聊了起来。接站人员"咳"了一下，说道："两位同学，欢迎你们来到汉江大学。"

王志伟和郑月琴恍然，不好意思地对接站人员笑了笑。接站人员领着王志伟和郑月琴上了接站的校车。王志伟和郑月琴坐在车上聊着，很快就熟稔了起来。过了有一个多小时，校车上来了不少人，于是就载着大家往汉江大学去报到。由迎新组的学长带着，王志伟和郑月琴很顺利地完成了入学报到。那个年代的入学比较简单，因为不用交学费，大家主要是办理入学注册，然后就是找自己的宿舍。

汉江大学中文系的宿舍楼是男女分开的。男宿舍是一个比较老旧的筒子楼，8个人一个宿舍，是木质的上下床。王志伟推开门进去的时候，一个30多岁模样的人站了起来，递过来一支烟，说道："兄弟，我叫赵东升，来一个？"

"不了，不了，我不会，谢谢。"王志伟推辞道。

"应届生？"赵东升问道。

"知青，新知青。"王志伟回答道。

"知青不抽烟的很少见。兄弟叫啥名字啊？"赵东升说道。

"我叫王志伟，大家好，请多关照。"王志伟看了一下屋里的人说道。屋里的人也都露出了善意的微笑。

"志伟啊，你住我上铺吧，你年轻人，腿脚利索。"赵东升说完指了指靠窗边一张床的上铺。

"行，没问题。"王志伟把旅行包扔到了上铺。

王志伟环顾了一下宿舍，发现宿舍里已经有了5个人了，大家的年龄基本都在二三十岁，自己算是比较年轻的了，赵东升应该是年龄最大的一个了。

"哥几个，我是长南省长川市的，是1975年插队的知青，今年21岁。"王志伟说道。

"我是1968年的知青，西海省西川市人，今年31岁了。"赵东升说道。接着屋里的几个人依次介绍了自己，分别是来自林宁省的王双贺、西平省的马东宁、济州省的刘涛、秦河省的张国良。大家虽然年龄最大相差10岁还要多，但是大家基本上都是知青，有很多的共同语言，很快就熟悉了起来。

第三十五章

紧张而有序的入学军训如期而至。王志伟这届中文系的学生有26人，男女生比例为四比一，女生在中文系依然是稀缺资源，在别的系就更加稀缺，甚至电子系只有一个女生。军训时，大家穿的都是军装或者中山装，每个人都是肥肥大大，完全看不到女生的曲线，不看头发看不出来男女，往那里一站，倒是很整齐。

军训就一周时间，大家基本上都是经过插队锻炼的，这点苦倒不算啥。让王志伟烦恼的是，郑月琴一得空就往他身边凑，又是递水又是套近乎，一副大大咧咧的样子，完全不惧周围的眼光。每当这个时候，赵东升就会朝王志伟竖起大拇指，其他人也表示膜拜。不管别人怎么看，郑月琴依然是我行我素，王志伟甚至怀疑郑月琴会不会脸红。后来王志伟急了，就直接跟郑月琴摊牌了，说道："月琴啊，我有女朋友了。"

郑月琴两眼一睁，说道："你这么优秀，有女朋友很正常啊。"

王志伟糊涂了，说道："你听不懂吗？我有女朋友了！"

"我知道啊，有女朋友怎么了？"这下轮到郑月琴糊涂了。

"得，你爱咋地咋地吧，不知道脑袋是怎么长的，也能考进汉江大学。"王志伟摇摇头说道。

"我就是喜欢跟你在一起。啥时候介绍你女朋友给我认识一下？"郑月琴俏皮地说道。

王志伟扭过头装作没听见，也不理郑月琴。郑月琴好似完全感觉不到王志伟刻意地疏远她，依然凑在旁边。周围的人都是笑而不语，心中暗羡不已。虽说郑月琴不算是大美女，但是稍显黑的皮肤，配上高挑的身材，有一种说不出的俊俏，总之就是那种非常耐看的类型，在中文系也是能排在前面的"系花级别"

了。没想到的是，这才刚开学，郑月琴就倒追王志伟了，更可气的是，王志伟还对人家爱理不理，这让别人情何以堪。

王志伟这届26个学生，被中文系的教授们视若珍宝，拿出了浑身解数来备课。王志伟他们这一届学生给整个汉江大学注入了新鲜血液，也重振了这些老教授的激情。

中文系的第一节课，就是中文系德高望重的石钰哲老教授上的。这天，石教授本来有些佝偻的身板似乎也挺直了，根根银发挺立，完美诠释了精神矍铄的含义。

石教授站在讲台上，环顾了一下教室，26名学生求知若渴的眼神让他很是满意。他清了下嗓子，说道："我叫石钰哲，是你们大学语文的课程老师，我已经有几年没有站在讲台上讲课了，对你们这一届，我寄予厚望，我在你们身上，看到了我们中文系的未来，看到了汉江大学的未来，也看到了国家的未来，我在有生之年，能够遇到你们，不枉我一生在三尺讲台的坚守，我谢谢你们！"说完，石教授深深朝台下鞠了一躬。王志伟他们猛烈地鼓掌，有的人手都拍红了。

等掌声稍歇，石教授继续讲道："你们这一届的学生，可以说是走在时代的春天里，我今天的这一堂课，不讲课本上的内容，就以'走在时代的春天里'，跟大家交流一下自己的想法，你们有什么想法，可以随时打断我，跟大家一起分享。虽然我是个老学究，但是我并不古板，我希望我们的中文系是百花齐放、万紫千红。"台下的学生们又鼓起掌来。

石教授继续讲道："凡是过往，皆为序章；所有未来，皆为可期。首先，我要为刚刚加入汉江大学中文系这个温暖的大家庭的新同学们鼓掌，因为你们太有眼光了，选择中文系，就选择了成功！再次对大家的到来，表示热烈的欢迎！"王志伟和同学们激动地鼓起了掌。

掌声稍歇，石教授继续讲道："此时此刻，朝气蓬勃的你们豪情满怀。你们不知道的是，此时此刻，我们中文系的教职员工们一样踌躇满志。我们中间的很多教职员工才高八斗，出口成章，他们知识渊博，幽默风趣，爱生如子，足以解答你们心中的疑问，足以慰藉你们求知的渴望，足以帮助你们实现人生的梦想。"教室里再次响起掌声。

　　石教授越说越激动，胡子都在颤动："你们说，知青多载，时光漫长；你们说，以梦为马，不负韶华；你们说，热血青春，最是难忘。一路高歌，一路叮嘱，一路击掌，愿你们在这里扬帆起航，直达梦想的远方！在这里，我想跟你们说几句心里话。第一句，放飞你的梦想吧。我们来到这里，不是梦想的终点，而是梦想的起点。从现在开始，开始设定你的目标，开始规划你的人生，你将会发现，一切皆有可能。第二句，追逐你的梦想吧。每一个人心中都有一个梦想，无论是诗还是远方，但是只有它还在，就该继续追逐。梦想不会青睐那些放弃的人，它是用来追逐的，它不仅仅是一个口号。无论你的梦想是什么，都可以不放弃，继续追逐，即使不被认可那也没有什么关系，因为那个梦想是属于你的。有梦想就大胆地去追逐，趁着我们还年轻。第三句，释放你的青春吧。'自信人生二百年，会当水击三千里'。同学们，今天的汗水不会白流，今天的努力必定收获明天的成功。任何时候都不要怀疑你的付出是否有价值，要相信自己，相信未来。我衷心地希望同学们能在这里得到全面发展。希望大家同我们一道，奋勇开拓，拼搏进取，用优秀诠释优秀，用卓越铸就卓越，在四年的青春岁月里书写人生美好的篇章！雄关漫道真如铁，而今迈步从头越！新的学年，新的挑战，恰时代春天，当指点江山、激扬文字，以豪迈大气直视困难，以顽强拼搏迎接挑战，以执着追求不枉青春征程！"

　　当石教授激昂的声音停下来，掌声和欢呼声立刻掀翻了屋顶。王志伟和同学们把手都拍红了，太提气了！这一届的学生压抑得太久了，青春的脚步驻足得太久了，甚至有些人已经错过了太多太多。这次高考报考的门槛很低，但是录取的门槛很高，只有其中的佼佼者才能被录取。

　　这堂课，石教授跟同学们谈了很多，也谈了现在大学的现状，特别是中文系的窘状，给王志伟他们提了很多的希望和要求，这让大家有了足够的压力，也有了紧迫感和危机感。石教授看着教室里26双清澈的眼睛，非常欣慰。全国570万考生中优中选优，这26个幸运儿到了汉江大学的中文系，实乃大幸。

151

中文系的课是一堂课分为两节，中间休息10分钟，石教授的课中间没有停下来，大家都在认真听讲，甚至连下课的铃声都忽略了。石教授边讲边写板书，虽然只是一些关键词的板书，但是整整两块大黑板很快就被写满了。

看着石教授艰难地擦着黑板，王志伟上前接过了黑板擦，仔仔细细地把黑板擦了一遍。石教授很高兴，说道：“这位同学，谢谢你啊。刚才我讲了那么多，你有没有想说的？跟大家分享一下吧。”

台下郑月琴带头鼓起掌来。王志伟愣了一下，说道："我叫王志伟，是长南省长川市的知青考过来的。刚才听了石教授的话，让我深受启发。诸葛亮说过'文可提笔安天下，武可上马定乾坤'。在这个和平年代，我们中文系有了更大的发展空间，我很庆幸和大家一样，赶上了一个好时代。就让我们乘着时代的东风一起奋斗吧，不负青春、不负时代、不负韶华。"说完，深深地向石教授鞠了一躬。

石教授带头鼓起掌来，心中暗暗点头，这个王志伟很不错，是个好苗子。教室里响起了热烈的掌声，郑月琴的掌声最为热烈。

接下来，石教授还简要介绍了中文系的课程，针对中国古代文学、中国现代文学、中国当代文学、外国文学、民间文学、文学概论、美学、古代文论、西方文论、中国文化概论、语言学概论、古代汉语、现代汉语、中国古典文学、民俗学等每种课程都提纲挈领地简要做了介绍，让大家有了基本的概念。最后石教授的第一节课在大家经久不息的掌声中结束了。

第三十六章

随着汉江大学全面上课，图书馆每天都是爆满，很多人为了抢位置，晚饭都没吃就过去了，因为图书馆的灯光比较明亮，比宿舍的灯光亮多了。

跟王志伟每天除了看书就是看书不一样的是，同宿舍的赵东升把心思完全放在了找对象上，大家劝他珍惜时间好好学习，他反而振振有词："你们还年轻，不懂，我等大学毕业再找就来不及了。"大家一想也是，等大学毕业赵东升就三十好几了。隔壁宿舍的一个人甚至娃都快5岁了，还来上大学了。其实整个宿舍，也就王志伟往图书馆跑得勤，一方面是为了去看书，另一方面也是为了躲郑月琴。郑月琴没事就往王志伟宿舍跑，有时也不管里面有没有人，甚至不敲门就进来了，还好天气还不算热，大家穿得多一些。害得王志伟找到宿舍管理员专门说了这事，宿舍管理员双手一摊，说道："咱们这里只管男生不能进女生宿舍，不管女生进男生宿舍啊。"王志伟一点办法也没有，只好往图书馆跑。

在汉江医学院这边，张小芹的美貌引起了很多人的注意，有几个人发起了追求的猛烈攻势，这也让张小芹不厌其烦。这一届的学生由于年龄相差很大，所以谈恋爱更加司空见惯，甚至很多学生把解决终身大事摆在了比学业更重要的位置。

开学了几天，王志伟收到了张小芹的信。打开信，娟秀清新的字迹跃然纸上。信中写道：

志伟：

见字如面。一别已近两周，不知道你在那边过得好吗？我上周进行了校区整理和军训，我还被评为军训标兵呢！你可不要落后啊，我今年的目标是拿到奖学金，你也要拿啊。

也不知道你在那边习不习惯，我们这边食堂的菜偏辣，我虽然也能吃一点点辣，但是我不想吃辣，因为一吃辣的菜特别开胃，一不小心就多吃了，到时候你看到我变胖了就不好看了。你说，如果我变胖了，你会不会嫌弃我？

你这周六能不能来我学校玩，我在宿舍等你。你要记住我的宿舍地址啊，我只说一遍。汉江医学院学生宿舍C区16栋306室。如果你来时候，被楼下阿姨拦住了，你就托人上来叫我一声就行，你千万别在楼下喊我啊，我可不想出名，我最烦那些男生在楼下大喊大叫的。你不知道，昨晚还有一个男生在楼下弹吉他，边弹边唱，还喊人家女生的名字，最后被人家泼水了，可笑死我们了。好了，不说了啊，我们宿舍马上要停电了。

志伟，期待着你周六的到来。想你……

小芹

3月9日晚

看着张小芹的信，王志伟不禁笑出声。忽然背后发出了一阵笑声，王志伟一回头，背后凑过来的几个大脑袋一哄而散。其中王双贺拉长了音说道："志伟，期待着你周六的到来。想你……"引来了大家更大的笑声。

这时，推门进来一个人，正是郑月琴，进门就说道："什么事，这么开心啊？给你们带了瓜子，来！"话音未落，郑月琴手里的瓜子就不翼而飞了。

"志伟，你们乐啥呢？"郑月琴问道。

"没啥，没啥。闹着玩呢。"王志伟不好意思地说道。

"王双贺，你笑得最欢，你说说咋回事，要不然我再也不给你带东西吃了。"郑月琴盯着王双贺威胁道。

"我啥也不知道，你别问我。出卖兄弟的事我可干不出来。"说完，王双贺看了一眼桌子上的瓜子。

"再给你买一袋。说吧。"郑月琴说道。

"那个志伟啊,我可不是出卖你啊,我是为了宿舍的兄弟们有瓜子吃啊。"王双贺看着王志伟说道,"那个月琴啊,志伟的'正房'来信了。"

郑月琴一愣,说道:"啥?正房?"

王双贺一看惹祸了,赶紧说道:"差点忘了,有人约我去打球,我现在赶紧去,瓜子给我留点啊。"说完就夺门而逃。马东宁说了句"尿急"也跑了,刘涛来了句"我陪你去"也跑了,张国良站在那里还在发愣,一看人都没了,赶紧说了句"我去上厕所"落荒而逃。

一下子,热闹的屋子里只剩下了王志伟和郑月琴。王志伟打破了沉默,说道:"月琴,双贺没骗你,确实是我女朋友来信了,约我周末过去玩。我女朋友在汉江医学院上大学。"

郑月琴迟疑了一下,幽怨地说道:"志伟,你说啥呢,这不用跟我说啊,我把你当哥哥看,你却把我当'二房'?"

王志伟被郑月琴的脑回路给惊住了,想了一下,说道:"那是双贺开玩笑呢,你还当真了,我也一直把你当妹妹看。好了,你看把大家都吓跑了。"

郑月琴说道:"周末要不要带我一起过去,我也想看看嫂子长啥样,能把我志伟哥的魂都勾走了。"

王志伟差点没缓过气,这丫头的脑子到底咋长的,说道:"那就不用了,你该忙啥忙啥去吧。"

"我周末没事的,一点都不忙。对了,你女朋友哪个学校的?"郑月琴说道。

"汉江医学院的,我插队时候一个知青点的,已经见过双方父母了。"说到这儿,王志伟内心一阵酸涩,其实要说见过双方父母,他也只见过张小芹的父母一面,而且是很不愉快的那种见面,自己还被约法三章了。

郑月琴笑着说道:"学医的好啊,以后如果到医院看病什么的有熟人。"

王志伟一听,心想,这丫头听不懂自己的话吗,见过父母就是确定了双方父母同意了。他岔开话题说道:"天涯何处无芳草啊,你千万别在我身上浪费时间。你最近收到多少情书了?"

155

"情书啊，不知道多少。信倒是不少，拆开第一封看了一下，差点把我肉麻得吐了，剩下的我都直接扔垃圾桶了。"郑月琴说道，"你怎么了，这么关心我终身大事啊。"

"月琴，你说你这么漂亮，那么多人喜欢你、追求你，或者说你看上谁了，我去帮你拉拉线？"王志伟说道。

"我才不要，我就喜欢跟你待在一块。"郑月琴嘟着嘴巴说道。

王志伟一阵无语，真想看看这丫头脑袋里到底装的啥。他看了一会儿郑月琴，叹了口气说道："真拿你没办法，得了，权当认了个妹妹。"

郑月琴高兴地跳了起来，拉着王志伟的胳膊说道："那我以后就叫你伟哥，还是王哥呢？"

"叫志伟就行了，大家都是这样叫我的。"王志伟说道。

"那不行，我要叫跟别人不一样的。我就叫你王哥吧，这个肯定没人叫。"郑月琴说道。

这时，门外响起了窃笑声。郑月琴一把拉开了房门，只见马东宁、张国良和刘涛三个人趴在门口正在偷听。三个人一看房门被打开了，尴尬地笑着，笑容凝固在了脸上。

"你们居然敢偷听，看我不揪掉你们的耳朵。"说完，郑月琴就冲向了他们三个人，三个人撒腿就跑。王志伟看着几个人的背影，摇了摇头笑了笑。

周六早上5点多，王志伟便醒了，再也睡不着了。他索性就起床了，洗漱了一下，换了衣服便出门了，准备赶早班公交车去找张小芹。

王志伟坐上了六点半的82路公交车，这是首班车，能直接从汉江大学坐到汉江医学院门口。不过两个学校离得有点远，一个在汉江东边的上游，一个在汉江西边的下游，坐公交车基本上要四五十分钟才能到，这还是在不堵车的情况下。

快到七点半的时候，王志伟到了汉江医学院的门口，找了个人问了宿舍C区，便按照指点的路线找了过去。不一会儿，就找到了C区，在里面转了一会儿，找到了16栋。门口果然有个大妈在看门。王志伟往16栋的门口一凑，就

被大妈拦住了，毫无表情地说道："女生宿舍，男生止步。"

王志伟满脸堆笑："阿姨，我找人。"那个大妈眼睛都不抬，理都不理王志伟。王志伟一愣，再次弯下腰，满脸堆笑："大姐，我找人，能不能帮忙通知一下？"

也许是这声"大姐"比"阿姨"好使，大妈抬了抬眼皮，说道："通知是不行的，我还要在这里看着，不然被你们溜上去，我这个月工资就没了。你看有人进去时候，让人帮你通知一下就行。或者你学学其他男生，一会儿就有人给你做示范了。看，那边来了一个，学着点。"说着，大妈朝王志伟后面努了努嘴。

王志伟回头一看，有个男的打扮得油头粉面的，头发上不知打了多少发胶，一缕一缕地黏在一起，看起来油腻腻的。只见这个男的站在16楼下面，朝着上面喊了一嗓子："张小芹，下来拿早餐了。"

王志伟愣住了，这哥儿们是给张小芹送早餐的。只见三楼一个窗户打开了，一个脑袋探了出来，很不耐烦地说道："我不会吃你的早餐的，你别来找我了。"王志伟一看，正是张小芹。张小芹话音刚落，也看到了王志伟，脸上的不耐烦马上变成了一朵花，看得那个油头粉面男一阵神摇。

王志伟朝张小芹笑着挥了挥手，张小芹也笑着挥了挥手。那个油头粉面男以为张小芹在跟他挥手，也朝着张小芹挥了挥手。张小芹直接无视了油头粉面男，朝着王志伟说了句："你等我一会儿，我马上下来。"说完就缩回了头，关上了窗户。

张小芹宿舍的舍友胡瑞芬从被窝里探出了头，说道："小芹，下次你不吃那早餐，也可以拿上来给我吃啊，我正好懒得起床。"

张小芹哼着小曲，翻了个白眼，说道："在下面等着呢，你现在下去拿吧。"

"我才不去。不对啊，你不吃，为啥还要人家等一下。"胡瑞芬疑惑地说道。

张小芹一愣，随即恍然，脸一红说道："不是一回事，不跟你说了，我要去洗脸了。"

"这丫头有点不对劲啊。"胡瑞芬疑惑地嘀咕道，随后翻了个身继续睡了。

王志伟和那个油头粉面男都在楼下等张小芹，王志伟本来想跟这个男的聊聊，转念一想又打消了这个念头，过会儿张小芹下来时，这个人的脸上肯定很精彩。

等了有20多分钟，也许更久，张小芹还没有下来。王志伟倒是耐得住性子。那个油头粉面男开始耐不住了，在那里自言自语："张小芹不是故意玩我的吧，让我等一下，自己又去睡觉了？"王志伟听到这句话，差点没笑出声。

又过了一会儿，张小芹终于下来了，穿了一件红色的花格子衣服，头发也精心打理过，很是整齐，配上脸上绽放的笑容，给人一种眼前一亮的感觉。王志伟和那个油头粉面男都迎了上去，同时说道："小芹，你来了。"

张小芹直接走向了王志伟，非常自然地挽住了王志伟的胳膊。那个油头粉面男手里的早餐直接掉到了地上。王志伟和张小芹看都没看油头粉面男一眼，就有说有笑地走了。

第三十七章

王志伟和张小芹直接去了汉江医学院的食堂。周末的食堂没什么人,大概睡懒觉的人还是很多的。王志伟和张小芹简单地吃了包子、咸菜和稀饭就离开了食堂,出门坐上16路公交车,直奔东湖而去。其实张小芹对于去哪里都没有想法的,只要能够和王志伟在一起,去哪里都可以。很快就到了东湖,买了两张票进去。顺着沿湖小道,两个人说着开学以来的趣事,张小芹被王志伟逗得咯咯直笑。王志伟一直都没有提刚才宿舍楼下的油头粉面男,张小芹也纳闷王志伟为啥不问。

过了一会儿,张小芹忍不住了,说道:"志伟,你咋不问我刚才那个男的咋回事?"

王志伟撇了撇嘴,说道:"干吗要问?我女朋友这么有魅力,偶尔出现几只'苍蝇'不是很正常吗?"

张小芹粉拳捶了一下王志伟,说道:"你要多来看我,帮我赶赶'苍蝇'。"

"我会经常来的,我可要把你看紧点。"王志伟说着,脑海里浮现了郑月琴的样子,赶紧摇了摇头,把郑月琴从脑海里赶了出去。

张小芹正好看到了王志伟摇头的样子,纳闷地说道:"看紧就看紧点,你摇啥头啊?"

"有点冷,风吹的。"王志伟掩饰道。

"今天风挺大的,确实有点冷,咱们要不要跑一跑,跑跑就暖和了。"张小芹说道。

"好啊,围着东湖跑步,这也是不错的。跑起来!"王志伟说着便跑了起来。

"等等我,跑那么快干吗?"张小芹在后面赶紧追着喊。

两个人你追我赶,笑声感染了东湖沿湖小道上花花草草,连它们也随风摇得更加起劲了。

王志伟和张小芹跑累了，两个人依偎在湖边的长椅上，看着被风吹皱的湖面。虽然风还是有点凉，但是两个年轻人的心无比暖和。

"志伟，你说我们毕业留在汉江怎么样？我觉得这个城市挺好的。"张小芹憧憬地说道。

王志伟心想，女人果然是很感性的，这个时候感觉汉江好就想留在汉江。他想了一下说道："毕业分配政策还不太清楚，我估计你爸妈也希望你能够回长川。其实我也想回长川。大学这几年，我们还是比较自由的，至少父母不在身边唠叨了。"

"是啊，我没按照我妈的意愿报长川的大学，不过还好报了医学类的，不然我妈可真是饶不了我了。"这时，远处传来了呼喊声："快救人啊！有人落水了。"一个老婆婆的呼救声打破了东湖的宁静。

王志伟和张小芹连忙站了起来，定睛一看，果然有个人掉到了湖里，正在拼命地扑腾着水花，但是却越扑腾离岸边越远。两个人连忙朝着落水者的方向冲去。老婆婆看到有人跑过来，连忙喊道："小伙子，快救救我大孙子，我给你跪下了。"说着就要给王志伟和张小芹跪下来。张小芹赶紧冲过去搀住老婆婆。

这时，越扑腾越远的小男孩已经没动静了，应该是棉衣吸饱了水，开始往下沉了。来不及多想，王志伟把外套脱掉甩在地上，就一下子跳进了水里。一下水，王志伟第一个感觉就是冷——刺骨的冷，手脚立刻就麻木了。顾不上适应这冰冷的水，王志伟奋力地朝着小男孩最后消失的地方游去。

到了小男孩沉下去的地方，王志伟深吸一口气，一个猛子扎了下去，憋着气找了一小会儿，没找到小男孩。王志伟浮出水面换了口气，再次一个猛子扎了下去，这次扩大了一点搜索范围，但是湖下面不是很清澈，睁着眼睛也几乎看不到啥。王志伟沉到了水底，用手来回地摸，忽然摸到了棉衣，他一把抓住，果然是个小孩子。

这时候，王志伟感觉自己全身僵硬，手脚不听使唤。他咬紧牙关，把小孩子举了起来。岸边已经聚集了不少人，那个老婆婆已经站不住了，坐到了地上，

正在哀号。

看到王志伟找到了落水者，岸边响起了欢呼声。王志伟吃力地拉着小男孩往岸边游去，但是划水速度越来越慢。特别是风向还是逆向的，王志伟等于是顶着风游，本来水性也不是特别好。在游到离岸边五六米的样子，王志伟怎么划水也前进不了了，实在是游不动了。岸边的人在大声为王志伟加油。忽然有个人喊道：“大家把围巾绑一下，赶紧扔过去给那个小伙子，他没力气了。”围观的人赶紧把围巾连接了起来，扔了两三次才扔到王志伟旁边。王志伟抓住围巾的那一刻，他知道，自己得救了，因为如果再晚一会儿，自己就要力气耗尽了。

王志伟和小男孩被大家七手八脚地拉到了岸上，王志伟累得直接躺在了岸边的草地上。小男孩脸色发青，老婆婆扑在小男孩身边呼天抢地地哭着。周围的人七嘴八舌地说着怎么救这个小孩，有的人说人工呼吸，有的人说心脏按压，可是没有人敢上去弄。这时，王志伟站了起来，挤进人群，说道：“我来吧。”说完抓着小男孩的脚腕，倒着背起了小男孩，开始跑了起来。跑了大概有半分钟，王志伟听到背后的小男孩开始咳嗽了，便停了下来。他知道，这个孩子应该得救了。

众人把小男孩接了过来。小男孩看到老婆婆便大哭了起来，嘴里喊着：“奶奶，奶奶。”老婆婆紧紧地抱着小男孩，生怕一转眼又没了。

这时，张小芹拿着王志伟的外套给王志伟披上了，说道：“冷不冷？”

"冷，很冷。咱们赶紧走吧，我得赶紧回学校换衣服。"王志伟说道。张小芹看了围着小男孩和老婆婆的人群一眼，扶起王志伟，两个人就悄无声息地走了。本来到了东湖门口的公交站，想着再买一件衣服换，可是王志伟觉得没必要，反正已经冷了，赶紧坐公交回去就可以了。张小芹拗不过王志伟，只好送他上了3路公交车，自己坐了16路回医学院了。

当老婆婆意识到还没有感谢救命恩人的时候，却发现王志伟和张小芹已经无影无踪了。围观的人群中有个记者，说道："老婆婆，你先别着急，我明天在报纸上把这个事情报道一下，不愁找不到这个见义勇为的小伙子。"

老婆婆一听，大为高兴，于是说道："刚才我一眼没看到，我这个5岁的小孙子就掉湖里了，我也不会游泳，正好那个小伙子和姑娘就在附近，跑过来跳进湖里把我小孙子救了回来，我还没来得及问人家姓名，人家就悄无声息地走了。"周围的人纷纷竖起了大拇指，都在夸王志伟。那个记者又采访了几个目击者，大家说得都差不多。大家看小男孩没什么事，于是就散了。

这一切，王志伟根本就不知道。这时的他正在被窝里发抖。他原以为自己年轻，插队时候在稻田里这么冷也没关系，没想到这次着凉了，很后悔没听张小芹的话，再买一套衣服换一下就好了，现在后悔也晚了。在宿舍的人手忙脚乱地照顾王志伟的时候，《汉江日报》的编辑部里有人正在加班，正是那个在东湖采访众人的女记者，她叫肖彩云，是《汉江日报》的"一支笔"，写过很多有影响力的稿件。记者的敏锐嗅觉让她发现了这次营救落水儿童的新闻大有可挖的素材。

星期一，肖彩云的新闻上了《汉江日报》头版的重要位置，很醒目的位置刊登着这样一则新闻：

寻人！冰湖英勇救人的无名英雄

本报讯。3月11日上午，市民胡婆婆带着5岁的小孙子在东湖游玩时，小孙子不慎掉入湖中，一位小伙子英勇跳下冰冷的湖中，在救下小男孩后，用自己的急救知识把溺水昏迷的小男孩救醒，不留姓名悄悄走了。记者在现场采访了目击者，没有人认识这位冰湖救人的小伙子，胡婆婆非常想当面感谢一下这位救人的小伙子。据悉，这位小伙子当时全身湿透，坐3路公交车离去。英雄不该无名，请大家留意身边，如能够找到这位无名英雄，请与《汉江日报》编辑部联系。

"志伟，你看，这是不是你？"王双贺拿着一份《汉江日报》冲进了宿舍，指着报纸上的一则新闻问王志伟。只见报纸上刊登的正是自己救人的事情，王志伟没正面回答，说道："让你给我带早饭，你去买啥报纸啊，今天早上帮我请个假啊，我感觉还是浑身没劲。"

"是不是你啊？别光顾着吃。"王双贺追问道。

"顺手救的，不值一提，不要大惊小怪。"王志伟说道。

"真是你啊，我就知道你前天回来浑身湿透就有情况了，你还说是掉水里了，我还纳闷这么大个人怎么就掉水里了？放心吧，我一会儿就帮你请假。"说完挥了挥报纸，把报纸扔到了王志伟的被子上，说道，"想吃啥，我给你买去。"

"来个红烧肉吧。"王志伟笑道。

"一边去，我上哪儿给你弄红烧肉去。"王双贺说完就风风火火地走了。

不一会儿，王双贺就把早饭打回来了，有包子、稀饭，还有两个青菜，算是很丰盛了。把早饭放下后，王双贺就去上课了。王志伟在宿舍里把早饭吃了，感觉身上有了力气，便不想在宿舍躺着了，拿着书包就往教室去了。他推开教室门，喊了个"报告"。今天的课正是石钰哲教授的课。石教授说了句"进来吧"。全班人都鼓起掌来，纷纷说道："欢迎英雄！欢迎英雄！"

王志伟一愣，看了一眼王双贺，发现王双贺正在对他挤眼睛，顿时明白是王双贺帮自己做了宣传。"这下好了，自己成名人了。"王志伟心里苦笑着说。

"欢迎咱们班的英雄归来，咱们继续上课。"石教授笑着说道。

王志伟坐到座位上，总感觉不自在，总感觉有人在偷瞄自己，看来被人关注的滋味不好受啊。

接下来的几天，王志伟成了汉江大学的焦点，走到哪里都有人跟他打招呼。《汉江日报》的那个女记者肖彩云也闻讯赶来，专门找到王志伟说要采访他。王志伟婉拒了肖彩云的采访，对她说："真的没什么，当时的情况比较紧急，没有想那么多，能救就救了。"肖彩云本来想深入挖掘一下素材，弘扬一下见义勇为的精神，看到王志伟态度很坚决，只能作罢。

第三十八章

　　就这样，王志伟冰湖救人引起的热度慢慢地降了下来。一年一度的汉江大学"先锋论坛"辩论赛将要开始了，这个辩论赛的消息也将王志伟的热度彻底冲散。王志伟也乐得看到这种情况，跟同学们一起着手准备辩论赛的事情，往年中文系在辩论赛中都能够取得不俗的成绩，今年也被寄予厚望。

　　这次"先锋论坛"辩论赛是汉江大学第十七届大学生辩论赛，持续一个月左右，分为初赛、复赛、半决赛和决赛四个阶段。中文系组成两个参赛队，每个参赛队共4个人，王志伟、郑月琴、王双贺和刘涛4个人组成了中文系七七级一队，另外4个同学组成了七七级二队。二队止步于初赛，王志伟所在的一队成功地通过预赛进入复赛，然后又以黑马的姿态继续挺进半决赛，并成功地进入决赛，成为1978年汉江大学辩论赛中的黑马。按往年惯例，大一的新生很少能够进入复赛的，谁都没想到今年王志伟他们这个辩论队能够进入决赛。另一个进入决赛的是老牌强队，是去年的辩论赛冠军队——政教系辩论队。

　　决赛的辩题提前两天通知了两个进入决赛的队伍，正方辩题为"大学生学习以专为主"，反方辩题为"大学生学习以博为主"。抽签时确定辩题，王志伟所在队伍抽到了反方辩题。接下来，大家投入到了紧锣密鼓的准备当中。

　　4月28日晚上，汉江大学第十七届大学生"先锋论坛"辩论赛决赛如期拉开了帷幕。学术报告厅座无虚席，连走廊里都挤满了人。两个辩论代表队已坐在主席台两侧。主席台在两个辩论队的中间，由学生管理部林卫华主任担任辩论赛主席。

　　随着主持人款款走上主持台，整个学术报告厅瞬间安静了。主持人在主席台的黄金分割点站定，说道："尊敬的各位评委、嘉宾，亲爱的同学们，大家晚上好！"报告厅里响起了雷鸣般的掌声。

主持人接着说道："首先，非常感谢各位评委、嘉宾在百忙之中来参加汉江大学第十七届'先锋论坛'大学生辩论赛。此次辩论赛的主要目的在于丰富同学们的课余生活，张扬自己的个性，活跃校园气氛，让大家感受到辩论赛急中生智的智慧与灵感，凭着'激情碰撞，跌宕成长'，让辩手们'争锋现在，机辩未来'，也体现我们汉江大学风华正茂的精神状态，大力弘扬时代精神，引领大学生在智慧激荡、情景体验中，塑造有抱负、有理想、有良好口才的大学生形象。今天，我们就以'大学生学习以专为主或以博为主'这一主题，加以辩论。相信通过同学们的辩论和讨论，能够给大家有一个崭新的答案，为自己的人生道路选择最精彩的一面。"

顿了一下，主持人说道："首先，介绍一下今晚的评委和嘉宾。今天到场的嘉宾有汉江大学康建辉副校长、汉江大学教学部沈文越部长、汉江大学文学院石钰哲院长、汉江大学历史学院刘克清院长、汉江大学经济与管理学院蔡江辉副院长。今晚的评委是我们部分系的系领导，他们分别是历史系的叶强华主任、艺术系的吴丽君主任、经管系的黄敏主任、社会学系的肖战红主任、公管系的王鑫昌主任、教育科学系的张洪全主任、科技系的罗尚志主任，另外因为中文系和政教系均有参赛队伍进入决赛，两个系的系领导不作为评委。让我们以热烈的掌声，再次对各位嘉宾和评委的到来，表示热烈的欢迎和衷心的感谢。"

掌声稍歇，主持人接着说道："下面，我来介绍一下今天的辩论双方，右边的是正方，他们是连续两届的冠军队——政教系七四级代表队，他们的观点是：大学生学习以专为主。左边的是反方，他们是今年刚刚入学的中文系七七级代表队，他们的观点是：大学生学习以博为主。下面请林卫华主席宣布比赛规则和会场纪律。"

林卫华敲了敲面前的话筒，然后说道："下面我宣布比赛规则和会场纪律，比赛分为5个阶段：一是陈词阶段，正反双方一辩进行开篇陈词，每人两分钟。二是提问阶段，正方二、三、四辩提问，反方二、三、四辩，共计3分钟；然后是反方二、三、四辩提问，正方二、三、四辩，共计3分钟。三是攻辩小结阶段，正方一辩做攻辩小结，时间两分钟；反方一辩做攻辩小结，时间两分钟。四是自由辩论阶段，由正反双方自由轮流发言，时间是双方各6分钟。发言辩手落座为发言结束，同时另一方开始发言，另一辩手必须紧接着发言，若有间隙，累计时间照常进行。同一方的发言次序不限。如果一方用时已完，另一方可以继续发言，也可以向主席提出不发言。在自由辩论阶段，我们提倡积极交锋，对重要问题回避两次以上的一方扣分，对于对方已经明确回答的问题仍然纠缠不放的，适当扣分。五是总结陈词阶段，双方进行结辩陈词，由反方先开始，双方各两分钟。辩论双方针对辩论赛整体态势进行总结陈词，对于脱离实际、背诵事先准备的稿件者，适当扣分。"

　　主持人接着说道："谢谢林主席的讲解，下面辩论赛正式开始。比赛进入开篇陈词阶段，有请正方一辩发言，时间两分钟。"

　　只见正方一辩站了起来，拿起话筒说道："我方认为，大学生学习以专为主，有三个方面的考虑。一是符合现行大学教育体制，大家都是来自不同的专业院系。全国的大学教育都是以专业教育为基础，完成本专业的学习也是对大学生的基本要求，所以大学生需要首先完成本专业的学习。二是学好本专业，有利于大学生适应毕业后的工作，具备良好的专业素养和完备的专业技能的毕业生，才能更好地适应工作。三是专业能力的培养需要在某一专业持之以恒的耕耘，大学生是推动科技发展的储备力量，只有那些在某一专业孜孜以求的学子，才能成为推动这一专业发展的真正力量。综上所述，大学生学习以专为主是切实可行的。"

　　主持人说道："谢谢正方一辩的陈词，下面请反方一辩陈词。"

　　王志伟站了起来，拿着话筒说道："我方观点是，大学生学习以博为主。在阐述本方观点之前，我想解释一下'求博'，所谓'求博'，字面解释是'求得博学'，也就是广泛学习各专业知识，成为一个博学的人或者复合型人才；所谓'求专'，对应的就是在某一个领域钻研专业知识，成为一个专业人士或者专业型人才。下面接着阐述我方观点：第一，求博为主符合社会发展的需要，我们都知道，个人的发展总是离不开社会的，所以要谈到个人发展，我们无法避开社会的发展，现在我们许多行业迫切需要新鲜血液的注入，丰富的知识储备和多种技能的人才，更加能够适应多变的环境。第二，以博为主符合工作种类的需要，现在很多人不可能一辈子干一件事，最后可能选择的稳定职业仍与当年所学的专业无关，在大学时期的黄金时段，多学一点、博学一些，就显得更重要了。第三，以博为主符合创新发展的需要，社会的发展对个人的创新能力提出了更高的要求，一个在各个学科领域均有涉猎的，厚基础、宽口径的复合型人才不是比只囿于一门学科的专业人才更有创新的能力与机会吗？说了这么多，无非是阐述一种观点，一身多技、博学多才的人才更能够顺应大势，可见'求博'更有利于个人的发展、社会的发展。我方陈述完毕。"

"好，谢谢双方一辩的精彩陈词。下面我们进入提问阶段。首先请正方二、三、四辩提问反方二、三、四辨。"主持人说道。

正方二辩站了起来，说道："我想请问反方辩友，你们在陈词中说道，一身多技、博学多才的人才更能够顺应大势，难道身有一技之长的人才就没有优势了吗？"

刘涛站了起来，说道："正方辩友的这个问题我来回答。我们在陈词中没有强调身有一技之长的人才没有优势，但是我想说，身有一技之长的人才在某一领域可能会更有优势，但是在其他领域时，就会处于劣势。相对而言，一身多技、博学多才的人才更能够顺应大势。回答完毕。"

正方三辩站了起来，说道："我想请问反方辩友，你们说很多人不可能一辈子干一件事，有何依据？"

王志伟几个人对望了一眼，感到这个问题很棘手，因为他们没有针对这个问题做过调研。郑月琴站了起来，说道："我来回答正方辩友的提问。就我们七七级而言，大多有过插队的经历，在插队时需要掌握农业的知识，现在来到大学，我们需要学习专业知识，毕业后还需要从事相关的工作，我不否认有一部分人一辈子从事了一种职业，特别是教育、卫生、科研等行业，但是还有很大一部分人从事的工作岗位与专业无关。我想，这一点对方辩友应该也深有体会。回答完毕。"台下很多人暗暗点头，表示认同郑月琴的观点。

正方四辩站了起来，说道："你们说丰富的知识储备和多种技能的人才，更加能够适应多变的环境。难道'一招鲜，吃遍天'这种说法有错吗？"

王双贺站了起来，说道："正方辩友的这个问题我来回答。正方辩友可能偷换了概念，我们从来没有否认'一招鲜、吃遍天'的说法，而且博学的人才更能适应多变的环境，这也与我方二辩的说法相一致。回答完毕。"

主持人说道："谢谢反方的精彩回答。有请反方二、三、四辩提问正方二、三、四辩。"

刘涛站了起来，说道："我想请问正方辩友，你们说大学教育以专业为主，那我们学的数学、思想政治教育等公共课程岂不是影响了专业课？"

正方二辩站了起来，说道："反方辩友，我们现在学的一些学科都是以后有用的学科，不存在影响专业课的问题，而且有些学科对专业学科还有促进作用。回答完毕。"

郑月琴站了起来，说道："我想请问正方辩友，你们说要学好本专业，那我们图书馆的书琳琅满目，其他学科的就不需要涉猎了吗？这不是非常局限吗？"

正方四辩站了起来，说道："图书馆里的书籍很多并不适合其他专业的阅读，也没必要去涉猎，比如，你们中文系的就没必要去涉猎卫生类的书籍。回答完毕。"

王双贺站了起来，说道："我想请问正方辩友，你们陈词说只有那些在某一专业孜孜以求的学子，才能够成为推动这一专业发展的真正力量。我想请问难道就不存在跨专业的成功人士吗？"

正方三辩站了起来，说道："我们并没有否认跨专业不能成功，我们只是强调只有在某一个专业认真钻研，才能成为这一专业的真正力量。回答完毕。"

主持人说道，"经过了刚才一番激烈的辩论，比赛的现场气氛也在逐渐升温，接下来就是他们施展才华的时刻了，也是辩论赛最精彩的时刻——自由辩论。先有请反方发言。"

王志伟站了起来，说道："我想请问正方三辩，只有专业好的人才是这个专业的真正力量吗？我认为这种说法失之偏颇。"

正方三辩站了起来，说道："我认为只有在自己的专业里发挥出自己的能力，才能成为真正力量，现在这个社会滥竽充数者有之，不懂装懂者有之，都不能算是真正力量。"

郑月琴站了起来，说道："我认为每个人都有自己的作用，哪怕是非专业人士，一样发挥着不可或缺的作用，这就更显得博学者的重要，在什么专业领域都能发挥作用。"

正方一辩站了起来，说道："若你问文科生什么是'匀速运动'，或者让理科生谈莎士比亚和他的戏剧，多半是得不到准确答案的。俗话说，'贪多嚼不烂'，这就显出了专业人才的重要性。"

刘涛站了起来，说道："我想请问正方辩友，你说现在我们为什么要学英语呢？难道我们只学好汉语就行了吗？在学好汉语的基础上，再多学一门或几门外语不是更有利于学习吗？将来不是更有利于工作吗？不是可以在生活中结交一些异国的人士、接触一些异国文化，开阔眼界吗？更何况我们学习外语也是一种时代的需要。那么，就不能只专于汉语了，还得博学、多学。"

正方四辩站了起来，说道："首先要给反方辩友一个掌声，辩论得非常精彩。但是细心的听众有没有发现，反方在辩论中犯了一个严重错误，那就是模棱两可，旗帜不鲜明，他在何为'求专'的解释中，把我方的观点也融进去了，感谢反方给予我方的支持！"话音一落，现场一片哗然。正方的另外几位辩手也在向四辩使眼色。

王志伟站了起来，说道："我想正方辩友可能理解错了，我解释何为'求专'，只是为了和'求博'有所区分，并没有支持正方的意思。"

正方一辩赶紧站起来岔开话题，说道："'求专'是指一个人需要求得专业的技能，也就是说在现代社会，他不仅要有广博的知识基础，更应该具有某一方面精湛的专业能力。"

　　主持人说道："好，自由辩论时间到。好一场激烈的唇枪舌剑，果然是一场没有硝烟的战争啊！感谢双方辩手的精彩辩论！那么接下来就是今天正反双方巩固战果，最后一搏的机会了，各方的一辩将做总结性陈述，这个环节往往更是举足轻重。我们先从反方一辩开始。"

　　王志伟站了起来，说道："在获得广博的知识基础的同时，是不是在求博呢？很明显，是的，因为求博是求专的前提和基础，同时在某一方面有精湛的专业能力显然还不能应对这个更需要拥有多方面知识基础的社会。'求博'和'求专'是两个截然不同的概念，但是很明显，正方却把专和博给搅在一起了，并不是'贪多嚼不烂'。'读书破万卷，下笔如有神''熟读唐诗三百首，不会吟诗也会吟''凡操千曲而后晓音，观千剑而后识器'，都说明了博览的重要性。相信观众的眼睛是雪亮的！如果说造一艘大船，可能需要焊工、车工、钳工、铸造工，等等，如果按正方所说每一个都是专业人才，那么要靠什么样的人才去管理他们？是不是需要一个博学的管理人员，不一定要精，但一定要懂一些专业知识，这样才能管理好这些专业人才，才能造出一艘大船。很显然，博学的人有更广阔的发展前景。我总结陈述完毕。谢谢。"

　　正方一辩站了起来，说道："为何有专业一词呢？专业就是我们需要专，因为时间有限所以需要用专来提升我们的水平，而不是去求博而不精，什么特长都没有，所谓以博养精，也是在专业的方面博，很明显此博非彼博，所以我们还是坚持以专为主。人之常情以博养专，没有博构筑不起专，即使有也会不稳倒塌，也是人们常说的上得高摔得狠。小学、中学、大学的知识体系加在一起是个金字塔结构。小学是打基础，所以叫基础教育；中学是腰；大学自然是腰上尖——高精、尖端，自然是以专为主。就我们现在而言，首先就是要确定一个专的方向和专的高度，所谓'昨夜西风凋碧树，独上高楼，望尽天涯路'；其次，我们必须以专为指引，发扬专的精神，做到'衣带渐宽终不悔，为伊消得人憔悴'。只有在这样的情况下，我们才能培养出自己的专业精神、专业素质和专业能力，在深化专的同时，不断地兼容并蓄，触类旁通，最终豁然开朗。只有在这样的情况下，我们与对方辩友才能'相逢一笑泯恩仇'，道一声'众里寻他千百度，蓦然回首，成就却在灯火阑珊处'。我的总结陈述完毕，谢谢。"

主持人说道："感谢各位辩手精彩的辩论，究竟哪方获胜，请现场评委给大家一个客观公正的答案，请评委老师商议比赛结果。"

稍等了片刻，主持人说道："在比分揭晓之前，请辩论赛主席对今天的辩论进行点评。"

林卫华清了清嗓子，敲了敲面前的话筒，说道："今天的辩论非常精彩，我认为辩出了水平、辩出了友谊、辩出了风格，七四级的学长充分展示了长期积累的底蕴，七七级的学弟们充分展示了初生牛犊不怕虎的精气神，我非常欣慰能够看到这一幕。我想，我在这里不多做评判，不然会影响到裁判的判分，我就说这么多，谢谢。"观众们在底下窃窃私语："这个林主席说了等于没说，两边都不得罪。"

不一会儿，主持人拿到了裁判的评分结果，说道："今天围绕着主题，我们的正反双方都使出了浑身解数，展示出了他们出众的辩才、敏捷的思维以及有礼有节的儒雅之风。所以不论最终结果如何，都让我们为他们精彩的表现报以最热烈的掌声！"

掌声稍歇，主持人说道："下面到了最为激动人心的时刻，我先宣布本届辩论赛的优秀辩手，他们分别是表演系的王凌培、环境设计系的李梅、科技系的陈诚然、法学系的赵启正、社会学系的吴向军。本届辩论赛的最佳辩手是中文系的王志伟、政教系的白杰昌。恭喜他们！"报告厅里响起了热烈的掌声。

主持人接着说道："最后，我宣布，本届辩论赛的冠军队为中文系七七级代表队，恭喜他们！"主持人刚宣布完，王志伟、郑月琴、刘涛和王双贺都高兴地跳了起来。

主持人又说道："下面有请我们的嘉宾为获奖选手颁奖。"

在欢快的颁奖进行曲中，汉江大学康建辉副校长、沈文越部长、石钰哲院长、刘克清院长、蔡江辉副院长走上主席台，为获奖选手颁奖并合影。

随着主持人宣布"本届辩论赛到此圆满结束",观众们开始有序地退场。石钰哲院长也主动上前与王志伟他们一一握手,祝贺他们获得冠军,并勉励他们要戒骄戒躁,争取更大的成绩。

　　当天晚上,王志伟回到宿舍后,写了封信给张小芹,把最近辩论赛的事跟她说了,因为最近忙着准备比赛,都没有去看她,并说周末过去看她。

第三十九章

到了周末，王志伟如约到了张小芹的宿舍楼下，找了个人上去叫下张小芹。不一会儿，张小芹就蹦蹦跳跳地下来了，两个人在众人羡慕的眼光中手牵着手离开了。

"小芹，今天咱们去哪里玩？"王志伟问道。

张小芹想了一下，说道："听说江滩公园的樱花开了，要不，我们去看看吧？"

"好的，都听你的。"王志伟用一副"全世界我就独宠你一个"的口气说道。张小芹心里像喝了蜜一样。

坐公交到了江滩公园门口，一下车，就看到人山人海，仿佛整个汉江的人们都集中到了这里，公交站附近已经围了个水泄不通。好在江滩公园是开放式的，有很多个出入口，倒也不会完全堵死。

王志伟和张小芹随着人流走向公园。刚一踏进公园大门，就被眼前的人流卷进这人山人海的大队伍之中，走起路来都接踵摩肩。两个人随着人流吃力地挪动着步子一点一点向前走去。人太多了，甚至有个人大喊："我想回头了，我要回家！"但是，密集的人流推着他不得不往前，难以回头。

走过了一段看似很长实则很短的路，张小芹远远地已经看到了一片又一片白色的、粉色的花。"樱花，瞧，樱花！"张小芹像个孩子一样对王志伟说道。王志伟循声望去，果然是樱花，红的白的，花团锦簇，煞是好看。王志伟看到张小芹焦急的模样，安慰道："快到了，快到了。"两个人一步一步地挪动着、挪动着……

又走过了一段看似很短实则很长的路，王志伟和张小芹终于走到了樱花园，眼前豁然开朗，人群开始四散而开，倒也没有显得特别拥挤。

樱花园的小草一片绿意盎然、生机勃勃，一些美丽娇小的花朵五彩缤纷，点缀在"绿毯"上，成了樱花园最美的底色，放眼望去一片粉红，如天边灿烂的云霞。

站在樱花树下，王志伟眯着眼，细细欣赏着这阳光下美丽的樱花。樱花的花瓣由边缘到中心，由淡粉到纯白，像婴儿粉嫩的笑脸。一些低矮的枝丫上也缀满了花朵，王志伟忍不住轻轻地抚摸它，柔软如江南的丝绸一般。樱花的花茎细长而柔曲，细得如一根碧绿的银丝，柔曲得似少女姣好的身姿，在风中翩翩起舞，巧笑倩兮，淡妆粉黛。走在樱花树下，就像走进了云层里，那纯白的花瓣编辑了梦想的温馨，如天使悄然落下的羽毛，轻轻柔柔地覆上你的发梢。偶尔，有一些花瓣飘落，似人间飞舞的白雪。樱花，如雪，却比雪还要美；樱花，似云，却比云还要纯洁。望着这布满枝头的樱花，王志伟已深深地陷入了其境，沉醉在花香与梦幻里，如痴如醉……人们一窝蜂挤到树下，争先恐后地看着、闻着，不少人发出了"啧啧"的赞叹声，爱不释手，恨不得摘下一朵，放在手心里好好欣赏。

"志伟，你是大才子，这么美的樱花，作首诗送给我吧？"张小芹看王志伟陶醉的样子，笑着说道。

"作诗，好啊。"王志伟说道。王志伟怔怔地盯着樱花思考起来。张小芹不忍打扰他，便一个人走开了些，独自去欣赏樱花了。

不一会儿，王志伟把张小芹叫了过来，说道："小芹，好了。"

张小芹走了过来，惊讶地说道："这么快就好了？"

"小芹，你听一下。诗的名字叫暮春赏樱，桃花渐远暮春来，白雪染粉朵朵开。樱花纷飞几时休，佳人心事耐人猜。"王志伟徐徐说道。

"臭志伟，还敢打趣我？我的心事你还要猜？你要改成'佳人心事何须猜'。看我不掐你！"说着，伸手就要掐王志伟的腰间软肉。王志伟连忙举手投降，张小芹也是作势恫吓而已，一双玉手被王志伟顺势捉住。

王志伟和张小芹两个人说着情话，似乎整个世界只有彼此，周围熙熙攘攘的人群都消失了，两个人沉浸在了甜蜜的世界中。相聚的时间总是好快，虽然两个人同在一个城市，但是见面还是不太方便，所以两个人都很珍惜在一起的时光。

汉江市的城隍庙附近就是小吃摊贩的集聚地,慢慢地也出了名,很多人慕名来吃。逛完江滩公园,王志伟和张小芹就来到了城隍庙。小摊贩的叫卖声充满了市井味,张小芹拉着王志伟一个摊位一个摊位地看过去,像一个挑剔的孩子一样,审视着摊位上的东西,始终没有找到自己心仪的。

逛了一会儿,王志伟纳闷了,问道:"小芹,没有你想吃的吗?"

张小芹咬着嘴唇说道:"我好想吃龙门公社车站旁边的红豆粑粑,好久没吃了,这里也没得卖。"

"确实是,好久没吃到了。等期末放假了,我们去龙门公社看看,也不知道他们有没有再弄鱼塘。"王志伟说道。

"好,那就是这么说定了。走,咱们再逛逛,刚才我看到有个卖老豆腐的挺好的,不知道好不好吃。"张小芹说道。两个人又来到了老豆腐的摊位这里,买了一份老豆腐。热气腾腾的老豆腐配上韭菜花,再加了几滴辣椒油,真香!两个人你一口我一口地互相分着三下五除二就吃完了。旁边有位大叔加了好几勺辣椒油,吃得满嘴流油,满头冒汗,大呼过瘾。

王志伟和张小芹往前继续走,忽然前面"嘭"的一声巨响,吓得张小芹直接扑进了王志伟的怀里。王志伟高兴地搂住了张小芹,拍着她的后背说:"别怕,别怕,我们赶紧过去,应该是爆米花开锅了。"张小芹硬着脖子说道:"我才不怕,就是刚才声音太突然了。"王志伟笑而不语,拉着张小芹就循着刚才那声巨响而去。走到跟前一看,果然是爆米花开锅了,香气四溢,周围的人纷纷抢购。王志伟和张小芹来晚了一步,已经挤不进去了。

只见炸爆米花的师傅不慌不忙地把玉米粒装进了黑色的爆米花机,放入了糖,把盖子扣紧,放在火炉上,开始摇动起来。这边空出手来,开始出售刚才炸的一大袋子爆米花。师傅在摇动爆米花机的同时,手脚利索地出售着爆米花。旁边的一群孩子在地上捡着开爆时散落出来的爆米花,也不嫌地上脏,毫不犹豫地往嘴里塞着,吃完的孩子就眼巴巴地看着爆米花机。

黑色的爆米花机在冒着火焰的炉子上上下翻飞,王志伟和张小芹也目不转睛地看着，实在是一种感官和心理上的莫大享受。过了10多分钟，爆米花机的速度越转越快，有经验的孩子已经开始捂耳朵了，同时，准备开抢散落的爆米花。师傅揭开"炸弹盖"的一瞬间异常"扣人心弦"，一股气浪在眼前弥漫开来，一颗颗笑开了花的爆米花争先恐后地冲进了一条长长的没有底的口袋里，随着"嘭"的一声巨响，一些俏皮的爆米花"逃出"精心编制的口袋，散落一地，随即被一群饿狼似的孩子争抢一空。抢不到手的孩子，看着别人尽情咀嚼爆米花的同时，只好慢慢地享受那夹杂在空气中的、那股沁人心脾的浓香，做好准备坚决要在下一锅到来之时抢先一步。看着孩子们天真无邪的样子，王志伟和张小芹相视一笑。张小芹如愿以偿地买到了爆米花，看着旁边一群孩子眼巴巴的眼神，她把用纸包着的爆米花分给了这群孩子，孩子们你抓一把我抓一把，看着孩子们开心地笑着，她也开心地笑了起来。

　　王志伟和张小芹往前走着，忽然闻到了一股香味，一看是一个炸馓子的摊点。王志伟灵机一动，说道："小芹，大文豪苏东坡有一首诗是赞美馓子的，你要不要听听？""快说一下，我听听。"张小芹高兴地说道。"纤手搓来玉色匀，碧油煎出嫩黄深。夜来春睡知轻重，压匾佳人缠臂金。"王志伟缓缓诵道。张小芹纳闷地说道："这怎么像是描绘一个美女在炸馓子？""没错，这首诗名字就叫《戏咏馓子赠邻妪》。"王志伟笑道。"就冲这苏东坡，我们买点尝尝？"张小芹说道。两个人花了两毛钱买了一份馓子，一口下去，焦脆酥香，非常好吃。王志伟笑道："这一口下去，就值一毛钱了。"张小芹一愣，随即莞尔。王志伟也笑了，心有灵犀的感觉真好。

第四十章

　　1978年冬，象牙塔里的王志伟埋头苦读的时候，改革的春风随着中共十一届三中全会的召开吹遍了神州大地。全会做出把党和国家工作中心转移到经济建设上来、实行改革开放的历史性决策。思想活跃的大学生们总是能够"春江水暖鸭先知"，大学的各个社团围绕着"改革"这一主题，组织了各式各样的社团活动，比如，篮球社组织了"春风杯"篮球赛，文学社组织了"春风拂面·万物复苏"诗歌朗诵大赛，演艺社组织了一系列的"春风"主题文艺汇演……总之，虽然大学生们没有活跃在改革的第一线，但是思想上始终在改革开放的最前沿。

　　王志伟也不例外，而且是其中的佼佼者，在"春风拂面·万物复苏"诗歌朗诵大赛中以《拨开历史的迷雾》成功斩获一等奖。

　　王志伟因为诗歌朗诵大赛，又一次成了风云人物。有些时候，王志伟甚至有点感激自己身边时常出现的郑月琴，让那些别的院系对他有想法的女生望而却步。不过，虽然郑月琴知道王志伟有女朋友，而且感情很好，但是郑月琴好似一点都不在乎，王志伟也就把她当妹妹看待，也让那些对郑月琴有想法的人非常不爽。不过郑月琴的性格就是大大咧咧的，始终就是"千磨万击还坚劲，任尔东西南北风"，所有的情书都是没开封就进了垃圾桶，所有的邀请都用王志伟当了挡箭牌。王志伟在几次无力的反抗后，只得当了郑月琴的挡箭牌。

　　转眼间，就到了大学二年级，王志伟因为品学兼优，每学年都拿到了全额奖学金，并且还参加了学生会干部的竞选，先后竞选成为学习部的干事、部长。

　　大学二年级的暑假，王志伟和张小芹相约回到了塘河县。下了汽车，王志伟习惯性地看向了售票窗口方向，并没有发现那个熟悉的身影，腰间的软肉忽然一紧，他很自然地看向了天空，说了句："今天天气不错。"张小芹也跟着看向了天空，发现是阴天，手上的劲也松掉了。王志伟一看"话题转移大法"

奏效，内心一阵窃喜。

走出了车站，王志伟对张小芹说道："咱们去看下红霞姐吧，不知道她有没有摆米粉摊。"

"好啊，赶紧去看看，快两年没见了。"张小芹高兴地说道。

王志伟和张小芹两个人有说有笑地往陈红霞原来的摊位走去。一路上，两个人看到了一些新开的店铺，小饭馆也有了几家，好多都是以名字命名的，其中还有一个居然叫"红霞米粉馆"。

走到了陈红霞原来经常摆摊的地方，却没有找到，原来的那个位置上摆了一个卖豆腐脑的摊位。王志伟走上前去，对摊位上的那个老伯问道："老伯，原来在这里的那个米粉摊挪哪里了，您知道吗？"

那个老伯笑了笑说："你是说那夫妻两个吧？"

"对的，对的，30来岁的样子。"王志伟连忙说道。

"他们开店去了，不用风吹日晒了。好像是开在车站附近了，你们去找找，具体名字我还真不清楚。"老伯说道。

"谢谢老伯了，那我们去找找。"王志伟和张小芹对望一眼，不约而同地想到了路上看到的"红霞米粉馆"。两个人来到"红霞米粉馆"门口，仔细一看，果然是陈红霞的店铺。只见陈红霞在忙着招呼客人，老崔的脸庞掩映在腾腾的热气中，看不太真切。

王志伟和张小芹一站到门口，陈红霞就发现了他们，愣了一下神，没敢认出来，眨了眨眼睛，果然是王志伟，顿时喜出望外，连忙走过来抓住王志伟的胳膊，说道："志伟，真的是你吗？"又往旁边看了看，再次惊喜地说道："小芹也来了，越来越漂亮了！"说完，拉着两人就往里面走，边走边对老崔说道："老崔，你先招呼着，我跟志伟他们聊聊天，中午你陪志伟喝两杯。"老崔应了句："好嘞，志伟，小芹，你们先聊着。"

陈红霞领着王志伟和张小芹到店铺里面一点的桌子坐下，说道："最近上学还顺利吧？"

"都挺顺利的。红霞姐，先别说我们了，说说你吧？怎么开起店了？咱们塘河个体经商已经放开了吗？"王志伟问道。

"说来话长啊。今年6月份的时候，我在摆摊的时候听一个客人说的，邻省有的地方已经发放个体经商营业执照了。于是我立刻到塘河工商局去申请，但是塘河并没有接到可以办理个体营业执照的通知。工商局的负责人表示，可以开店，但由于没有政策文件，无法颁发营业执照。我就明白了，虽然证没给我，但我知道国家已经不反对个体经商了，不用像以前那样担惊受怕了。"陈红霞感慨地说道。

"那现在申请下来营业执照了吗？"张小芹问道。

"快了，前几天我又去问了一次，说是正式文件还没到，工商局还不敢发证，不过他们已经做好准备了。你看隔壁理发店的生意多好，每天都是挤得满满的。还有那个'阿东杂货铺'，在国营的供销社5点关门以后，他的店铺还是开着的，甚至半夜有人敲门买东西，他还是会开门，现在开店的每个人都是咧着嘴笑。"说完，压低了声音对王志伟和张小芹说道，"我这店选到了汽车站附近，生意比原来好多了。我和老崔忙的时候，饭都顾不上吃。"

"这真是太好了，那以后还可以做得更大，小饭馆可以开成大饭店。"王志伟说道。

"哪有那么简单啊，小饭馆都忙不过来了，还大饭店！不过现在买菜方便多了，农村的菜每天天不亮就送来了，不像以前，每天天不亮老崔就要去市场抢菜回来，现在好几个固定的农户直接送到店里来了。菜的质量又好又新鲜。"陈红霞高兴地说。

"现在塘河变化很大，一路上我们看到不少家店铺了，不过以杂货店和小吃店为主。"张小芹说道。

"是啊，特别是这两三个月，很多人都开始做起小生意了，以前流动理发的'一头热'，现在也固定在一个地方了。对了，长川有没有开茶社的，你说谁喝个水还去花钱啊，有的地方居然有开大碗茶茶社的。我要是喝茶，我也不会去茶社喝的。"陈红霞说道。

王志伟和张小芹相视一眼，心道："看来，新事物在大城市容易被接受，在小一点的地方还需要时间。"王志伟说道："衣食住行都是必需品，喝茶还是有人会去的。现在不像以前了，随时找个地方都能讨碗水喝。在大城市，不像咱们这里，喝茶还是要钱的。"

陈红霞摇了摇头，说道："难以理解啊，还是咱们小地方好啊，喝口水怎么会问人家要钱呢？"

"对了，红霞姐，永强学习咋样？"王志伟问道。

"别提了，这孩子还不如他妹妹一半，玩性很大，一叫他学习，人就没影了。他妹妹根本不用催，都是自觉地去学。我跟你姐夫现在开店根本脱不开身，有时候都没管他。你们一会儿要是见到他，说说他，你们两个都是大学生，那可是穷山沟里飞出去的金凤凰啊，你们说话，他会听的。"陈红霞说道。

"啥金凤凰啊，我们两个是赶上好政策了。"张小芹笑道。

"别以为我一个卖米粉的就不懂，你们能考上大学，那可是比登天还难啊。"陈红霞说完，顿了一下，好像忽然想起什么了一样，扭头对老崔喊道："老崔，一会儿人少了，咱们店先打烊，下午弄几个菜，你跟志伟喝两杯。"

"好嘞，你先去弄点菜，咱们在这里做就行。志伟你不知道，你红霞姐现在包的荠荠菜饺子是一绝，那味道不是一般的好吃，一会儿去看看有没有荠荠菜卖，弄一点包饺子。"老崔说道。

"对呀，志伟，小芹，你们先坐着，我去转转，看看有没有荠荠菜卖。"陈红霞说完就出门了。

过了不一会儿，陈红霞就回来了，手里拎着一小捆荠荠菜，身后还跟了一个人，进门就说道："今天运气真好，最后一把被我买到了。志伟，小芹，你看我刚才遇到谁了。"

王志伟和张小芹一看，这不是陈秀娟嘛。陈秀娟也看到了王志伟和张小芹，顿时店铺里洋溢着欢声笑语了。

把几个吃米粉的客人送走后，老崔把店门虚掩起来，把包饺子的馅儿收拾了一下，就把饺子馅儿端了上来，说道："红霞，你们几个先包饺子，我炒几个菜。"陈红霞几个人就开始有说有笑地擀着饺子皮，包着饺子，聊起了家常。

一年多没见，几个人反而更加亲近了许多。老崔麻利地收拾了四菜一汤，端上了桌，迫不及待地跟王志伟喝起酒来了。气得陈红霞埋怨道："志伟，你一来，老崔又找到理由喝酒了。"

老崔说道："你不懂，我们男人喝点酒怎么了？你们女人敢喝吗？"

"有什么好喝的，跟猫尿一样。"陈红霞没好气地说道。

"这么说，你喝过猫尿？"老崔揶揄道。

"给我们也倒点，我们也尝尝。"陈红霞手一挥说道。于是张小芹和陈秀娟也第一次喝了酒，三个女人喝了一口以后，再看老崔和王志伟的眼神，更加鄙夷，似乎在说："这比猫尿还难喝吧？"老崔和王志伟看到她们几个的样子，哈哈大笑起来。

喝了会儿酒，陈红霞把荠荠菜饺子煮好了，端了上来。王志伟用筷子夹了一个，咬了一口，顿时眼前一亮，说道："红霞姐，你这饺子绝对可以，我觉得你这店铺主打饺子才好，绝对比你那米粉好卖。"老崔在旁边赶紧附和："对呀，咱也可以卖饺子，店铺名字就叫作'红霞小吃馆'，你们看咋样？"

张小芹和陈秀娟尝了饺子以后，也连声称赞。陈红霞看大家都对饺子这么满意，也很高兴，说道："明天就换牌子，把饺子推出去。不过饺子做起来比较麻烦一些。"

"红霞姐，你这饺子主要是靠馅儿，你可以请人帮你包，你只管卖饺子就好了。"王志伟灵机一动。他不知道的是，他这一句提醒给陈红霞打开了一条快速致富之路。

"红霞米粉馆"里的氛围非常和谐，大家在推杯换盏中结束了愉快的相聚。在张小芹的极力劝阻下，这次王志伟没有喝多。两个人吃完饭就赶往了龙门公社康庄大队，见到了老支书的儿子刘洪涛。刘洪涛带领着村民把稻香鱼的养殖面积扩大了很多，整个大队铺开了，预计明年就可以看收成了。刘洪涛带着王志伟和张小芹故地重游，参观了原来的知青点，又去养鱼的稻田看了看，到老支书的坟前拔了拔草。最后在刘洪涛的盛情挽留下，一番推杯换盏，王志伟又被灌倒了，再次住进了大队部。

第四十一章

这个暑假，王志伟和张小芹每天都腻在一起，詹永萍本来还想提醒张小芹一下，但看到每天张小芹都能够按时回来吃晚饭，也就听之任之了。

王志伟的弟弟王志强也是一天到晚不着家，王来福和秦敏云也没少数落王志强。但是王志强一句话把二老顶了回去："我哥也一天到晚不着家，你们咋不管？"王来福一听就来气了，吼道："你能跟你哥比，你的成绩有他一半好就行了，你都18岁了，还一天到晚跟你那帮狐朋狗友混在一起，你早晚被那帮人害了，我跟你妈早晚被你气死。"王志强最烦父母说他那些义气朋友为狐朋狗友，一说到这儿，他就摔门出去了。随着"哐"的一声关门声，王来福和秦敏云不约而同地发出了一声叹息声。让王来福没想到的是，居然一语成谶。

这天早上，王志强就伴随着王来福的数落声出门了。到中午的饭点了，王志强还没有回来。左等右等，还是不见王志强回来。忽然，邻居王婶风风火火地推门进来了，进门就喊道："老王，你家老二出事了，跟人家打群架被派出所抓走了。"

王来福、秦敏云和王志伟正在吃饭，秦敏云的筷子都掉地上了还没有察觉。王志伟的反应很快，说道："爸，咱们先去派出所了解一下情况，看看怎么办？对了，王婶，是哪个派出所？"

"是上渡派出所，几个人全部被抓走了。你们快去看看吧。听说把人家孩子的头打破了。"王婶着急地说道。

"你们快去，快去，带点钱。志强可不能出事啊。"秦敏云说着说着就哭了起来，王婶赶紧上来安慰。

王来福和王志伟一起往上渡派出所赶去。到了上渡派出所，看到了值班室里的警察。王来福赶紧上前，说道："警察同志，我想跟您打听个事。"

那个值班警察有点不耐烦地说道："啥事？"

"就是，上午有几个年轻人打群架的事。"王来福说道。

"那个事啊，你们回去吧，一群人把人家的头都打破了，伤者还在医院里。那几个人还在审。"值班警察说道。

"那，那几个年轻人会不会坐牢？"王来福喏喏地说道。

"那要看把人家伤成什么样了，要是重伤，这几个年轻人的首犯肯定要坐牢，还要坐3年以上。"值班警察说道，"你们先去医院看看伤者吧，就是人民医院急诊科。去吧去吧。"

王来福愣了一下，连忙说道："谢谢，谢谢。"看王来福还没有挪步，王志伟拉了拉王来福的袖子，说道："爸，咱们先去医院。"王来福木木地被王志伟拉走了。

在去人民医院的路上，王来福买了一大袋水果。到了人民医院急诊科，打听了一下，找到了伤者。伤者的头上包得严严实实，闭着眼睛躺在那里。伤者的父亲阴着脸站在床边，伤者的母亲拉着伤者的手正在那里抹眼泪。

王来福和王志伟对望一眼，王来福深吸一口气，走上前去，小声对阴着脸的那个父亲模样的人说道："你好，请问你孩子是不是上午被打伤的？"

那个父亲模样的人看了王来福一眼，说道："嗯，怎么了？你这是？"

"真对不住你们孩子，上午我那不成器的孩子也在里面，现在还在派出所。我这给你们道歉来了。志伟，快点，拿过来。"王来福满脸堆笑地说道。王志伟赶忙把水果拿了过来，递向那个父亲模样的人，可是人家看都不看。王志伟讪讪地把水果放在了伤者的床头。那个母亲模样的人拎起水果，扔到了地上，狠狠地瞪着王来福，吼道："你们养的什么儿子啊，怎么把人往死里打啊，我儿子要是有个三长两短，就是你儿子把命赔给我们，我们也不要，拿破水果干啥！"说完又哭了起来。

"事情已经发生了，我跟我老婆的想法一样，我儿子的伤如果没啥大问题，倒还好说；如果有个三长两短，你们也别想好过。"那个父亲模样的人说道。

"我理解，我理解，这是300块钱，你们先拿着，不够我再去凑。"王来福递过去 300 块钱，这 300 块钱够家里开支一两个月了。那个父亲模样的人推开了王来福的钱，正要说话，那个母亲模样的人冲了过来，一把夺过了王来福手里的钱，说道："赶紧去凑吧，我儿子被你们伤成这样，不知道要花多少钱，你赶紧让另外几个动手的人也快点送钱来。"

王来福讪笑着说："好，我这就去跟他们说，真是对不住你们了。"说完深深地鞠了个躬。王志伟看着王来福深深地低下头，内心一阵阵难受。

王来福和王志伟离开医院后，往派出所走去。走到半路，王志伟对王来福说："爸，我去找下一起插队的知青看看，他父亲是公安系统的，看能不能帮帮忙，把志强救出来。"

王来福一听，赶紧说："那你赶紧去吧，还等啥，晚一天你弟弟就要多受一天罪。希望他出这次事以后能够长点记性。"

王志伟想找的人是邵正易，可是他又不知道邵正易家住哪里，只好去张小芹家。正在张小芹家附近晃悠着准备硬着头皮去敲门的时候，门开了，只见张胜利拿着畚斗、撮箕走了出来。张胜利也看到了王志伟，随即笑了笑："是志伟吧，进来坐吧。"

王志伟没有做好心理准备，不自然地笑了笑说道："叔叔，不进去坐了，我找小芹有点事。"

张胜利笑了笑，说道："你等一下啊，我去叫她。"

过了一小会儿，张小芹蹦蹦跳跳地出来了，走到王志伟跟前，轻轻捶了他一下："早上不是刚见过面，这么快就想我了？"

"小芹，我有急事请你帮忙。"王志伟顾不上跟张小芹打情骂俏，着急地说道。

张小芹一看王志伟严肃的表情，也不好开玩笑了，赶紧问道："啥事，这么着急，你从来不到我家来的。"

"我弟弟跟人家打架，被关到派出所了，你看能不能找邵正易帮帮忙？"王志伟支支吾吾地说道。

"那赶紧去找他，他这几天正好在长川，前几天同学聚会还遇到他。走吧，我知道他家在哪里。"张小芹拉着王志伟就走。张胜利和詹永萍在窗口看着两个人走远,同时说了一句"女大不中留啊",说完相视大笑。

王志伟和张小芹到了邵正易家,正好邵正易没出去玩。张小芹简单地把来意说了一下,邵正易沉思了片刻,说道:"小芹,你先回去,这个忙,我肯定要帮的,我跟志伟详细谈一谈。你放心吧。"王志伟看了张小芹一眼,说道:"那小芹,你先回去吧,我跟正易商议一下。"张小芹很不情愿地走了,心里纳闷:"自己在就不能商议了吗?"

等到张小芹走远,邵正易说道:"志伟,不是我不帮你,这个事我也帮不了,我还要去求我爸,我爸这个人不太好说话。"

"你帮我求求你爸,我就这一个弟弟,万一被关进去几年,我爸妈要疯了。"王志伟恳求道。

"志伟,说实话,我真不想帮你,我们班的班花被你摘了,我喜欢张小芹那么多年,你知不知道我很讨厌你。"邵正易露出了真面目。王志伟愣住了,完全没想到邵正易的话锋一转,会扯到张小芹身上了,现在明白邵正易为啥要支走张小芹了。

还没等王志伟说话,邵正易说道:"让我出面求我爸帮你弟弟没问题,我有一个条件。"

王志伟瞪着邵正易,憋着一口气,说道:"什么条件?"

"我喜欢直来直去,你在毕业之前跟张小芹分开,我不喜欢看到你们卿卿我我的样子。如果做不到,就请回吧。"邵正易玩味地说道。

王志伟很长时间没有说话,邵正易也没有吭声。最后,王志伟说道:"我可以跟张小芹分手,答应你毕业之前跟她撇清关系,但是我要看到我弟弟被放出来。"

"成交,你回家等消息吧。"邵正易笑着用一种居高临下的口气说道,然后拍了拍王志伟的肩膀。王志伟厌恶地拨开了邵正易的手。

两天后,王志强被放了回来,被王来福和秦敏云狠狠地训了一顿。王志伟看到王志强回来了,把自己关进了房间里。大家以为王志伟是生王志强的气,也就没有在意。

过了两天，王来福和秦敏云发现了王志伟的不对劲，以往王志伟都会出去跟张小芹约会，自从王志强回来以后，王志伟再也不出去了。

这天，吃晚饭的时候，秦敏云问王志伟："志伟呀，你咋不去找张小芹了？"

"分了，别问了，不想说。"说完，王志伟饭也不吃了，就回房间了。

"这孩子，跟女朋友闹别扭了。"秦敏云笑了笑说道，说完扭头对着王志伟的房间喊道，"女孩子都是要哄的，你明天去赔个不是，哄一哄就好了。咱男子汉低下头没啥的。"等了半天，房间里也没回音，王来福和秦敏云相视一笑，继续吃起饭来，都没有在意。

又过了几天，王来福和秦敏云急了，这好几天了，王志伟一天到晚还待在家里，甚至张小芹来了，王志伟都没让人家进来，还把张小芹气得哭着走了。

这天晚上，秦敏云叫住了要往屋里钻的王志伟，说道："志伟，你说说，你到底跟小芹怎么了？"

"妈，你就别问了，我跟她不合适，我真不想跟她在一起了。"王志伟说这句话的时候，没来由地一阵心痛。

"多好的姑娘，你咋就能放弃了呢？"秦敏云拍着大腿说道。

第四十二章

王志伟这个假期的后半段在秦敏云时不时的惋惜声中结束了。王志伟独自一人坐在返回汉江的列车上，看着窗外飞速向后掠去的风景，满脑子都是上次和张小芹一起坐车去汉江时的情形。

张小芹和王志伟坐的同一趟车，只不过两个人在检票的时候，王志伟正好上卫生间，两个人并没有在检票口相遇。张小芹在检票口很仔细地环顾了一下四周，最后才很失望地检票上了车。此时此刻，张小芹坐在另一个车厢的靠窗的位置，跟王志伟一样，望着窗外飞速向后掠去的风景，满脑子都是上次和王志伟一起坐车去汉江时的情形，不知不觉，两行泪水滑过了姣美的脸颊。

到了出站口，王志伟看到了前方不远处的一个背影，虽然只是一个背影，他还是一眼就认出了那就是张小芹。刚想张嘴喊住她，又迟疑了，心中暗叹一声，心道："希望我们的爱情能够经受住这种考验，等我，小芹。现在我弟弟有把柄在邵正易的手里，我纵有千般不舍，我也要割舍这段感情。"其实对于王志伟的种种反常行为，冰雪聪明的张小芹心中隐隐约约已经有了一些猜测，因为王志伟是在见了邵正易之后忽然变了，而且还什么都不讲。张小芹也去找了邵正易，邵正易同样是什么也不说，一副与己无关的模样。张小芹没办法，只能忍痛不去想王志伟，但是这又谈何容易呢？

时间在悄悄地过去，王志伟回到学校后，整个人变得沉默了很多，有时间就是发了疯地学习，几乎是教室、食堂、宿舍三点一线，除了学生会的一些工作，他基本上谢绝了一切社交活动。功夫不负有心人，王志伟的学习成绩在七七级学生中遥遥领先，各种竞赛的奖项拿到手软，特别是在各种报刊上以"龙门守望者"的笔名发表了很多文章，甚至汉江市作协给他写了邀请函，准备吸纳他。但是王志伟并没有响应，因为他打定主意毕业后要回到长南省发展，所以不太想在汉江市有太多的瓜葛。

正如王志伟在《汉江日报》上发表的一篇文章所说。这是一个用"春天"形容的年代，万木复苏，生机勃勃，百花齐放，姹紫嫣红，百废待举，时不我待。

刚刚经历过高等教育的10年真空期，大家都很感恩和珍惜时代赐予的读书机会。每天清晨，树荫下，池塘边，小路上，都徘徊着读书背书的同学。每天下课后，最常见的就是抢占教室，抢占图书馆，抢占一切利于听课和学习的地盘。每天晚上到很晚的时候，一些教室、图书馆、自习室依然灯火通明，甚至有的学生梦游般地走在路上，撞了电线杆还要说声"对不起"，有的学生在食堂排队打饭的时候，嘴里呢呢喃喃地还在背着单词。

在王志伟看来，汉江大学里的学术研讨氛围非常浓，从"真理检验标准"的哲学大讨论，到党的十一届三中全会号召"解放思想，实事求是，团结一致向前看"，在校园里一石激起千层浪，不断掀起一轮又一轮思想大解放的热潮。很多同学经常为了一些学术问题争得面红耳赤。公共洗澡房也是个热闹的去处，一些"澡堂歌手"引吭高歌，"澡堂哲学家"高声地辩论理论问题。每年的辩论赛都是大家关注的焦点，在后面两年，王志伟所在的辩论队虽然成绩不错，但并没有斩获冠军。

王志伟所在的七七级把食堂外面的一面墙作为自己的班刊阵地，并命名为"奋斗"。没想到的是，在学校引发了出版班刊的热潮，食堂和操场周围的墙壁被各个班级瓜分一空，各种五花八门的班刊都出现了。这些班刊引来"群众围观"，特别在吃饭时间，更是水泄不通，物质和精神同步进补，一些有创意的新奇设计也会成为大家茶余饭后的谈资。

汉江的夏天是比较热的，最热的晚上，"万人空室"，夜半三更在校园小路上汇聚成浩浩荡荡却寂静无声的"游魂"队伍，蔚为壮观。

在王志伟看来，虽然七七级的学生水平参差不齐，但是幸得一支功底深厚、知识渊博、爱岗敬业、淡泊名利、特色各异的教师队伍，特别是石钰哲教授这样的领军人物，让中文系的教学水平遥遥领先。乘十一届三中全会之东风，大学恢复了应有的模样，成为广纳人类文明成果的殿堂。1978年的时候，汉江大学进一步扩招，也开出了许多新课程，有的连现成的课本都没有，只能使用油印的教材。有的院系老师不够用，还请了不少外系乃至外校的老师。

日月如梭，转眼间就到了毕业季。一时间，关于毕业分配的小道消息满天飞。

临近毕业了，汉江大学着重进行了毕业分配的思想教育，大体上就是引导大家要服从分配。校园里的宣传栏、墙壁上都刷上了标语，诸如"坚决服从分配""到祖国最需要的地方去""我是革命一块砖，哪里需要哪里搬"的标语随处可见，很多同学纷纷写了请愿书，要求到最艰苦的地方去。

王志伟的毕业实习是一次调研，是做以"家庭联产承包责任制"为主题的社会调查。在汉江市下面的一个胡林县的袁庄公社实习，同学们六七人一组分布到各个生产大队，走访农村基层干部和农民。毕业实习时的心情与插队时的心情不同，有的同学每天唱着当时的流行歌曲《走在乡间的小路上》，穿行田园阡陌，深入到最边远的村落，浑身有着使不完的劲。

这天下课后，石钰哲教授把王志伟一个人留了下来。等到人都走光了，石教授说道："志伟呀，你毕业了有啥想法？"

王志伟不假思索地说道："我回长南工作吧，父母也年迈了，需要照顾了。"

"那你有没有想过留校？"石教授接着问道。

"留校？我还真没想过？"王志伟说道。

"想不想留校？我帮你推荐推荐？"石教授说道。

王志伟思索了一下，说道："教授，我想回长南省，离家近一点。真对不起，非常感谢石教授的看重和美意。"

石教授哈哈一笑，说道："没事，我也是爱才惜才啊。我尊重你的意愿，长南省我有几个老同学在那边，到时候我帮你问问，可不能大材小用了。"

"太感谢教授了，我们这一届学生太幸运了。"王志伟由衷地说道。

"我也很感谢你们这届学生啊，可以让我安心地退休了。"石教授笑着说道。

"我们都很喜欢您的课，很鼓劲，很解渴。"王志伟真诚地说道。

"不行了，我该退休了，也该给年轻人让位置了。"石钰哲教授爽朗地笑了起来。王志伟也跟着笑了起来。

第四十三章

石钰哲教授在毕业分配方案确定前,再次找到了王志伟,询问是否愿意留校工作。王志伟再次拒绝了石钰哲教授的好意。石钰哲教授也没有强求,说是回去帮他联系一下长南省的同学,看能不能在王志伟毕业分配时帮帮忙。

经历了数不清的分别,最后王志伟在郑月琴长时间地拥抱中结束了大学生涯。王志伟拿到了高等学校毕业生统一分配工作报到证,报到单位是长川市委宣传部。在同批毕业的同学里面,王志伟算是被分配到非常不错的单位了。张小芹也以全优生的身份被推荐到长南省卫生系统工作,很顺利地被分配到了长南省第一人民医院检验科,也算是专业对口。邵正易在部队因为表现优秀被破格提干,经过两年的军校学习,也被分配到了长川市鼓楼区人民武装部。

王志伟到长川市委宣传部报到的第一天,受到了热烈的欢迎,市委宣传部已经很长一段时间没有新人来了,特别是重点大学的毕业生,更是难得。在王志伟到来之前,市委宣传部的几个处室领导争破了头,特别是办公室主任林国山、理论处处长刘辉和调研室主任曾锦华甚至闹到了宣传部部长那里,争着要人。最后,市委宣传部部长拍板,把王志伟安排到了调研室。当时,林国山和刘辉看着曾锦华得意地笑着,心里那个不舒服。当然,这些事,王志伟毫不知情。

报到的时候,调研室主任曾锦华长时间紧紧地拉着王志伟的手,似乎是怕他跑了。旁边还过来个领导模样的人酸酸地说道:"志伟啊,我是办公室主任林国山,你要是不想在调研室待了,欢迎你到办公室来啊。"还没等王志伟答话,曾锦华就抢先说道:"少来,志伟的凳子都还没坐热,你们就想着来挖人了。快走快走。"说完就把林国山推走了。这一幕把王志伟搞得一愣一愣的,自己啥也没干呢,怎么就成香饽饽了。他不知道的是,市委宣传部非常需要文字功底好的人,而他正好是科班出身的,稍加培养就能独当一面了。

把不怀好意的林国山轰走后，曾锦华对王志伟说道："你是作为全优生被推荐过来的，在学校应该是相当出色的，咱们调研室正是用人之际，你能来到市委宣传部，也是很不容易的。你应该也有所体会。"王志伟听了后连连点头，虽然石钰哲教授没有说，但是他知道有极大的可能是石钰哲教授的推动。

曾锦华对王志伟的反应非常满意，心里暗暗高兴，接着说道："新的岗位意味着新的责任，新的起点更要有新的要求。《论语》中讲，'不患无位，患所以立；不患莫己知，求为可知也'，意思是说，不怕没有官位，就怕自己没有学到站得住脚的知识；不怕没有人不知道自己，只求让自己成为有真才实学、值得人们尊敬的人。你的起点很高，你不知道，咱们调研室看起来不起眼，其实是距离部领导最近的部门，部长的重要讲话绝大部分是出自调研室，部领导下基层一般都会带上一个我们调研室的人，可以这么说，咱们调研室在文字材料上都是一把好手。"

顿了一下，曾锦华接着说道："你们这一批是恢复高考后的第一批大学毕业生，那可是千军万马中杀出重围的胜利者。来到咱们调研室，你不用担心怀才不遇，担心自己成长进步太慢，得不到组织知晓和认可。只要有成绩、有作为，就会得到组织的信任和群众的尊重。"王志伟微微点头，心中暗暗给自己加油，心说："十年磨一剑，加油！"

"走，我带你去认识认识同事。"说完，曾锦华领着王志伟一个办公室一个办公室地转了过去，每到一个办公室，都要大声给人家宣传一下："这是我们调研室新来的王志伟同志，今天来报到，到这里认认门。"然后免不了一阵寒暄，大家都恭喜曾锦华喜得爱将，然后曾锦华再心满意足地领着王志伟到下一间办公室。刚开始，王志伟还很感动曾锦华对自己这么好，后来才发现，曾锦华是带着自己炫耀呢！不过这也让王志伟的压力越来越大，这要是干不好，曾锦华的脸往哪里搁啊！其实曾锦华何尝不是在给王志伟施加压力啊！

俗话说：师傅领进门，修行靠个人。王志伟到调研室报到时引起的轰动很快就销声匿迹了，大家又恢复了平静。调研室的工作非常忙，人员出差也很多，基本上没有满员过，总有一些同志在陪领导出差。

刚开始的时候，王志伟一直没有机会跟领导出差。有一次，调研室的"一支笔"陪部长出差的时候，省委宣传部的刘道庚副部长要来市委宣传部视察工作，正好大家都在忙，可是距离刘道庚副部长来视察就剩两天时间了。时间不等人，于是曾锦华就安排王志伟负责做好迎接视察的准备。

这下可把王志伟急坏了，他虽然在调研室工作将近一个月了，但是自己都是跟着大家一起做，从来没有牵头做一件事。王志伟只好硬着头皮上，先是按照原来的迎检方案照葫芦画瓢做了一个，并与刘副部长的秘书取得了联系，做好了对接工作。在忙了一天后，王志伟把迎检方案呈给了曾锦华看。曾锦华一看，整个方案从行程安排、责任分工、座谈安排、食宿保障、会场布置都安排得井井有条，甚至连房间住宿的物品摆放都进行了明确安排，这让他心花怒放，他说道："方案做得很好，现在你把精力转到写汇报材料去，按照刘副部长的调研内容，写一个情况汇报。"

王志伟一听，有点纳闷，说道："主任，通知里说刘副部长不听汇报，就是要搞个座谈会。"

曾锦华笑了笑，说道："你听我的，写一个没错的，不仅要写，还要写好。去吧，晚上加个班弄下。"

王志伟摸了摸脑袋，说道："好，我先去准备。"王志伟回到办公桌，还是有点想不明白为啥主任要他写汇报材料，不过既然主任说了，应该有主任的考虑。于是他就开始围绕调研提纲开始思考，边思考边查阅资料，但是有很多情况不掌握，写起来非常吃力，庆幸的是，调研室的资料还是非常全的，同事们的字非常好，看起来也不费劲。不知不觉，王志伟终于写完稿子的时候，发现窗外已经泛起了鱼肚白。王志伟连忙把稿子工工整整地誊写了一遍，放在自己面前的桌子上，头往椅背上一靠，很快就睡着了。

一大早，曾锦华提前来到了办公室，看到王志伟正靠在椅子上睡觉，心里一紧。走到王志伟的桌前，发现已经摆放好了一沓稿纸，上面工工整整地写着小楷字。曾锦华拿起来浏览了一遍，心中暗叹："自己真的捡到宝了啊，这文笔已经不输处里的一些同志了。这悟性真的很好，再培养一下，要给他继续压担子。"曾锦华拿着稿子轻轻地关上门走了出去,回到自己的办公室,开始认真改起了王志伟的稿子。当大家来到办公室的时候,曾锦华已经把稿子改好了,王志伟也醒了,抓紧时间把稿子拿到打印室,和打字员一起把稿子打印了出来。看着自己第一份还散着墨香的打印稿,王志伟高兴地笑了。

曾锦华把汇报稿拿给了市委宣传部副部长吴德友。吴德友看了一遍后,大为满意,赞道:"这个汇报稿写得不错,层次比较清晰,内容比较贴切,语言比较流畅。你们调研室的'一支笔'不是出差了吗?这是出自谁的手啊?"

"部长,你猜猜看?"曾锦华卖着关子。

"丁宇?李学军?巫金旺?"吴德友一个一个地数过去。曾锦华连连摇头。吴德友又说道:"你们新来的那个?叫什么来着?瞧我这记性,你还带他来我办公室了。"

"对,就是王志伟,这小子悟性很高,现在写东西像模像样了。好好培养一下,肯定也是'一支笔'呀!哈哈……"曾锦华高兴地笑了起来。

"怪不得你那时候跟林国山、刘辉在部长那里争得面红耳赤。这稿子就这么定了,我到时候给刘部长汇报就用这个。你们去准备其他的吧。去忙吧,我再看看稿子。"吴德友笑着说道。

曾锦华心里那个美啊,王志伟写的稿子一遍通过了,太令人高兴了。走出吴德友办公室的时候,嘴巴乐得还没有合上,正好遇到办公室主任林国山。林国山说道:"锦华兄,啥事这么高兴啊?捡到宝了?"

"那是!先不跟你说了,我那边还有事。"说完曾锦华哼着小曲走了。

第二天,刘道庚副部长的调研进行得非常顺利,各个环节衔接有条不紊,特别是吴德友副部长的汇报稿,让刘道庚副部长非常满意,在座谈会的现场进行了肯定。因为有了这份汇报稿,他的这次调研基本上已经算是完成八九成了,心里有了底,自然就不吝夸赞了。这一下,王志伟在调研室,也在市委宣传部的名气一下子就打响了。

第四十四章

其实王志伟从内心里是不想出名的，因为他明显地感觉到了调研室原来的"一支笔"汤顺德对自己的态度有了微妙的变化，最大的变化就是从以前的知无不言言无不尽，变成了现在的爱理不理随便应付。刚开始王志伟以为自己做错什么了，后来才想明白，因为自己抢了人家的风头。也许这就是"一山不容二虎"吧。此时，整个市直机关要搞一场"青春心向党 奋斗新时代"演讲比赛，调研室全体同志还专门碰了个头，没想到的是，大家一致推荐王志伟参加。没有给王志伟推辞的机会，主任曾锦华就按照"群众推荐"直接定了王志伟参加。王志伟也没有过多推辞，就在工作间隙抓紧准备演讲稿。

"青春心向党 奋斗新时代"演讲比赛如期而至。这天，长川会堂里人山人海，市直机关都派了代表来参加这次演讲比赛。王志伟看着这场面，心中暗暗发怵。王志伟抽到的号数不错，在30多个参赛单位中不前不后，是16号选手，挺不错的一个数字。

坐在选手区，王志伟的耳朵里丝毫没有听到台上的选手在说些什么，脑子里一片空白。终于到了王志伟上台。王志伟深深地吸了一口气，缓缓地呼出去，昂首挺胸地走到了舞台上，站在演讲台前，他深深地鞠了一躬，对着话筒说："尊敬的各位领导、同志们，非常感谢能有这次机会跟大家交流。站在这里，我非常激动，也非常忐忑，心中有很多的话，不知道从何说起，回想起来，最多的是感动。借此机会，我向大家敞开心扉，谈谈自己的感想。

"作为调研室的一员，深感工作不易。在调研室，大家有一个共同感受，工作是永远干不完的，调研室是没有闲人的，每个人都像上了弦的发条一样。'5+2''白加黑'，在调研室是常态。我们身边有的同志以办公室为家，吃住都在办公室，忙起来甚至连着好几天住在办公室，吃饭也是有上顿没下顿；

有的同志废寝忘食，工作起来就物我两忘，错过饭点、通宵达旦是常有的事；有的同志舍小家为大家，无暇分身照顾家里，把家庭的重担都压到了家属的身上而无怨无悔；有的同志轻伤不下火线，小病瞒着不去医院；有的同志身体不好，却拖着不去医院也不请假……这样的事例，在我们身边比比皆是，这都是我们调研人忠诚履职的具体体现，也是我们调研室这个集体团队精神的具体体现。有时，在深夜回家的路上，听着小区草丛中虫儿的鸣叫，回味着晚上加班时的奇思妙想，思考着明天工作上的安排，有些想法便会灵光闪现，这真是'千家万户入梦乡，挑灯夜战工作忙，形单影只虫鸣伴，他人哪知油墨香'。"

王志伟的话音刚落，长川会堂里响起了笑声，接着为王志伟的幽默诙谐鼓起了掌。

掌声稍歇，王志伟接着说："作为调研室的一员，深感无比荣光。改革开放正在加紧推进，这也是当前和今后一个时期党和国家政治生活中的一件大事，是十一届三中全会做出的重要部署。我觉得，改革开放如同动'大手术'。因为改革最能体现出得与失、欢乐与痛苦、长远利益与眼前利益的辩证关系，要在政治、经济体制上'铲毒瘤'，这与给人治病有相通之处。《三国演义》中关羽的经验与曹操的教训，充分证明了动手术'铲毒瘤'是治病的真理。作为国家工作人员，特别是作为调研室这种智囊部门，我们现在做的工作就是为'铲毒瘤'做好前期的调研工作。置身于改革开放大潮之中，需要我们从大局出发，增强深化改革开放的认识，以实际行动拥护改革开放、支持改革开放、参与改革开放！"说完，王志伟举起了右拳，台下的评委和观众被王志伟的气势所感动，响起了经久不息的掌声。

王志伟接着说道："作为调研室的一员，深感责任与压力。现在改革开放进入了攻坚期和深水区。俗话说，万事开头难，容易的、皆大欢喜的改革开放已经完成了，剩下的都是难啃的'硬骨头'，我们将面临前所未有的压力和挑战。责任和压力如排山倒海、扑面而来，容不得我们有丝毫迟疑，必须迎难而上、克难而胜。我们应该怎么做？作为一名青年人，要坚定理想信念，志存高远，脚踏实地，勇做时代的弄潮儿，在改革开放的生动实践中放飞青春梦想，在为人民利益的不懈奋斗中书写人生华章！梦想指引前方，梦想赋予力量。面对这个新时代的挑战，要坚定、自信、勇敢地追逐自己的梦想！作为调研人，我们理应用昂扬向上的姿态，牢固树立'今日我以调研室为荣，明日调研室以我为荣'的观念，锐意进取，不负青春，坚定不移地踏上新时代新征程，为改革开放贡献力量、彰显价值！我的演讲完了，谢谢大家！"

整个长川会堂里响起了热烈的掌声，几个评委相互看了一眼，都在暗暗点头。果不其然，王志伟的最终分数是9.68分，是目前的最高分。

后面的选手上台，王志伟都没注意，因为他看到了观众群中身穿红衣的张小芹。张小芹也看到了王志伟。两个人目光交汇的一刹那，都莫名地心中一痛。两个人已经两年没见面了，但是在这一刻，所有的猜测、埋怨与不满，都化作了一句话："只要你过得好就行。"要说张小芹不生王志伟的气，那是不可能的，但是随着时间的推移，张小芹对王志伟的思念占到了上风，毕竟王志伟是第一个闯入她心田的男人，并且深深地扎下了根。再加上从邵正易这两年千方百计接近自己、接近自己的家人来看，王志伟的离开一定和邵正易有关，最大的可能就是和王志伟的弟弟有关。张小芹的猜测已经接近事实了。也正是有了这种猜测，张小芹对王志伟的不满才渐渐消散。

演讲比赛结束了，比分咬得非常紧，王志伟以0.01分的微弱优势取得了第一名。当王志伟站在舞台上领奖的时候，他看到了兴奋地为自己鼓掌的张小芹。张小芹的双手早就拍红了，而她却浑然不觉。

当演讲比赛结束时，王志伟忙着接受大家的恭喜，等扭头看向张小芹刚才坐着的位置时，发现已经空空如也，他的心莫名地一痛，心中暗叹：时间真的可以冲淡一切。王志伟望了望手中的荣誉证书，有点怅然若失的感觉，这种胜利的喜悦，本来可以和张小芹一起分享的。

满脸写着失望的王志伟踱出了长川会堂，忽然，他发现了门口右边拐角处的一抹红色，虽然只是一片红色，王志伟在心底喊道："这是小芹，她一定是在等我。"

王志伟快步走了过去，果然是张小芹。两个人终于面对面了。张小芹捏着

衣角，看了一眼王志伟，笑着说道："恭喜你啊！状元郎。"

王志伟赶快把手中的荣誉证书放在了背后，说道："这不算啥，你最近过得好吗？我听说你在人民医院上班？"

"我还好吧，实习期还没过，还在跟班。我们医学类的不像你们，还有实习期。"张小芹说道。

"你跟邵正易怎么样了？"王志伟问道。

"邵正易？没怎么样，他还是像个苍蝇一样，无孔不入。刚开始，我妈还想着撮合一下试试，后来看我的态度比较坚决，就懒得管我了。最近一段时间，邵正易也没来骚扰我了，估计是放弃了。"张小芹笑道，"说说你吧？找的女朋友是哪里的？"

"女朋友？我还是单身。走走吧？这里说话不方便，去西湖公园吧？就在附近。"王志伟看了一下四周，人来人往的，确实不方便说话。

两个人走到了西湖公园，就好像回到了两年前的那个暑假，又好像两个刚刚认识的朋友，两个人都觉得有点怪异，甚至两个人都有一种很难再回到从前那种默契的感觉了。

走了一会儿，有点累了，两个人就在公园的长椅上坐了下来。长椅可以坐三个人，但是两个人不约而同地坐到了两头，中间空了一个人的位置。两个人同时看了一下中间空出来的位置，心中都是一阵刺痛。

坐下来以后，气氛有点尴尬。还是张小芹打破了沉默，说道："志伟，你现在能告诉我当初为什么要离开我了吧？"

"为了我弟弟。不过，我也只是答应邵正易在你毕业之前离开你，这也是我的一个承诺吧。你毕业以后我是不敢去打扰你，我怕你已经有男朋友了。"王志伟说道。

"我还是原来的我，志伟，那你现在还要我吗？"张小芹眼圈泛红。

王志伟看着张小芹闪着泪花的双眼，再也不想压抑自己了，一下抱住了张小芹，在她的耳边说道："我还以为再也得不到你了，我还以为再也得不到你了……你不恨我吗？我当初可是不辞而别啊。"

"傻瓜，我早就知道你是为了你弟弟。虽然这两年我们没有在一起，但是我们在学业上都取得了大丰收啊。我每年都拿到奖学金的。"张小芹高兴地说道。

　　"我也是，我好想你……"王志伟喃喃地说道。

　　"我也好想你……"张小芹也喃喃地说道。

　　"咳咳，现在这些年轻人啊……"一个老头儿从旁边经过，大声地咳嗽了两声，感叹道。

　　王志伟和张小芹赶紧分开了。

　　"不理你了，先回去吧。你找个机会和邵正易谈一下，别让他为难你弟弟，现在过了这么久，应该没啥事了吧。"张小芹担心地说道。

　　王志伟说道："我给了他两年时间，他没把握住机会，不能怪我了！我这个周末见他一下，你能不能帮我约他？"

　　"行吧，邵正易这两年也成熟了不少，看来部队还是挺锻炼人的。走吧，回去吧，别一会儿碰到熟人就不好了，回家要被我妈骂死了。"

　　"你回去慢点啊，我有时间去医院找你。你有空也可以来找我，市委宣传部调研室。"王志伟笑道。

　　"我知道你在哪上班！"张小芹笑道。

　　"你怎么知道的？知道也不来找我？也不怕我跟别人跑了？"王志伟故意地刁难道。

　　"不理你了，坏死了！"张小芹跺了跺脚。

　　经过一阵笑骂，横亘在两个人之间的心结终于烟消云散了。

第四十五章

　　周六晚上，张小芹把邵正易约了出来，到东方红饭店吃晚饭。佳人相约，邵正易异常兴奋，以为自己这两年多的锲而不舍终于感动了张小芹。他专门去理了发，洗了个澡，穿着一身板正的军装哼着小曲就出门了。出门前还大声对在厨房忙的郭璐喊了一嗓子："妈，我不在家吃饭了，我晚上有约了。"
　　"你这孩子，不在家吃饭也不早点说。"郭璐笑骂道。
　　王志伟已经早早地在东方红饭店定了桌、点了菜等邵正易。张小芹也提前来到了东方红饭店。两个人站在门口等邵正易，远远地就看到了邵正易双手插着口袋一步三晃地走了过来。王志伟和张小芹对望一眼，都笑了。张小芹说道："这套军装穿在邵正易身上，真是白瞎了。"
　　说话间，邵正易已经走到了东方红饭店的门口，一眼就看到了张小芹，连忙举手招呼。手刚举起来，忽然看到了张小芹身边的王志伟，手举了一半再也举不上去了，就好像定格了一样。
　　"老同学，你来了，快进来吧。"张小芹笑着打招呼。邵正易看着王志伟和张小芹两个人，不知道葫芦里卖的什么药，就稀里糊涂地跟着两个人走了进去。
　　三人落座，气氛有点尴尬。张小芹看了看两个人说道："老同学，今天把你叫过来，主要是想聊一聊，叙叙旧。以前可能大家有点误会，今天正好打开天窗说亮话。"
　　"小芹，你们两个这是啥意思，我进来就有点糊涂。"邵正易还是有点不明白张小芹的意思。
　　王志伟说道："正易，咱们明人不说暗话。咱们一起插过队，也是一种缘分。咱们同时喜欢上了小芹，这也是一种缘分。两年前，你帮了我个大忙，我很感激你。这两年我信守承诺，没有再跟小芹来往，也给了你追求小芹的机会。

我没想到的是，这么久小芹还在等着我。今天呢，我就是想，我们的关系也没必要闹僵，就想略备薄酒，重新结识一下。"

邵正易被王志伟绕得晕晕乎乎，迷迷糊糊地说道："我跟小芹是老同学，咱们又是一起插过队的战友，能有啥恩怨，你想得太多了。"说完这几句场面话，邵正易心里那个难受啊，到手的鸭子又飞了。

"好肚量，正易，咱们上菜吧。以后有用到我们的地方，尽管说话。"王志伟笑着说道，扭头对张小芹说道，"小芹，可以上菜了。"张小芹就出去张罗上菜了。

"志伟啊，看来最后还是你赢了。我也不是放不下的人，不过小芹确实是最让我心动的一个，也是我们的校花，没想到被你摘走了。"邵正易充满醋意地说道。

"那今天我要多罚几杯，真是对不住了。有些时候我也觉得是傻人有傻福，我真没想到小芹能等我这么久。"王志伟说道。

"你们两个在说啥呢？是不是在编排我？"张小芹走了进来，打趣道。

"没有，没有，我们在说，我们的张大校花插到了王志伟这堆牛粪上。这下次同学聚会我都不好意思去了，大家都知道我……"邵正易不甘地说道。

"得了吧，老同学，追求我的人多了，你还不知道排到哪里去呢！"张小芹拍了拍邵正易的肩膀说道。

"啥？我还有很多情敌？我的天哪！"王志伟夸张地说道。

"那是，所以你要对我好点，我可不是没人要的。"张小芹骄傲地说道。

"对，你不要我要！"邵正易死皮赖脸地说道。

"一边去。上菜了，开吃吧。"张小芹说着，服务员正好上菜了。

邵正易报复性地跟王志伟喝酒，王志伟也很高兴，终于让张小芹摆脱了邵正易的纠缠，于是也放开了喝，结果桌子上的菜没怎么吃，两个人就都趴桌子上了。张小芹看着这两个人，很无奈地坐在旁边，因为她一个也扶不动。过了不知道多久，邵正易先醒了过来，慢慢地站了起来，看着王志伟还在那里趴着，高兴地说道："怎么样，喝酒还是你不行吧，被我整趴下了吧。哈哈哈……"

张小芹推了推王志伟，说道："志伟，志伟，该醒醒了。"这一推不要紧，结果王志伟直接就溜到桌子底下了。张小芹赶紧上去拉王志伟，结果拉不动。邵正易歪歪扭扭地走了过来，说道："我来吧。"说完拉着王志伟的一只胳膊，说道，"起——"一下子没把王志伟拉起来，自己也一屁股坐到了地上。这一阵折腾也算没白忙，王志伟醒了，一看自己躺在地上，试着撑起胳膊坐了起来，扭头看到邵正易也坐在地上，哈哈大笑起来："正易啊，你咋也倒地上了！"说完，慢慢弯腰站了起来，拉着邵正易的胳膊，把他拉了起来。

两个人互相搂着肩膀，跟跟跄跄地往饭店门外走去。张小芹看着两个人歪歪斜斜的走姿忍俊不禁。

张小芹先护送着邵正易回了家，然后又搀着王志伟回了家。一进王志伟家的门，秦敏云就迎了上来，把王志伟往长椅上一放，就拉着张小芹的手问长问短。

张小芹只得打断秦敏云的话，说道："阿姨，志伟喝多了，得给他弄点水喝。"

秦敏云才意识到自己儿子还醉醺醺地歪在长椅上，回头看了一眼，说道："小芹，没事，不管他，睡一会儿就好了。"

张小芹不忍地看了看王志伟，说道："没事，阿姨，我跟志伟和好了，不会走的，放心吧。"

"真的？那就好，那就好！这两年，我整天数落志伟，这个浑小子！"说着秦敏云还照着醉醺醺的王志伟大腿上重重拍了一下。"啪"的一声，张小芹看着都痛，但是醉酒的王志伟浑然不觉。张小芹弄了热毛巾给王志伟擦了擦脸，又喂他喝了点水。

秦敏云看着细心照顾王志伟的张小芹，越看越高兴，不由自主地问道："小芹啊，你看，你跟志伟的婚事是不是可以考虑了？"

张小芹的脸一下就红了，不好意思地说道："我年纪还小。"

"不小了不小了，志伟都26岁了，你也差不多吧？"秦敏云说道。

"我25岁了。"张小芹小声说道。

"那不小了，我单位的人23岁就生大胖小子了。"秦敏云说道。

"阿姨，我得回去了。"张小芹被秦敏云越说越不好意思。

第二天一大早，秦敏云就把王志伟叫了起来，吼道："喝成啥样子了，还不起来，再不起来，小芹要被人抢走了。"王志伟一听，一骨碌爬了起来，揉了揉眼睛，迷迷糊糊地说："小芹呢？"

"小芹早回去了。你们得抓紧时间啊，都老大不小了，我还急着抱孙子呢。"秦敏云说道。

王志伟很无语地看了看秦敏云，说道："你这也太突然了，人家小芹还没同意呢！"

"小芹同意了啊，不信你去问问她。"秦敏云笑道。

"那我去找小芹问问？"王志伟试探着说道。

"快去，快去，星期天不要待在家里，去找小芹吧。"秦敏云把王志伟往外面赶。

"哥，你快去吧，早点把我嫂子娶回来，我还在后面排队呢。"王志强在屋里喊道。

"睡你的觉吧，在家待着，别给我出去惹事，比啥都强。"秦敏云扭头对着房间喊了一嗓子，王志强就没声音了。王志强在房间里嘀咕："你把我哥往外赶，把我关到家里，这算什么事啊？"可是他没敢说出来，不然秦敏云免不了又要数落他一番。

第四十六章

詹永萍很敏感地发现了张小芹这两天的不同，以前一直沉默寡言，这两天脸上跟盛开的花一样，可以说是俏眼含春。作为过来人，詹永萍一眼就看出来自己女儿是恋爱了。昨天晚上很晚才回来，以往都是下班就回来了，从不在外逗留。算了算，女儿也确实该谈婚论嫁了。上次女儿跟王志伟分手还哭了好几天，自己本来就对那个王志伟不是太满意，分了也就分了，这次一定要帮女儿把好关。

吃过早饭，詹永萍装作不经意地问张小芹："小芹，昨晚我看你回来那么晚，约会去了？"

"没有啊，同学聚会，昨晚不是跟你说了嘛，老妈，你这记性不行啊。"张小芹说道。

"跟什么同学啊？"詹永萍问道。

"就是跟那个邵正易嘛。"张小芹说道。

"邵正易，你不是不喜欢他吗？咋又忽然想跟他在一起了？"詹永萍满脸写着不相信。

"我才不要跟他在一起，昨晚还有王志伟，我们就是跟邵正易摊牌的。"张小芹连忙解释。

"王志伟？摊牌？"詹永萍被张小芹整糊涂了。张胜利也正好过来，凑过来说道："王志伟这个名字好久没在咱家出现了，摊啥牌呀？"

"跟你们直说吧，我很王志伟和好了，为了让邵正易死心，别再骚扰我，昨晚我们三个吃了顿饭，最后他们两个人都喝醉了，我就把他们都送回家才回来。"张小芹一副"死猪不怕开水烫"的样子说道。

"你这孩子，你怎么又找上王志伟了？他那时候把你甩了，你还去找他？

那小子现在在做什么？"詹永萍不满地说道。

"志伟在市委宣传部，现在是市委宣传部的大笔杆子，人家说他是什么'一支笔'，可厉害了。"张小芹说话的时候带了点小自豪。张胜利倒是暗暗点头，其实他还是挺满意王志伟这个小伙子的，可是詹永萍似乎不是太满意。

"我不同意！"詹永萍生气地说道。

"妈，志伟够优秀了，你不要这样好不好？他离开我是为了他弟弟，不是因为他不喜欢我了。"张小芹急忙解释道。

"什么乱七八糟的，他跟你在一起，跟他弟弟有啥关系？"詹永萍被张小芹越说越糊涂。

张小芹便一五一十地把两年前王志强出事，王志伟为了救王志强便离开了她，让邵正易有了可乘之机，其实这就是邵正易提的条件而已。

詹永萍听完以后沉默了。张小芹看了看詹永萍紧绷着脸，又看了看张胜利，过去拉着张胜利的胳膊晃起来，撒娇道："爸——你劝劝我妈，都啥年代了，还是老想着门当户对，非要想着把我嫁给一个官二代。"

"对对，永萍啊，咱女儿的眼光还是不错的，王志伟不是你起初想得那么不仁不义，现在看来还是挺仁义的嘛。我也觉得王志伟这个小伙子比那个邵正易靠谱。你看，咱就别干预了。孩子也老大不小了，她有自己的判断了。"张胜利禁不住女儿的撒娇，连忙去劝詹永萍。

"我那时候提出的两个条件别忘了，他还没达到。如果达到了，你明天跟他去领证我都答应。"詹永萍不甘心地说道。

"那两个条件不是说说而已嘛，还当真了？"张小芹不满地说道。

"怎么是说说而已，我是认真的。5000块钱彩礼，一分都不能少。"詹永萍毫不让步。

"志伟一个月工资才六七十块钱，一年加起来还不到1000块钱，这还是不吃不喝的情况下，他到哪里去弄5000块钱啊？"张小芹急道。

"这我不管，那要他去想办法。你嫁过去可不能委屈了。"詹永萍说道。

张小芹再次眼巴巴地看着张胜利。张胜利拍了拍张小芹的肩膀，让她少安毋躁，说道："5000就5000吧，也可以看看他们家的实力，能借到钱也是本事。"

"他家都是穷亲戚，哪来这么多钱借啊？"张小芹还是想争取把这5000块钱免掉，至少也要少一些。

"让他去想办法，他啥时候能拿出来彩礼，我啥时候就同意。"詹永萍说完就回屋了。张小芹看着母亲的背影，泪水在眼睛里直打转。

张胜利凑到张小芹耳边小声说道："小芹，别哭，爸爸到时给你4000块钱，你让志伟去凑1000块钱就行了，到时候我把这钱拿过来给你当嫁妆，周转一下就行了。你妈妈的工作我来做，你去吧。"

张小芹一听，乐得差点跳起来，搂着张胜利的脖子，照脸上就亲了一口。张胜利连忙指了指詹永萍的房间门，又指了指门外，挥了挥手，示意张小芹出去，别在家待了。

张小芹刚出门没走多远，就遇到了王志伟，想到刚才悲喜交加的情形，立刻眼圈红了。吓得王志伟连忙上前询问。张小芹就把早上家里的情况说了一下。王志伟一听，挠了挠脑袋，说道："你不知道我家情况，原来还有一点积蓄，被我弟弟给糟蹋完了。现在只能去借了，1000块钱对我家来说也是巨款了。小芹你放心，我现在就去借借看。我记得我有几个同学家里应该挺有钱的。"

"志伟，你是不是真心想娶我？"张小芹严肃地问道。

"你怎么这样问我，那肯定啊。呵呵……"王志伟傻笑起来。

"那你赶紧去筹钱，我也去找找同学看看。咱们12点前到人民公园门口碰头。"张小芹说道。

"好，我现在就去。"王志伟高兴地说道。

王志伟跑了一家又一家，却被现实无情地打击了。同学家里能一下子拿出1000块钱的一个都没有，不过大家倒是你五十他一百地给王志伟凑了600多块钱。看着快到12点了，王志伟垂头丧气地到了人民公园门口。张小芹迎了上来，问道："咋样？看你愁眉苦脸的。"

"没借够，才600多块钱。"说着，王志伟把裤袋里攥得紧紧的那一卷钱拿了出来。

"够了够了，我这里还有1500块钱，加起来有2000块钱了。"张小芹说道。

"真的？这么说，我可以娶你了？"王志伟高兴得像个孩子，看张小芹点了点头，一下就把张小芹抱了起来，转了一个圈。

"快放我下来，在公园门口呢，这么多人看着呢！"张小芹连连拍打王志伟的后背。

"我太高兴了。走，你回家拿存折，咱们取钱去。明天就让人去提亲，后天我就娶你。"王志伟说道。

"我又不会跑，你急啥！"张小芹笑骂道。

两个人手拉着手一路欢声笑语地往张小芹家里走去。到了张小芹家附近，王志伟没再往前了，在胡同口等着。过了不一会儿，张小芹就蹦蹦跳跳地来了，远远地跟王志伟比了个"OK"的手势。王志伟高兴地一阵猛跳。

此时，詹永萍在家里数落起了张胜利："老张啊，你别以为我不知道，家里的存折你是不是给小芹了？那可是咱女儿的嫁妆啊。你这就提前给了？"

"被你发现了？"张胜利讪笑道，"我这不是看王志伟这个小伙子还不错，人家虽然跟咱小芹分了，那不是情有可原吗，为了弟弟也是有情有义嘛。"

"那你也不能这样啊，弄得咱家女儿，还使劲往里倒贴钱。"詹永萍说道。

"咱就这一个宝贝女儿，她能找到自己的幸福，比啥都强。我知道你刀子嘴豆腐心，你就别绷着个脸了，高兴点，说不定明天人家就来提亲了。"张胜利劝慰道。

"女儿就是被你惯成这样的，还没过门，就跟你学着往外拐了。得，希望这次你的眼光不会差。"詹永萍说道。

"我就知道，你不是那样势利的人。"张胜利说道。

"啥？你说我是势利的人？我看你是想睡地板了。"詹永萍佯装生气道。张胜利连忙告饶，又是揉肩又是捶背，总算把詹永萍安抚了下来。

王志伟和张小芹到银行很顺利地取了3000块钱，又把那些50的、20的都换成了100的，凑了5000块钱。王志伟数了两遍，才揣进了口袋，手还在口袋里紧紧地抓着。张小芹看着王志伟的样子，忍不住取笑道："你看你，捏那么紧干啥，又不会飞了？"

"那要捏紧了，这可是我下半辈子的幸福啊。"王志伟肉麻地说道。这一下可把张小芹感动了，眼圈一红，又要掉泪。吓得王志伟赶紧一阵哄，张小芹的眼泪总算没有落下来。

回到家，王志伟跟父母说了张小芹婚事的事，又说了张小芹妈妈詹永萍的条件。这下可把秦敏云和王来福急坏了。秦敏云扭头就开始骂王志强："你这个臭小子，不往家里拿钱，一天到晚还要问我们要钱，现在家里没钱，你们两个咋娶媳妇？"

"妈，你看这是啥。"王志伟说着把5000块钱摆到了桌子上。

"这钱哪里来的？"秦敏云第一反应不是高兴，而是用怀疑的眼光看着王志伟。

"这是小芹给我的，我和小芹还去借了一些。放心吧，来路很正。"王志伟一看秦敏云急了，赶紧解释道。

"小芹这姑娘对你也太好了，你可不能辜负人家啊。明天是周一，他父母还要上班，下周六吧，我先找个媒人，这事得抓点紧。"秦敏云说着就把5000块钱收了起来，说道，"这钱我先保管着，给彩礼时候再给你。"

"我还没焐热呢，你就要拿走。"王志伟喏喏地说道。

"我帮你保管又不问你要保管费，你怕啥？"秦敏云佯装生气道。

王志强凑了过来，说道："哥，小芹嫂子有没有表妹什么的？介绍给我认识一下，我也该找一个了。"

"你着啥急，有时间把你那技术练一练，在厂里没技术怎么立足？"王来福没好气地说道。

王志强撇了撇嘴，没敢应声。王志伟解围道："我到时候给你问问。"

第四十七章

　　王志伟和张小芹的婚事在双方家长的力促下，提亲、定亲就顺理成章完成了，婚礼很快就提上了日程。大婚的日子定了下来，就在1月1日元旦那天，据说是农历的十八，最适宜嫁娶、结婚，是难得的好日子。王志伟家的亲戚们也跟着光彩。王志伟和张小芹的婚礼这天，天气非常好。酒席是中午的时候在东方红饭店办的。原本在两家的商量下，一致认为不要铺张，男女双方各请10桌的亲朋好友。谁知喜讯传来，甚至有些人不请自来，都要参加婚礼，最后，摆到了32桌才算能坐下。婚礼上，王志伟的嘴巴一直都没合上过，简直太高兴了，看到身边的身着红装的张小芹，就有一种恍如做梦的感觉。

　　张小芹的老同学们轮番上来敬酒，大有不把王志伟喝倒不罢休的架势。王志强这个时候发挥了大作用，基本上所有的酒都被他挡下来了。王志伟这才惊喜地发现，自己的弟弟居然酒量这么好。王志强坚持到了酒席的结束，竟然也没有被灌倒。被王来福邀请来的厂里的副厂长郑强峰看到这一幕，好像捡到宝了一样，马上跟王来福商量，准备把王志强从车间调到自己手下，要不然这么好的酒量，不去跑销售真是浪费了。王来福大为高兴，本来一天到晚为自己这个儿子发愁，没想到能喝酒也成了特长，自然是一口答应下来。王来福连忙把王志强叫了过来，王志强也是毫不犹豫地满口应允，还专门敬了郑强峰一大杯白酒，表示一万个愿意跟着郑强峰干。这下让郑强峰非常高兴，也干脆地喝了一大杯。

　　王志伟和张小芹忙了一下午，终于熬到了酒席结束，两个人都累得如同散了架一样，特别是张小芹，穿的是一双跟儿比较高的皮鞋，一天没坐下，整个脚累得不行了。

　　两个人并排躺在新房的床上，灯泡上贴了红纸，整个房间都是红红的，一片喜庆的氛围。王志伟和张小芹躺在松软的大红被子里，两个人扭过头，互相看着。也不知道是灯光的缘故，还是大红被子的掩映，还是张小芹的脸红了，此时的张小芹在王志伟的眼中，那真是美艳不可方物！

王志伟和张小芹一结婚，秦敏云就到了退休的年龄。秦敏云退休在家里没事，以前在厂里食堂工作时学到的厨艺就有用武之地了，就变着花样给王志伟和张小芹做好吃的。心情好，胃口就好，王志伟吃得很开心，身体居然短短两个多月就重了近10斤。春节刚过不久，张小芹就有喜了，这可把秦敏云乐坏了，更卖力气地做好吃的，张小芹就像吹气球一样胖了起来。做了B超，张小芹居然怀了双胞胎。张胜利和詹永萍的心思动了起来，因为他们只有张小芹一个女儿，就想着如果女儿生两个外孙的话，想让其中一个跟娘家姓，如果不是两个男孩就算了。王来福和秦敏云满口答应，反正他们有两个儿子，就是其中一个孙子跟娘家姓也没关系。

说来也巧，张小芹的预产期刚好是元旦，正好是王志伟和张小芹的结婚纪念日。临近预产期的那段时间，张小芹因为怀的是双胞胎，肚子的负担太大了，实在是走不动了，就请假在家休息。肚子里的两个孩子很争气，正好就在元旦这天顺利出生了。

"恭喜恭喜，一儿一女龙凤胎。大的是哥哥，小的是妹妹。相隔15分钟。"产房的门打开了，两个护士一人抱了一个走了出来，给围在门口的王志伟和家人们看。王志伟激动地不知道抱儿子还是抱女儿好。秦敏云和詹永萍凑过去，一人接过来了一个，小心翼翼地观察着。

"亲家，要不把这个男孩跟你家姓？我们不介意的。"

詹永萍愣了一下，马上反应了过来，连忙说道："那可不行，这是你家的长孙，万万不可，我们也是说说而已，没关系的。亲家你看，这头发多黑多密！要睁眼睛了，大双眼皮！"詹永萍惊喜地说道。

"是啊，这长相特别像小芹啊，你们老张家的基因好啊，这长大也是个美人坯子。"秦敏云高兴地说道，"这哥哥像志伟多一些。"詹永萍把妹妹抱了过来，把两个孩子凑到了一起。"两个眉眼虽然像，但还是有点区别。真漂亮！"

张胜利凑了过来:"给我也抱抱。"伸手想从詹永萍手里接过孩子。"去去去,一边去,你哪里会抱孩子,粗手粗脚的。"詹永萍直接把张胜利赶一边去了。

围在产房门口的人群随着两个孩子的出生,都散开回病房了。就剩下王志伟和张胜利守在产房门口,等张小芹出来。过了一会儿,张小芹被推了出来,只见张小芹嘴唇发白,头发湿湿的,但是脸上还是挂着笑容。王志伟抓住了张小芹的手,入手一片冰凉,说道:"小芹,辛苦了,辛苦了。龙凤胎,你真厉害!"张小芹笑着点点头,手上稍微用了用劲握了下王志伟的手,扭头对张胜利笑了笑,轻声说道:"爸。"张胜利赶紧说道:"小芹,你累了,先别说话了,咱们先回病房。"王志伟推着张小芹回到病房,看到一儿一女乖乖的样子,心里美滋滋的。

"亲家,你给孩子取个名字吧?"秦敏云对詹永萍说道。

"你们取吧。是吧,老张?"詹永萍回头问张胜利。

"对对,你们取就行了,这个没事。"张胜利说道。

"亲家,你们有文化,你们取比较好。"王来福诚恳地说道。

"那这样吧,我们两家一家取一个,我就取这个小妹妹的。"詹永萍说道。

"我原先有想法叫王思齐,就是见贤思齐的意思。"秦敏云说道。

"这名字好,你这样说启发了我,小妹妹就叫王思甜怎么样?就是忆苦思甜的意思。"

王志伟和张小芹对视一眼,都点了点头。王志伟说道:"爸,妈,那就叫王思齐、王思甜吧,意义也很好,叫着也顺口。"就这样,两个孩子的名字定了下来。

王志伟和张小芹的日子真可谓是红红火火,单位的工作也是顺风顺水,但是有一点让王志伟很不舒服,就是现在王志伟成了大家眼中宣传部的"一支笔",原来的"一支笔"汤顺德明里暗里对王志伟使着绊子,这也让调研室主任曾锦华非常头疼。一山不容二虎,他从中调停也是收效甚微。

曾锦华离退休的日子也近了,如果不出意外的话,基本上应该是汤顺德接班,毕竟年龄和资格都摆在那里。但是如果曾锦华退休,汤顺德上位,王志伟的日子就不好过了。这天,曾锦华在吴德友的办公室坐着,说起了这件事。吴德友一拍大腿,说道:"这事好办,前些天刘道庚副部长还跟我说有没有优秀人才推荐一下,他想物色一个秘书人选。我看志伟就不错,要不我推荐一下,让他去省委宣传部?刘道庚副部长今年应该就能把'副'字拿掉了。"说完就给刘道庚副部长打了电话。刘道庚副部长正是求贤若渴的时候,立刻答应了下来,让王志伟下周就去省委宣传部上班,考察一下如果能行就调过去。曾锦华心头的一块大石才算放了下来,王志伟的成长是他一步步带起来的,可以说是最器重的下属,现在王志伟有了更好的发展机会,他由衷地感到高兴。

就这样,王志伟很顺利地到了省委宣传部,能力素质很快就得到了刘道庚副部长的认可,调令没过多久就到了市委宣传部。这年年底,刘道庚成了省委宣传部的部长,也成了省委常委。这下,王志伟的地位也跟着水涨船高了。

第四十八章

　　努力奋斗的人，上天是不会亏待的。王志伟在省委宣传部很快就站住了脚，刘道庚部长去哪里都要带着他，他也成了领导身边的红人。俗话说，一朝天子一朝臣。但是这句话在王志伟这里似乎没有应验。刘道庚部长到了退居二线的时候，本来想给王志伟安排个去处，但是接任的韩柏松部长强烈要求留下王志伟。就这样，王志伟继续担任韩柏松部长的秘书。王志伟的职务也是一路顺风顺水，从办事员、科员、副主任科员、主任科员，到1993年底的时候，就提任助理调研员了，成了整个省委宣传部最年轻的副处级非领导职务的干部。

　　在省委宣传部任职的这些年，王志伟跟着领导到访过很多省市，也走遍了长南省的大城小县，也看到了大江南北翻天覆地的变化。

　　1994年初春，王志伟跟着韩柏松部长到塘河县调研。韩柏松的专车路过塘河汽车站门口的时候，王志伟忍不住多看了汽车站两眼，心中浮现了陈秀娟的模样，10多年没见了，也不知道她成家了没有。

　　塘河的主干道没有什么大的变化，也许是汽车还不多的缘故，还没有设立红绿灯，在十字路口就显得有点乱。王志伟远远地看到了一些店铺的外墙上刷着"龙门稻香鱼"的标语，让他的思绪直接回到了10多年前在龙门公社稻田养鱼的时光，没想到故地重游，这个牌子一直延续了下来，有机会要尝一尝。

　　车子缓缓驶过街道，一家店引起了王志伟的注意，只见店名为"红霞饺子批发连锁"。坐在副驾驶的王志伟不由自主地坐直了身体，盯着这家店仔细地看着。王志伟的反常引起了坐在后排的韩柏松部长的注意。

　　"志伟啊，这是你以前插队过的地方，是不是看到熟人了？"韩柏松问道。

　　"看着眼熟，应该是以前的一个熟人开的店铺，没想到发展得这么好，已经开起连锁店了。"王志伟说道。

"连锁店？这个还比较新奇啊，小李，我们把车靠边，过去了解一下。"韩柏松对司机小李说道。

车停在了"红霞饺子批发连锁"的附近，王志伟下车帮韩柏松开了车门，两个人一起走到了店铺的门口。王志伟一眼就看到了正在柜台低头忙着的陈红霞，连忙喊道："霞姐，忙着呢？"

陈红霞听到声音，抬头一看，愣住了几秒钟，然后忽地站起来，喊道："志伟！真的是你呀？这么多年了，也不来看看我。"

"霞姐，是我是我。这几年也没机会过来。今天正好陪领导出差，这不，经过你这店门口，就过来看看，我也没准备啥。"王志伟说道。

"领导好，领导好，到店里坐吧。"陈红霞把王志伟和韩柏松迎进了店里，沏上了茶。陈红霞接着说道："领导，我叫陈红霞，是志伟在这边插队时候的老相识了。你们尝尝看，这是咱们这里天雾山出产的茶。咱们这里的茶是在山里采的野茶，还没有定名字，领导一会儿尝一尝，到时帮我们起个名字。"

陈红霞用开水把杯子洗了洗，接着说道："咱们这里泡茶的水是也是天雾山的山泉水，泡茶的味道真的是绝配，和地下水井打上来的水泡出来的味道真的不一样。我觉得茶是至清至洁，天涵地载的灵物，泡茶所用的器皿也必须至清至洁。我泡茶都会用开水烫洗一遍茶杯，做到冰清玉洁。"

"咱们这个茶，不能用开水泡，要用80度的热水泡，味道更香。这天雾山的茶茶芽细嫩，若用滚烫的开水直接冲泡，则会破坏茶中的维生素，并造成熟汤失味，所以将水温降一点再进行冲泡，用这样的水泡出的茶才会不温不火、恰到好处，泡出的茶色、香、味更佳。"陈红霞说道。

"霞姐，我们是来看你的饺子连锁店，你这讲起茶道来了。看来最近没那么忙了。"王志伟笑道。

"饺子连锁店，还是托你的福啊，你那次启发了我，我现在是弄了个作坊，专门请了一些人做饺子，我开了10多个连锁店分开销售，老崔去市里发展分店了，效益还不错，比原来卖米粉好多了。咱们还是说茶吧，我下一步想开发咱们天雾山的野山茶，请你们品尝一下，帮我拿拿主意。"陈红霞笑道。

韩柏松进到店里以后一直没有说话,一直在观察着陈红霞的一举一动,看到陈红霞熟练的动作甚感赏心悦目,心里一动,说道:"苏东坡有诗云:'戏作小诗君勿笑,从来佳茗似佳人。'他把优质的茶比喻成让人一见倾心的绝代佳人。今天看你泡茶,也是一种享受啊。"

"领导说话就是有水平,今天一定要帮我们这野山茶起个名字。"说着,陈红霞用茶匙将茶叶轻轻送入玻璃杯中,倒进去了少量的热水,说道:"第一步是润茶,这一步也很关键。然后是高冲水,老一辈人说是要三冲水,俗称'凤凰三点头',寓意向尊贵的客人致意问好。"陈红霞说得韩柏松哈哈大笑。韩柏松说道:"我们冲茶都是直接倒进去了,还有这么多讲究啊。"

"领导,志伟,你们看,咱们这里的野山茶先是浮在水面,然后慢慢沉入杯底,非常好看。"陈红霞说道。

韩柏松笑道:"这个景象可以称之为'碧玉沉清江'啊,这个野山茶的名字,我看,不如叫'云雾碧芽',陈老板,志伟,你们看咋样?"

"非常不错,霞姐你做这个,到时候可以注册个商标,争取把这个品牌做大做强,冲出塘河,走出长南,飞向全国。"王志伟说道。

"哪有那么容易啊!'云雾碧芽',这名字不错,咱们这野山茶也有名字了。你们先尝一尝茶。"陈红霞高兴地说道。

"陈老板,你这不说可以喝,我们都不敢喝啊,只能在这里闻着香味。"韩柏松笑道。说完他轻轻啜了一口,细细品着,过了一会儿说道:"嗯,茶色浅黄且清澈,入鼻香气馥郁,入口滋味鲜浓,口中回味甘爽。绝对的好茶!"

"谢谢领导肯定,我对这个茶更有信心了。现在饺子批发连锁店已经走上正轨了,下一步我两个孩子可以接手这一摊子,我自己倒是对茶叶挺感兴趣,想开发这个茶叶。"陈红霞说道。

"霞姐,你饺子有商标吗?"王志伟说着朝陈红霞挤了挤眼睛。

"就叫红霞水饺批发连锁了,商标还没注册。你们也帮我想个名字。"陈红霞赶紧心领神会地说道。

"志伟,你这是拿我当枪使啊,帮你霞姐想了一个又一个。我就帮忙帮到底吧。饺子有啥特点？"韩柏松笑着说道。

"这里的饺子全是手工制作，馅料都是山里的货，都是纯天然的食材，味道鲜美，在塘河还是比较受欢迎的。"陈红霞说道。

韩柏松沉吟了一下，说道："你们看叫'山里味'饺子怎么样？"

"好的，那就叫'山里味'。多谢领导帮忙起名。一会儿你们走的时候给你们带点我们的'云雾碧芽'，回去帮我们宣传宣传。"陈红霞非常高兴地说道。

由于还有任务在身，王志伟和韩柏松坐了一会儿就走了。走的时候，陈红霞给他们带了一点"云雾碧芽"，韩柏松还偷偷地在柜台放了20块钱。

王志伟陪着韩柏松到龙门镇开了座谈会，然后又到康庄大队以及附近的几个村委转了转。王志伟惊喜地发现稻香鱼已经普及，基本上都在养鱼了。在田间地头，村民们向韩柏松和县里、镇里的领导反映说稻香鱼的产量上来了，但是销售渠道还不行，很多鱼不能及时地卖出去，经济效益还不是太好。韩柏松没想到稻香鱼这么大的规模，大为高兴，听到乡亲们反映的困境，当场决定让县里和镇里的领导研究下措施，争取尽快把销售渠道打通，把稻香鱼的品牌也创起来。周围的乡亲们欢呼了起来！

乡亲们反映销售渠道不畅的时候，其实王志伟也在思考，现在康庄大队稻香鱼的养殖规模上来了，但是销售不成规模，还是以零售为主，而且大部分都是在镇上销售，顶多到塘河县城销售，这样很难打开局面，如果想把货运到更远的地方，一方面是运输成本太高，另一方面就是保鲜技术也不过关。这两个方面的困难，康庄大队的乡亲们自身很难解决。

第四十九章

跟王志伟一样，很多人也看到了康庄大队困境的解决途径，但是在当时的情况下，确实很难解决。带着这样的困惑，王志伟跟随韩柏松回到了长川。在后面的很长一段时间，王志伟都会时不时地打电话到龙门镇了解一下康庄大队的情况。塘河县和龙门镇专门搞了几次采购会，但是收效甚微，稻香鱼的销路还是没有打开。俗话说，靠山吃山，靠水吃水。天雾山的资源非常丰富，但是由于运输问题，限制了大山里的好东西难以输送出去。

又过了4年多，韩柏松也到退休年龄了，到政协退居二线了。省委宣传部的邱国文副部长接任部长的位置，在这之前邱国文担任副部长的同时，还兼任着《长南日报》报社的社长职务。韩柏松在卸任之前，征求了王志伟的意见，王志伟表示想要去报社做新闻采编类的工作，这样能够全面地了解全省各地的民生疾苦，也给省委决策提供第一手资料，同时也能帮助人民群众呼吁。韩柏松非常认可王志伟的想法，也非常支持，因为就他对王志伟的了解，这应该是王志伟的真实想法。于是韩柏松专门就自己秘书的安置问题跟接任的邱国文进行了商讨，最后达成了一致，就是把王志伟调任《长南日报》报社新闻采编部部长一职，也调了正处级，也不枉王志伟在省委宣传部打拼这么多年。

事情进行得很顺利，在韩柏松卸任的前一周，王志伟的调令就到了，告别了共事多年的同事，就到《长南日报》报社走马上任了。到了新单位，王志伟跟退休的新闻采编部的原部长李冉进行了一次长谈，详细了解了新闻采编部的情况，同时还请李冉给新闻采编部的同志们好好谈一谈体会，李冉满口答应。通过了解和自己的观察，王志伟发现新闻采编部一些老一点的同志不怎么配合，特别是副部长曾永强，前期在李冉临退休的半年里，已经在主持新闻采编部的工作了，结果自己直接"空降"过来，引起了他的不满。这还算是个例问题，通病也有，那就是存在普遍的"不愿吃苦、不愿下基层"的问题，往小了说是"不愿吃苦"，往大了说就是"职业操守欠缺"，所以请老部长谈谈心得体会就是一种解决的途径。

上任的第二周，王志伟把李冉请了过来，把新闻采编部的全体同志集合了起来，这是王志伟第一次把人聚齐，也比较难得，因为平时总是会有一些人外出采访。

等到人集合完毕了，王志伟清了清嗓子，说道："大家好，人都到齐了。我很高兴能够加入新闻采编部这个大家庭。我以前长期在机关工作，对我们新闻采编部的工作不熟悉。这几天，老部长又带了我一程，我非常感动。今天，老部长、老领导、老前辈又专程来给我们谈谈心得体会，下面，请大家以热烈的掌声欢迎老部长给我们谈体会。"说完，王志伟带头鼓起了掌，会议室响起了热烈的掌声。

李冉站了起来，鞠了一躬，坐下说道："大家千万不要客气，上周志伟专门跟我说要我谈谈心得体会，我想，我跟大家共事了这么久，确实很少有谈心的机会，长的已经共事一二十年了，短的也有五六年，咱们这个部门很多人不愿意来，因为来这里，就意味着吃苦，意味着奉献。作为一个有着38年采编经历的新闻人，我今天跟大家说说心里话，也算是自己从业的感悟吧。大家都知道，新闻采编是我们报社发展的主体部分，在一定程度上可以反映出报社的水平，这也折射出我们新闻采编工作的重要地位。今天，我从初心、信心、同心、用心、恒心的角度，跟大家交流一下自己的体会，有说得不对的地方，敬请大家指正。"李冉说道。大家鼓起了掌。

掌声稍歇，李冉接着说道："我的第一点体会，做好新闻采编工作，最根本的就是要'坚守初心'。初心，是指做某件事的最初的初衷、最初的原因。总的来说，初心，是最质朴纯真的情怀，是实现目标最初始最强大的动力源泉。对我们新闻采编人来讲，初心，就是全心全意做好新闻采编工作，为新闻事业贡献力量。在新闻工作的岗位上，我扛过摄像机，做过图像编辑，但更多的是'爬格子'，特殊的职业给了我广泛接触社会各界的机会，让我耳闻了改革开放的时代强音，让我见证了祖国前进的脚步，让我感受了神州大地日新月异的变化！我为自己感到庆幸，我是一名新闻工作者，可以用手中的笔和摄像机，记录祖国发展的历史，可以用我的声音和话筒讴歌时代的英雄们。我们一直强调新闻采编工作的重要性，我认为，我们从事的新闻采编工作，是报社发展的根基。为什么这么说？那是因为新闻采编人默默坚守在舆论宣传的阵地上。我们披星戴月、废寝忘食，只希望看到自己拍的照片、写的文字变成铅印的报纸。新闻采编工作是一个神圣而崇高的职业，也是一个充满艰辛和危险的职业，我们常年四处奔波，经常挑灯夜战，对此我们也曾委屈过、伤心过，被人误解过，但是我们却从来没有后悔过！"话音刚落，会议室里响起了热烈的掌声，大家纷纷点头。

李冉按了按手，示意了一下，接着说道："我的第二点体会，做好新闻采编工作，最重要的就是要'坚定信心'。不管时间如何推移，也不管环境如何变化，《长南日报》报社背后总有一支默默奉献的优秀团队。这个团队就是我们做新闻采编工作的团队。我们不是冲锋陷阵的悍将，而是坚守岗位的无名英雄。有的人在坚守热线电话，做好新闻线索搜集；有的人风尘仆仆、不辞辛劳，始终走在采访的路上；有的人在废寝忘食、加班加点，只为第二天的报纸能够准时发售。就这样，我们在平凡的岗位上默默付出和坚守，做到了'奉献的不只是新闻'，践行着新闻采编人的初心和使命。我们坚持正确的舆论导向，当好党和政府的喉舌；我们弘扬正气，倡导时代新风；我们宣传改革开放的先行者，我们报道默默奉献的老黄牛，这些先进典型感染着听众观众读者，也激励着我们新闻工作者。在我们长南大部分地方，新闻采编也许不算件难事。而对一些山区来说，却是一件要冒着生命危险去做的工作。山区特殊的地理地貌造成了新闻采编的复杂环境，山高路远、地广人稀、冰天雪地和塌方泥石流，巍峨的高山和湍急的河流，让新闻采编之路困难重重。但我们新闻人一年又一年，一季又一季，寒来暑往，不管山有多高、河有多深、路有多艰险，新闻在哪儿，新闻采编人就在哪儿。数不清多少次，万家团圆的时候，我们冒着风雪在采访；数不清多少次，大家躲回家里的时候，我们冒着风雨在采访；数不清多少次，家人生病无人照顾的时候,我们忍着心酸在采访……在这里,作为老部长,我谢谢大家了。"会议室的一些人眼圈已经发红了,太有同感了。

李冉接着说道:"我的第三点体会,做好新闻采编工作,最关键的就是要'勠力同心'。这些年,我们新闻采编部多次被评为先进部门,很多同志还被评为优秀新闻工作者、优秀共产党员、劳动模范,这些荣誉太多了。这些成绩的取得,与新闻采编部的同志们同心协力是分不开的,也是与报社的同步一致分不开的。我们要做好新闻采编工作,很重要的一点就是要合心、合力、合拍。也就是说,我们要心往一处想。作为一个团队,特别是要求这么高的团队,已经做到了心齐。前些年,大家都很支持我的工作,大家也很团结,我非常感谢大家。志伟虽然年纪轻了点,但是这些天跟他的交流中,我深深感到,省委宣传部的安排是无比正确的。志伟绝对是一个好的领导、好的同事,我也相信他是一个很好的新闻采编工作者,我希望大家像支持我一样,继续支持志伟的工作。"王志伟连忙说道:"谢谢老领导,我会接过您的接力棒,放心吧。"

李冉接着说道:"刚才说的是合心,也就是心往一处想,我们还要做到力往一处使,我们新闻采编部总共17个人。俗话说,一根筷子轻轻被折断,十根筷子牢牢抱成团。大家的力量往一起使,可以说是'兄弟齐心,其利断金'。我们还要做到合拍,也就是说调往一起合。前些天报社参加省里的合唱比赛,虽然我们与一等奖擦肩而过,但是我们也获得了二等奖的好成绩,当时不就是因为有人抢了拍子,影响了分数,我们跟第一名就差了0.2分,如果没有那点瑕疵,我们应该就是第一名了。在工作中,我们千万不要有人拉后腿,只有合拍才能奏出完美的乐曲。"

李冉喝了口水,接着说道:"我的第四点体会,做好新闻采编工作,最有力的就是要'细致用心'。'天下大事必作于细''慎易以避难,敬细以远大',做我们新闻采编这一行,一丝不苟、严谨细致、精益求精是基本要求,于细微之处见精神,在细节之间显水平。我在当记者时,编辑们都喜欢用我的稿件,他们常常说我写的稿件很新颖,思路清晰,病句、错字也很少,他们用起来很省劲。我知道,对于一名有着几十年资历的新闻工作者来说,想做一名记者很容易，但是想做一名优秀的记者，就需要自己付出汗水和智慧。同样非常重要的是，我们千万不能忽略了'细'，不能有错别字，不能有外行话，不能脱离事实，甚至有些数据我们都要多方考证才能登报，这都需要我们用心去做。记得有一次，因为一组数据非常重要，我曾经连续打了30几个电话去核实情况。我们都是做这个的，我就点到为止，不多说了。"

李冉又喝了口水，接着说道："我的第五点体会，做好新闻采编工作，最难得的就是要'贵有恒心'。先跟大家讲一个勤勤恳恳、兢兢业业做了一辈子新闻采编工作的先进人物，他叫陈德全，是长都市报社的牺牲职工。据与他共事多年的同事介绍，陈德全给人的印象瘦小而精干，总是戴一顶灰色帽子，穿一身发白的蓝色中山装、一双松紧布鞋，这身穿着从20岁参加工作就没有改变过。正是这样一位普普通通的老职工，牺牲在了新闻采编的路上，这一天，离他退休只有短短3个月了。从工作的第一天起，陈德全就与新闻采编结下了不解之缘，他把人生最美好的青春年华都献给了新闻采编，就连洞房花烛夜，陪伴他的都不是娇羞妩媚的新娘，而是冰冷的摄像机，因为外出采访，大雪封山，无法赶回老家完婚。真不敢想象只有新娘没有新郎的婚礼现场有多心酸！像陈德全这样的新闻人，在我们的队伍中，又何止他一人呢？我们的身边就有很多这样的老黄牛。自从进入了新闻采编这一行，我深深地爱上了这份工作，38年，我无怨！38年，我无悔！我就讲这么多，谢谢大家！"说完，李冉擦了擦湿润的眼角。会议室里响起了经久不息的掌声。

王志伟等到大家的掌声稍小了一点，说道："跟大家一样，我听了老领导的肺腑之言，非常感动，同时深受启发。我刚进入新闻采编这一行，资历尚浅，我想，下一步我会跟报社领导申请一下，争取到下面基层挂职蹲点一下，多了解一下下面的情况，也把下面的声音采集回来。新闻采编部的工作还是由曾永强副部长辛苦一下。"说完，王志伟很真诚地看了曾永强一眼。曾永强感受到了诚意，连忙说道："部长，我会好好配合你工作的，放心吧。"

"我明天就去申请一下，我是真的想去基层摸摸情况。我也希望大家以后多往基层跑，我们要做到心中有群众，安危冷暖放在心上。首先就要'身'入群众，真正缩短与群众的距离，俯下身子，接地气、通下情，深入开展调查研究，解剖麻雀，发现典型，真正把群众面临的问题发现出来，把群众的意见反映上来，把群众创造的经验总结出来。然后是要'情'入群众，深入基层一线，真心实意同群众交朋友，倾听民声，了解民意，把群众的事当成家事；要'心'入群众，心里始终装着群众，想问题、做决策、办事情都要站在群众的立场上，真正发挥我们新闻工作者的作用。我想，从我做起，我们新闻采编部定期派人到基层蹲点挂职很有必要。"王志伟动情地说道。

"志伟，你这个想法，我很早就有了，但是一直没有下定决心推行，我很佩服你的魄力和能力。我支持你！"李冉带头鼓起了掌。

"这个蹲点挂职的制度，就从我开始吧。我明天跟唐文明副社长汇报一下，看看他的态度。老领导，您看今天的交流就到这儿，怎么样？"王志伟询问李冉的意见。

"好好，感谢大家给我这个机会说说心里话。加油，志伟！加油，各位同人！"说完，李冉一一跟大家握手。看着几个同志泛红的眼圈，李冉再也忍不住，流下了泪水。

第五十章

第二天上午，王志伟上班后就来到了唐文明副社长的办公室门口。

"志伟来了，坐坐坐。"唐文明一看王志伟来了，立刻站起来迎了过来。

"社长，我来你这里可是有重要事情请示啊。"王志伟笑道。

"啥重要事啊，一大早来我这里了，不着急，先喝点水。"说着，唐文明就开始找茶叶。

"社长先别找了，你先尝尝我插队时候山里的茶，这茶叫'天雾碧芽'，还是原来的韩柏松部长起的名字，这不，我给您带了点，尝尝看。"王志伟拿出来带的茶叶。唐文明用玻璃杯一冲泡，满室馨香。

"好茶！"唐文明赞道，"这么好的茶我咋就没见过。"

"这也是我今天来找您的主要目的啊。"王志伟笑道。

"今天主要是来找我喝茶的？"唐文明有点糊涂。

王志伟也不卖关子了，说道："这个茶就是我以前插队的塘河县天雾山的茶，但是这个茶名气不大，虽然是好东西，但是没有好的销路。您也知道，我以前没做过报社这方面的工作，一直都在宣传部工作。由于长期在机关工作，所以呢，我想申请下基层蹲点挂职，去了解一下基层的情况。同时，还可以把埋没在基层的好东西推广推广，比如，这'天雾碧芽'。"

唐文明一听，大为高兴，说道："你这个想法好啊，我们报社现在很多同志也俨然把自己当成机关的同志，不想往下跑，坐等下面提供素材，有的甚至甘于当一个文字的搬运工。你这个头带得好啊，我做不了主啊，我得去跟社长商量一下，然后这事还得跟省委组织部报一下。"

王志伟说道："太谢谢了，这个想法我早就有了，在机关工作久了，还是要去基层锻炼锻炼比较好。"

"我一会儿就去找社长商量一下，这事看能不能成行。这茶真不错，唇齿留香啊。"唐文明笑道。王志伟又稍坐了一会儿，便告辞了。

下午的时候，唐文明就来找王志伟了。看着王志伟满怀希冀的目光，唐文明有点不好意思了。

"这个，志伟啊，你交代我的事，可能有点难度啊。"唐文明说道。

"咋了？不好弄？"王志伟有一种不妙的感觉。

"是啊，省委组织部那边可能有点困难，现在挂职都要一批一批地安排，明年我们再申请一下，不过你要挂职也只能挂职副县长。但是你要去基层这都不是问题，咱们报社可以以蹲点调研的形式进行。一个地方蹲点一段时间，可以进行一些深度的报道。这一点社长那边也是这样想的。"唐文明说道。

"这样更好啊，这样还能多走几个地方。我跟新闻采编部的同志们商量一下，尽快安排好就下去。"王志伟高兴地说道。

王志伟要下去蹲点调研的请示很快就批了下来。这次调研主要是到农村一线采风，了解农村的新变化、新情况、新问题。这次去调研，王志伟没有大张旗鼓，就带了一个刚毕业不久的实习记者袁旭明。

王志伟农村一线采风的地点就选到了塘河县龙门镇，因为这里他比较熟悉，同时他也想深度了解一下这里的情况。塘河县委宣传部部长也很重视，专门派了人陪同王志伟，王志伟推辞不掉就不推辞了。县委宣传部派的是一个叫关谨的副部长。就这样，一个轰动一时的调研三人组就诞生了。

第一站，王志伟他们就到了龙门镇的康庄村委会。在村委会的小院里，看着这个变化不大的小院子，想起自己喝醉酒在这里睡了两觉的情形，又想到了那时张小芹作为一个黄花大闺女，毫不避讳地照顾了自己两个晚上，心中不免一阵甜蜜。

康庄村委会的支书已经变成了刘洪涛，可以算是子承父志，老支书的接力棒最终还是传到了自己儿子手上。故地重走，又是老熟人，相谈甚欢。但是，对于农村现在的情况，刘洪涛虽然看在眼里，但却说不出来个所以然。王志伟还是决定自己去转转看。

在康庄村委会的几个自然村转了转，看到很多新房盖了起来，甚至有的盖起了三层小楼。王志伟非常高兴，但是走近一看，却发现这种小楼有些居然没有安装窗户，还有的连门都没装好，特别是连院墙都没有。走了几家，发现家中也就只有几个老人在家，年轻人都已经进城务工了。因为有的人看着大家都在盖新房子，不盖的话就娶不上媳妇，在村里也感觉低人一等，但是又没有太多的钱，不能一步到位，就边打工边盖房子，有的人甚至是一年盖一层地往上盖，甚至一座房子要盖五六年才能盖得差不多。

王志伟他们三个人，走了几个村子，都入户和村民进行了深入交谈，越谈心里越没底，因为作为一名长期在领导身边工作的人，他敏锐地抓到了这个现象的本质原因，那就是住房的无序攀比。年轻人进城务工拼命挣钱，然后在家里攀比盖房子，留守老人来照看农田和房子，从而造成了隐形的负债，村民的幸福感普遍很低，特别是家里男丁比较多的，简直是苦不堪言。有一家的三个儿子，到现在有两个已经30岁了，还在打光棍，这在农村是非常常见的。

通过走访，王志伟他们也发现了一个突出的问题，那就是人情的恶性竞争。在龙门镇的农村，大部分村民都是聚族而居，村庄与宗族合二为一，宗族组织较为健全有力，农民的宗族观念也相对较强。但也正是因为这种宗族的观念，村民们在面对大家这种攀比之风时，就更加愈演愈烈，什么都要上升到宗族的面子上，甚至有的人碍于面子在随礼等方面搞盲目攀比、搞面子竞争，如果不能展现出宗族的实力，还要受到宗族里有资历人的批评。

在走访了两周后，《长南日报》出现了一篇署名为"邹积层"的《盲目攀比何时休》的文章，引起了读者的广泛关注。

很快，省委宣传部制定出台的《关于在全省开展狠刹盲目攀比之风的通知》传达到了各地市，各地市也迅速行动起来，进行了铺天盖地的宣传。城市农村、大街小巷的墙壁上也刷上了"狠刹盲目攀比之风""弘扬传统美德，狠刹攀比之风""盲目攀比可耻，勤俭节约光荣"等标语，全省上下狠刹盲目攀比之风的氛围愈发浓厚起来。

正在隔壁定远县采风的王志伟三人组也感受到了这种氛围，三个人欣慰地笑了。在采风的时候,王志伟还专门问了一些村民对狠刹盲目攀比之风的看法,很多村民拍手称快,纷纷表示如果能够把这种盲目攀比的风气刹住,那真的是人民之福啊,就不用每天背着沉重的负担生活了。王志伟对这篇报道引起的轰动既感到意外又感到压力很大,他还专门给唐文明副社长打了电话。唐文明对这篇报道赞誉有加,并让王志伟放宽心,省里就需要这样的深度报道。

王志伟采风三人组在定远县看到了新的新闻点,那就是年轻人进城务工、南下打工潮造成了留守老人、留守儿童现象。于是三个人到村民家中走访,挖掘了一大批典型案例,搜集了一大堆新闻素材。很快,一篇署名是"邹积层"的《空巢老人之殇,留守儿童之盼》的报道见诸报端,详细描述了10位典型的空巢老人案例,呼吁全社会关心关爱空巢老人和留守儿童。

第五十一章

由于新闻采编部的工作业绩逐年上升，也带动了《长南日报》报社的发展。

2010年年末，唐文明副社长调任省委宣传部担任副部长兼社长，副总编胡毅超接任副社长。王志伟的群众基础很好，在干部考核中一骑绝尘，接任了副总编。

在报社工作的日子总是过得很快，朝九晚五的日子让王志伟感觉索然无味，心底一直有个声音在呼唤自己，那就是魂牵梦萦的天雾山。这些年，王志伟一直非常关注"三农"问题的新闻线索，有时看到一些有代表性的新闻线索，他还亲自挂帅下基层调研，每每看到农村的窘境，内心就像被猫抓一样，实在是无能为力。

2013年春，王志伟想到塘河县龙门镇康庄村委会担任村支书。这个想法刚说出来，就遭到了张小芹和王思齐、王思甜的强烈反对，都说再有3年多就退休了，安安稳稳过个退休生活多好，干吗要去受那罪。王志伟看正面说不行，也不跟家人争执，暂且放下了这个念头。张小芹和两个孩子看王志伟不提这事了，以为他只是随口说说，便没在意了。

2013年7月份的一天，王志伟忽然提议带张小芹和王思齐、王思甜到曾经插队过的龙门镇去走走。张小芹欣然同意，她也是刚刚退休，在家实在是无聊，便满口答应。两个孩子不太愿意去，经不起王志伟和张小芹的联合攻势，不得不答应下来。

7月份的时候，龙门镇正是农忙的季节。王志伟和张小芹看着稻田里劳作的人们，思绪飘到了插队时候稻田养鱼的情形。现在的龙门镇养稻香鱼的农户不多了，毕竟经济效益并不是太好，主要原因也是没有劳动力。王志伟一家人穿梭在田间，跟王志伟和张小芹的兴致勃勃不同，王思齐和王思甜感到非常无聊。由于王志伟来龙门镇谁也没有通知，所以镇上和村委会也没有人来陪同，王志伟和张小芹也乐得自在。

不知不觉间，王志伟和张小芹走到了以前的知青点。这个知青点的门口挂了一个破旧的牌子，上面依稀还可以看出是"成人夜校"。院门没有锁，王志伟一推就进去了，几间房间还是原来的样子，门都没有锁。原来的大通铺早已不见，已经换成了一些零落的课桌，大多数已经损毁，还有一些便溺的痕迹。看着此情此景，王志伟和张小芹相视无言。王思齐和王思甜往屋里一走，立刻就返身出了门。

走出这个破落的院子，王志伟和张小芹都没有说话。两个人不约而同地往原来经常约会的那个小山包走去。路上，还遇到了一个认识的村民，打了招呼。

不一会儿，王志伟和张小芹站在了那个小山包上。山还是那座山，河还是那条河，就连四周的景色好像都没有什么大的变化。

"志伟，朗诵一首诗吧，以前我最喜欢在这里听你朗诵了。"张小芹扭头对王志伟说道。王思甜一听，赶紧对王思齐使眼色。看王思齐没反应，王思甜拉着王思齐就走，弄得王思齐丈二和尚摸不着头脑。

待到走远了一些，王思齐问道："你把我拉走干吗？咱爸要念诗了。"

"你傻啊，咱爸咱妈在那里回味呢，二人世界不欢迎咱们，你愿意当电灯泡，你就去吧，我不拦着你。"王思甜佯怒道。王思齐恍然大悟，连连对着王思甜竖大拇指。

"咱们好久没有来这里了。"王志伟看着远方说道。

"是啊，我上大学以后就没有来过了，物是人非了。"张小芹感慨道。

"我给你朗诵一首《天平山中》吧。细雨茸茸湿楝花，南风树树熟枇杷。徐行不记山深浅，一路莺啼送到家。"王志伟缓缓朗诵道。

"志伟，这几年，我觉得你脸上的笑容少了很多，连朗诵的诗都有点多愁善感了。"张小芹说道。

"小芹啊，你看咱这两个孩子也不小了，你这也退休了，我也快退休了。这几年我比较关注农村方面的新闻，我总想着要为农村做点啥，所以我才会在前段时间跟你们商量能不能到农村当个村支书。我真的不是一时冲动，而是反复思考后才跟你们说的。"王志伟看着张小芹说道。

"这个事，真的决定了吗？我和孩子们都不太想让你离家，农村的生活对于你来说太苦了。"张小芹担心地说道。

"现在农村脱贫致富特别需要带头人，我帮不了太多人，给他们打个样还是可以的。这几年我也思考了不少，正好可以利用原来插队的地方让我的一些想法付诸实施。小芹，你得支持我啊。"王志伟扶着张小芹的双肩真诚地说道。

"不是我不支持你，我真的放心不下你。"张小芹犹豫了一下，还是狠下心来反对道。

"爸，妈，有人晕倒了！"远处，传来了王思齐的喊声。

王志伟和张小芹连忙往山下的地方赶去。赶到晕倒的村民旁边一看，正是康庄大队的村民。只见晕倒的村民是个五六十岁的老妇人，看情形像是中暑晕倒了。

"快打120，来，我们先把她抬到阴凉的地方。"张小芹赶紧对王思齐说道。四个人一起把老妇人抬到了不远处的一棵树下，张小芹说道："你们男的先避一避，甜甜，你去找点水来。"张小芹把老妇人的上衣解开，拿着草帽给她扇着风。王思甜弄来了一些泉水，洒在老妇人的身上。一阵手忙脚乱以后，老妇人醒了过来。这时，120救护车也赶到了。医务人员一阵忙，老妇人睁开了眼睛，看到救护车也来了，一群人围着她，连忙说道："我没事，没事，你们回去吧，连救护车都惊动了，这要出多少钱啊！"

医务人员听到老妇人这么说，面面相觑。王志伟一看这情形，连忙说道："对不起，救护车是我叫的，我来出这个钱。大姐，你还是让医生检查一下吧。去不去医院，还是要医生说了算啊。放心吧，钱我来出。"

"你是？"老妇人狐疑地看着王志伟问道。

"大姐，我是以前在咱们这里插队的知青啊，我爱人也是。"王志伟把张小芹拉了过来说道。

老妇人上下打量了一下王志伟和张小芹，摇了摇头。

"先不聊了，医生同志，请帮忙给这位大姐检查一下，看看情况。"

医务人员给老妇人检查了一遍，说道："应该是中暑了，问题不是太大，需要观察一下，刚才你们把她抬到阴凉的地方，缓过劲了，如果不去医院也行。我们救护车到了以后，你们没有用车，这次是可以不收费的。放心吧，我们先回去了。"

"谢谢你们了，我们先观察一下，有情况再说。太感谢了。"

"给她喝点水，还是要注意防中暑。年纪大了以后身体抵抗力差了，经不起折腾。我们先走了。"说完，医务人员和120救护车就走了。

"大姐，你怎么自己在收水稻啊？家里人呢？"王志伟蹲在老妇人旁边问道。

"都去城里打工了，家里没人了，我又不舍得这点田荒废掉，就继续种了。没想到今天天气太热了，要不是你们，我今天还不知道会咋样，谢谢你们了！"老妇人感激地说道。

"大姐，咱们看病有困难吗？现在不是有新型农村合作医疗吗？看病能报销一大部分啊。"王志伟说道。

"那个不是什么病都能报，还要住院才行，我们农村人生不起病啊，小病不用看，大病看不起。"老妇人无力地说道。

王志伟和张小芹互望一眼，王志伟转过头对老妇人说道："大姐，现在村里像你这样的情况多不多啊？"

"大体都是这样，每个人身体都有这样那样的毛病。前段时间，村西头的老杨头死在床上没人知道，后来都臭了才被发现，整个人都已经快化成水了。唉，现在不像以前了，想去串个门都有点走不动了。"老妇人感慨道。王志伟几个人都被老妇人说的话震惊了，没想到农村现在也会出现这种情况。

王志伟说道："大姐，你还是要慢点干，实在干不了就请邻居帮帮忙，一个人干太辛苦了。"

"找谁帮忙啊，现在都顾不上自己了，村里没啥劳动力了，种地不赚钱啊，现在年轻人都在家里待不住，还是外面的钱好赚一些。"老妇人说道。

"我看我们农村的房子都挺好，两三层的小洋楼很多，还都是带院子的。"

王志伟说道。

"你不知道啊,那里面基本上没啥装修的。现在年轻的夫妻在外面赚钱,就去县城买房子了,在县城做个小生意什么的,农村就剩我们这些老人看家了。年轻人没时间带孩子,都出去打工了,我们这些老头老太太就在家帮忙带孩子。"老妇人说道。

"那你们这里的村支书是谁啊?"王志伟问道。

"村支书换了好几个了,现在这个我也叫不上名字了。"老妇人说道。

"那村里有没有弄一些项目什么的?"王志伟问道。

"以前有搞过养鱼、养猪场什么的,现在都没有了。谢谢你们了,我还得把这点水稻收一收,不陪你们了。"老妇人说道。

"我来帮你吧。"王志伟说完就跟着老妇人下了稻田。张小芹他们三个人一看王志伟下田了,也跟着上去帮忙。几个人在老妇人的连声道谢声中,帮着把那一小块水稻收完了。

第五十二章

王志伟和张小芹从龙门镇回来后，心情都比较沉重。

过了几天，到了周末，王志伟和张小芹走在人民公园的小路上，随意地聊着天。

"志伟，我同意你去农村了。"张小芹忽然说道。

"你想好了？"王志伟难以置信地说道。

"我这几天都在思考这个问题，我想好了。"张小芹坚定地说道。

"好，我就知道你最懂我。"王志伟激动地拉着张小芹的手说道。

"只是到那里可苦了你了。"张小芹担心地说道。

"没事，在农村空气质量更好，吃的也是绿色无公害，我还能多走走路，身体会更好的。孩子的工作你帮我做做，他们都听你的。"王志伟说道。

"自己去说，我才不帮你。户口本上你可是户主。"张小芹嗔道。

王志伟就下基层担任党支部书记的事专门找副社长胡毅超汇报了一次。胡毅超听完，让王志伟回去再想想。王志伟直接说不用回去想了，已经想得很清楚了。胡毅超没办法，就带着王志伟一起到了省委宣传部副部长兼社长的唐文明的办公室。

"毅超、志伟，你们两个可是好久没来看我了啊。"唐文明笑着迎了上来，"赶紧坐，我给你们泡茶。"

"部长，今天呢，我是没办法了才到你这里的。志伟，还是你来说吧。"胡毅超说道。

"啥事啊，弄得你都没办法了？"唐文明有点诧异。

"部长，是这样的。我有一个想法，就是到农村去当个党支部书记。"王志伟说道。

"什么？你干得好好的，干啥想着去农村？毅超你欺负志伟了？"唐文明感到难以置信。

"这哪儿跟哪儿啊，我哪能干出这事？"胡毅超赶紧解释道。

"部长，跟老胡没关系。我真的想好了。我觉得趁退休前还有点时间，再为原来插队的地方做点事情。我恳请老领导帮助我达成心愿。"王志伟诚恳地说道。

唐文明看了王志伟一会儿，也确认了王志伟是认真的，想了一下，说道："这个事情我去帮你到省委组织部问下，事关重大，不知道上面会不会同意。"

"不管成不成，我在这里先谢谢老领导了。"王志伟说道。

"我今年年底就要到政协了，趁退居二线之前帮你试试，这张老脸不知道面子够不够啊？"唐文明自嘲地说道。

王志伟到基层担任党支部书记的事情在唐文明的支持下，一路绿灯，虽然一些人也是难以理解，但最终还是让王志伟达成了心愿。同时，省委组织部选派了两名大学生村干部也到龙门镇康庄村委会任职。

王志伟走马上任的当天，市里、县里、镇上的领导都来了，王志伟坚持让市里和县里的领导回去了，就留下镇上的领导到康庄村委会宣布了任职命令。

在康庄村委会里，一些有名望的人集合到了这里，龙门镇党委副书记康德威负责宣布王志伟的任职命令。

"乡亲们，今天把大家集合在一起，主要是宣布一下新的村党支部书记的任职命令。下面，我正式宣布，康庄村党支部书记王志伟同志正式就任。"说完，康德威带头鼓起掌来。

"王志伟，看着好面熟啊。"人群中有人说道。

"对，新来的党支部书记就是以前我们康庄村的知青。现在，王书记放弃了大城市优厚的条件，毅然决然地来到咱们康庄村，目的只有一个，那就是带着咱们父老乡亲过上好日子。王书记，您也说两句。"康德威对王志伟说道。

王志伟清了清嗓子，说道："康庄村这个地方，是我一直放心不下的地方，多少次我都在梦里回到了这里，今天终于如愿了。今天，我向大家承诺，我在这里工作，不要村里一分工资，不要村里一分田地，不要村里一针一线。我就一点念想儿，我见不得大家过苦日子。"村委会里响起了热烈的掌声。

有几个上了年纪的人认出了王志伟，纷纷围了上来，其中一个说道："王书记，你就是那年恢复高考时候考上大学的那个志伟吧？"

"是啊，我就是那年离开咱们康庄村的。今天，我回来了。我跟大家一起努力，改变咱们康庄村现在的困境。对了，怎么没看到洪涛老哥？"王志伟说道。

"刘洪涛是吧？去县城了，帮忙带孙子去了。"一位村民说道。

"乡亲们，我初来乍到，这是跟我一起来的两个大学生村干部黄登平和关胜，也是为大家服务的，你们有什么困难，先汇总到他们这里，我们研究一下帮助解决。"王志伟说道。

一听说新来的村党支部书记和村干部能解决问题，一帮人就围了上来。黄登平和关胜拿出本子，认真地为乡亲们登记着。

当天下午，王志伟和黄登平、关胜以及村两委的同志们开了个碰头会。王志伟看人齐了，对村主任刘振东说道："刘主任，我先把乡亲们反映的问题简单说一下。"

"王书记，您先讲讲。"刘振东说道。

"我今天上午来到咱们康庄村委，乡亲们也反映了一些实际困难，我跟小黄和小关梳理了一下，主要集中在道路维护、环境污染、小孩上学、收入不足、家庭困难等方面，这里很多问题不是一下子就能解决的。下面我们一件一件来，研究一下解决方案。首先是道路维护的问题，有乡亲反映道路年久失修，一些路段坑坑洼洼了。这个问题摆在第一位。要想富，先修路。咱们这条路是连接镇上的主干道，一定要修成一个康庄大道。大家有没有什么好主意？"

刘振东说道："王书记，这个事说好办也好办，说不好办也不好办。我们也给镇上反映过，镇上也没说不弄，但就是迟迟没有下文。这个事，我觉得王书记您要亲自出马，解决的途径无非就是经费。有经费咱们自己就能修。"

王志伟点了点头，说道："我明天去镇上一趟，不行我就去县里。这可是头等大事。咱们再看看环境污染的问题。村民反映说鲤溪上游的植被被破坏得很严重，现在溪水的颜色都没以前清了，再加上上游还是有一些小工厂偷偷地排放污水，弄得人心惶惶的。大家有没有啥主意？"

刘振东说道："上游植被被破坏是因为有几个采石场，天雾山上被发现了很多成色很好的大理石，是很好的建材，所以有些老板便就近开采了。虽然都是小采伐厂，但对山体的破坏还是比较严重的，甚至很多是不可逆的。"

"青山绿水，就是金山银山。"王志伟说道，"咱们可不能为了一点利益，把天雾山给破坏了。这个事还是得找上面去协调。这两天我先去把这两个事跑一跑，至于增加收入这些，我们要多方面努力。咱们康庄村贫困户还是比较多的，需要我们针对性地进行帮扶，争取尽快让乡亲们改变现状。"

整个一下午，康庄村委会里讨论得热火朝天，直到太阳落山了，大家还在激烈地讨论着。

第二天一大早，王志伟就开着自己的二手福特车出门了。这还是张小芹为了让王志伟在这里好办事，专门去二手市场淘了一辆车。

到了镇上，王志伟直奔康德威的办公室。康德威热情地接待了王志伟，听了王志伟关于康庄村委的困难以后，也为难起来了。康德威没有办法答应，就一直在那里陪着王志伟喝茶聊天。王志伟发愁，他也跟着发愁。王志伟叹气，他也跟着叹气。不一会儿，王志伟已经被劝着喝了两大杯水了。过了一会儿，王志伟算是看明白了，看来是办不了啊。于是王志伟就说要去拜访一下书记，可是书记到县里开会去了，也没找成。王志伟看事情办不成，开着车围着龙门镇转了一圈，方向盘一转，径直往县城去了。

到了县里，王志伟犹豫了，现在协调康庄村委的事情，直接绕过镇上到县里好似不太合适，到时候镇党委肯定不会愿意。最后，王志伟还是决定去找一找县里的领导，先是通过县里的朋友联系了一下，预约了一个叫黄立群的常务副县长。

王志伟很顺利地见到了黄立群。在黄立群的办公室，分宾主落座，黄立群给王志伟泡上了茶。两个人就聊了起来，没想到的是，黄立群居然是陈秀娟的爱人。这下事情好办了，黄立群拍着胸脯说，康庄村委的事就是他的事了，中午说啥也不让王志伟走了。

当天中午，王志伟见到了陈秀娟、陈红霞他们。陈秀娟已经退休在家了，每天就忙着自己女儿的婚事，天天催孩子去相亲，似乎跟孩子斗智斗勇成了最大的乐趣。陈红霞现在是"山里味"食品有限公司的董事长，公司的规模越来越大了，在塘河县也是小有名气。这些年，陈红霞每届都被选为县政协委员。

听说王志伟是过来当村党支部书记，陈红霞和陈秀娟那是举双手赞成。陈红霞当场表示，接下来去康庄村考察一下，看下做个投资。王志伟大为高兴，一些为当地村民增加收入的想法不断地冒出来。

吃完饭，陈红霞的车就跟着王志伟的车往康庄村进发了。陈红霞饶有兴致地跟着王志伟在康庄村里转了一圈，最后说道："志伟，这里什么都好，就是缺人。我在这里办厂，很难招到合格的员工。不过现在都在搞乡村旅游，我觉得这里的景色非常好，完全可以搞起来。这个路你就别找别人了，我来赞助修一修。"王志伟拉着陈红霞的手，连声称谢。

陈红霞讲的话点醒了王志伟，现在办厂什么的确实不现实，但是可以做乡村旅游，但是村里没有经费，指望村民来集资还真的不现实。

王志伟晚上拉着村主任刘振东和两个大学生村干部黄登平和关胜研究到了半夜，最后研究出了两套方案，一套方案就是让村民出一部分资金，村委会去别的地方拉赞助，对康庄村里的一些古民居进行修缮。另外一套方案就是让村民以古民居来入股，其他资金由村委会来想办法，届时进行收益分红。

第二天，王志伟就接到了一个工程队的电话，说是来为康庄村修路的。王志伟不禁感慨，陈红霞这办事效率还真不是一般的快啊！

道路的问题解决了，王志伟就开始带着黄登平和关胜挨家挨户地去走访了，村民们都愿意以古民居入股，大部分的古民居都没有被破坏，一听说可以用旧房子入股分红，全都举双手赞成了。

第五十三章

　　经过全面的走访调研，王志伟彻底摸准了康庄村的"穷根"。走了一圈、聊了一圈，王志伟感到，康庄村的村民人心是散的、田地是散的、路子是散的，很难形成规模，现在摆在他面前最重要的就是要把人心搞齐、把田地搞拢、把路子走宽。康庄村位于龙门镇东首，与罗亭镇相邻，占地 3.7 平方公里，境内四分之三的区域为山区，镇级河道鲤溪穿越，镇级公路四面环抱，交通比较便利。下设 25 个村民小组，户籍总人口 1862 人，全村 60 岁以上的老人 819 人。设村党支部和村民委员会，现有党员 116 人。

　　王志伟和两个大学生村干部就住在村委会的二楼。这天一大早，王志伟推开房门，忽然发现下雪了。远处的天雾山也是白茫茫的，路上已经有了一层积雪。王志伟看黄登平和关胜还没起来，就没叫他们，他拿起院子里的大扫把，顺着马路开始扫了起来。早起的人们看到王志伟在村里扫马路，都热情地跟他打着招呼："王书记，您起这么早啊。这个不用扫，一会儿太阳出来雪就化了。"

　　"没事，我扫一扫，这样不容易摔跤，正好我也锻炼锻炼身体。"王志伟笑着回应道。

　　过了一会儿，黄登平和关胜也起来了，看到王志伟在扫马路，也找了扫把加入扫雪的队伍中了。村里的村民看到这一幕，本来是想扫一扫自家门前，看到王志伟他们把整个马路都扫了，于是也加入进来。王志伟看到大家都在扫马路，笑着说道："咱们可以成立一个义务扫雪队了。"

　　"王书记当队长吧，咱们这里山区温度会低一些，经常会出现霜冻的天气，一些老人腿脚不便，很容易摔倒。这样扫扫雪，路就不会那么滑了。"一位叫陈忠的老人边扫雪边说道。

　　"老陈啊，这个主意好，我们就成立一个扫雪队，不行，扫雪队的规模太小了，我们成立一个康庄便民服务队，我就来当这个队长。"王志伟灵机一动，高兴地说道。几个人有说有笑地把村口的马路扫了一遍，村民起来看到干干净净的马路，都对着王志伟他们竖起了大拇指。

回到村委会，王志伟稍事休息，就开始做饭了。自己做饭，这也是王志伟给自己定的规矩，同时也是这样要求两个大学生村干部的。如果实在是因为工作忙，需要到老乡家吃饭，就要交伙食费。王志伟这么多年下来，倒是练就了一手好厨艺，黄登平和关胜吃了以后赞不绝口，纷纷表示王志伟煮的饭比自己老妈煮的饭还好吃，非常有家的味道。这让王志伟非常高兴，煮饭的热情非常高涨，基本上把做饭的事情全包了，这也让黄登平和关胜更加卖力地夸赞。

过了一天，陈红霞来康庄村委看王志伟。这一趟，陈红霞带来了一个很大的收购订单，就是向康庄村的村民们收购农家笋干、地瓜干和腊肉。这下村民可开心了，跟过年一样把自己家里珍藏的干货拿了出来。陈红霞带来的工作人员照单全收，不管干货的品相如何，一律按高价收购了。这一下子，很多村民高兴地说道："真希望你们能够常来收购啊。"陈红霞站在王志伟旁边说道："乡亲们啊，我本来不知道咱们塘河还有这么美的地方，还是你们王书记介绍，我才知道，你们有啥好的农产品，我这边都会收，我会在你们这里设一个收购点，我刚才还在跟王书记商量，把收购点放在哪里比较合适。"

"村里的条件有限，放不下很多东西。如果设收购点的话，估计要放在龙门镇上了。"王志伟思索了一下说道。

"那我在你们这里盖一个仓库中转一下？刚才你说想弄个党员活动室，我给你一起盖了，仓库盖了也算你们村委的，我付租金给你们，你看咋样？"陈红霞对王志伟说道。

王志伟一听陈红霞宁可盖一座新仓库，也不愿意到镇上租个仓库，就明白了陈红霞这是想帮自己啊。于是说道："霞姐，我们这里乡亲们还会种一些辣椒什么的，如果量大，到时候也可以作为一个辣椒交易的中转地，大家每次都会被收辣椒的小贩子宰一刀。每家每户的量不算大，运到塘河卖也不划算。如果你要建仓库的话，我建议你建个规模大点的，可以辐射周边，康庄村也是天雾山的出口处，如果设在这里，大山里的农产品也可以源源不断地运出来了。"

陈红霞思索了一下，把手一挥，说道："志伟，就按你说的话办，我回去以后就着手筹划这个事。我公司确实在收购原料上不是太顺畅，如果能有一个自己的收购中转站，我也能省很多事，不用跟那些流动的收购商扯皮了。说不定还可以省一大笔。"

"霞姐，咱们关系虽然亲，但是也要明算账，你用康庄村的地方盖仓库，这可是算村里的财产。不过我们可以跟你签合同，我们能给你的是使用年限，你看成不成？"王志伟认真地说道。

"可以，你们村委也研究一下，我到时候派人过来跟你们对接，我觉得这个项目可行。"陈红霞笑道。

当天下午，王志伟召集大伙儿开了个会，主要就是研究是否能够划出一块地给"山里味"食品有限公司投资做仓库。会上，大家一致同意，还没开始怎么研究，就在热烈地讨论起了选址问题。

马埂组的小组长李富勤大声说道："我觉得这个仓库应该建在我们马埂组，因为我们组比较落后，最需要来扶持。"

旁边刘岗组的小组长刘新月赶紧说道："我觉得不合适，你们组将来是要打造旅游景点的，放个仓库在那里多不合适。我觉得还是放我们组比较合适，我们组离鲤溪比较近，气候比较好，有利于仓库保鲜。"说完还摇了摇头。

孟庄组的小组长邓先林一听，人家两个组都表态了，自己再不争取一下，这好事没咱份儿了啊，赶紧接着说道："刘组长，你这'吃相'有点难看啊，咱们三个组总共才多大，你们组气候好，我们组气候就不好了？你们组挨着鲤溪，我们组就没挨着了？我觉得还是我们组比较合适，我们组离马路最近，仓库最需要的就是运输方便。王书记，你看我说得对不对？"

王志伟一听，这是把难题抛给我了。于是王志伟说："你们三个人说得都有道理，不过现在仓库保鲜应该有自己的一套设备，咱们还要考虑交通便利的问题。"听到这里，邓先林得意地看了另外两个组的小组长一眼，脸上笑开了花。

王志伟接着说道："我觉得这个仓库呢，我们三个组哪里都不能放。"王

志伟说完，3个小组长都傻了眼。

看到大家都愣住了，王志伟也不卖关子了，说道："我认为这个地址应该放在106县道和镇道的交汇点附近，虽然远了点，但是可以辐射到周边几乎所有的乡村。还有一点，这地方离龙门镇也不远，如果别的乡镇往塘河去的话，也方便过来。"

大家讨论了一下，也觉得把仓库建到三个组里确实不合适，都认为王志伟的方案比较好。然后大家讨论了仓库的租赁年限，最后一致认为免费租赁20年比较合适。会后，王志伟给陈红霞打了个电话，把村委会研究讨论的结果说了一遍，陈红霞满口答应，还主动把免费租赁年限改为10年。这让王志伟非常感动，为陈红霞的大力支持和帮助感到无比的温暖。

过了几天，陈红霞带着公司的人就来了，跟王志伟他们商议合同的事情。合同商量得很顺利，没过多久，就达成了一致。到了正式签合同的这天，镇党委书记党功成也来到了现场，还专门致辞了。康庄村的很多村民都围在村委会看热闹，很多人激动地手都拍红了。这康庄村的变化是大家都看得见的，大家也对接下来的发展充满了信心，特别是这个仓库项目，那是真的能得到实惠的好事，再也不用为了一点差价往县城里跑了，在家门口就能卖上高价了。王志伟看的角度和村民们不一样，他觉得这个仓库项目是康庄村的最大机遇，他想依靠这个项目真正地把整个康庄村的资源盘活，进而带领乡亲们脱贫致富。

第五十四章

康庄村的仓库项目在稳步向前推进的同时，王志伟也没有闲着，因为他的目标是在带领乡亲们奔小康的路上没有一个老乡掉队。通过全面的走访调研，王志伟觉得最可能掉队的有两户，一个是马埂组的吴东升，另一个是孟庄组的党金泉。吴东升身患严重的风湿病，基本上是失去了劳动能力，老伴患有精神病，脑子时而清醒时而疯癫，两个孩子其中一个非常聪明，在县里最好的高中上学；另一个遗传了老伴的疯癫基因，从小就没上过学。现在吴东升基本上靠家族的援助和老伴的清醒时候赚点钱过日子。党金泉是个单身汉，父母早亡，他也没有娶上媳妇，他有手有脚，一天到晚游手好闲，弄到钱就大鱼大肉吃两天，没钱就饿肚子，然后逛到哪家就蹭哪家的饭，总之一个字，就是"懒"。

王志伟和大家一商量，决定先从党金泉入手，村委会的几个人凑钱给党金泉买了10只鸭子、10只鸡，还送了他一本《家禽养殖指南》。党金泉高高兴兴地跟王志伟他们一起在院子的角落里搭了鸡窝。看到党金泉积极的样子，王志伟他们很欣慰，似乎看到了党金泉脱贫的样子。

现在王志伟他们面前的吴东升一家，整个家庭缺乏劳动力，吴东升的老伴时好时坏，只能算是半个劳动力，好在他家还有茶园，平时不需要经常打理，每年还能有6000块钱左右的收入，但是扛不住吴东升这个药罐子。王志伟给唐文明打了电话，唐文明说帮忙协调一些专家进行义诊，看有没有门路。

没过多久，唐文明就有了答复，说尽快安排一批医疗专家到全省贫困地区进行义务巡诊，届时报社将派记者全程报道。第二周，一个由10名医疗专家组成的医疗队伍就成立了，专家组由省直和长川市三甲医院的医疗专家抽组而成，准备开展"'师带徒'医疗专家基层行"活动，主要活动内容是医疗专家到基层义务巡诊期间，在给人民群众巡诊的同时，举办收徒仪式，与县里和镇里的一些医生结成师徒对子，长期进行帮扶，进而提高基层的医疗水平。

"'师带徒'医疗专家基层行"活动的第一站就是龙门镇的康庄村。医疗队来的前一天，沉寂很久的村委会的大喇叭响了起来："乡亲们，我是村支书王志伟，告诉大家一个好消息，省里三甲医院的医疗专家组成了医疗专家服务队，到咱们这里进行义诊，大家可以过来检查检查，这些专家咱们平时想挂个号都难啊，现在到咱们家门口给咱们看病，咱们可要把握住机会啊。"村民们奔走相告，甚至远房的亲戚也得到了消息，大老远地就赶过来等医疗专家了。

医疗专家服务队到的这天，康庄村委的大院里拉起了"'师带徒'医疗专家基层行"的横幅，村民们早早地就来到这里了。上午10点多的时候，医疗专家服务队如期而至，村民们有序地排队进行体检问诊。王志伟专门到吴东升的家里，把吴东升搀了过来，让医疗专家重点给他诊治了一下。医疗专家看了以后，给自己所在的长南省医院院领导打了个电话，请示过后，决定免费给吴东升治疗。吴东升听后，高兴得热泪盈眶，拉着医疗专家的手连声感谢。王志伟也是大为高兴，医疗专家服务队免费给吴东升治疗，可是解决了村委的一大难题。

医疗专家服务队在康庄村义务诊疗了一天，筛查出了3例白内障、5例翼状胬肉、1例肾结石、1例疑似胃癌，还有其他病例若干。王志伟看得大感心惊，村民们有些时候自己身体不舒服也不舍得去看医生，结果很多人小病酿成了大病。医疗专家服务队跟县医院新结对的"徒弟"们一商量，3例白内障、5例翼状胬肉和1例肾结石由县人民医院来治疗，本来说给予一定的费用减免，后来与医院一沟通，决定费用全免，又引来一片赞扬声。

到了傍晚时分，十里八乡的村民们还是在络绎不绝地赶来，医疗专家服务队本来巡诊一天，看到很多村民还没有诊疗完，决定先回镇上休息，第二天继续诊疗。连续两天，基本上康庄村和周边一些村庄的村民都来诊疗了一遍，万幸的是没有再出现肿瘤之类的，但是大部分村民的健康状况不容乐观。最后，"'师带徒'医疗专家基层行"活动在村民们的一片赞扬声中圆满结束了。

经过这次义务诊疗活动，王志伟发现村里连个健身器械也没有，村民基本上没有锻炼身体的概念，于是一个"全民健身"的念头在王志伟的心头萦绕。王志伟就在村里找场地，发现孟庄组西头有一块荒地不错，完全可以平整一下，建成一个全民健身文化广场绰绰有余。

王志伟就全民健身文化广场的事召集村委会的人开了个会，大家觉得可行，但是没有经费来源。方案能够通过就好办，王志伟想了想，可以去镇上协调一下，看能不能申请点经费。

第二天一大早，王志伟就到镇政府了，正好遇到了上班的党委副书记康德威。一阵寒暄过后，王志伟就切入正题，说起了想建一个全民健身文化广场的事。党委副书记康德威一听，说道："王书记，这事您得找郝国庆镇长，你找别人都不好使。"

"康书记，你帮我引见一下，这镇上我就认识您啊。"王志伟放低姿态地说道。

"王书记，您可是折煞我了，您是放着厅官不做，来我们这穷乡僻壤做村干部，谁不认识您啊！走，我带你去郝镇长那里。"康德威说道。

康德威领着王志伟就到了郝国庆镇长那里，场面话自然是少不了的，王志伟看康德威喝茶喝得起劲，半天了还没有说起全面健身文化广场的事，心里那个着急啊。王志伟实在是忍不住了，说道："郝镇长，我这是到您这里讨救兵来了。前几天不是来了个医疗专家服务队嘛，把我们那边的村民全面体检了一下，大部分村民身上都有这样那样的问题，我就有个想法，搞一个全民健身的场地，让大家能够锻炼起来，身体锻炼好了，病自然就少了很多。"

"王书记，您这个想法好！镇上支持你们搞。"郝镇长说道。

"那太谢谢郝镇长了，我回头看看需要多少钱，写个报告给镇上。"王志伟高兴地说道。

"啊，要钱啊。王书记，咱们镇上你也知道的，都是贫困山区居多，财政也很紧张啊。"郝国庆为难地说道。

"镇上不是支持我们搞嘛？郝镇长，你可不能来个精神支持啊。村委会最缺的就是经费。那些健身器械可以配发一些，土地平整的活，我们可以发动一下村民自己来，这都不是问题。地面不一定要硬化，山里石子很多，我们平整完铺一铺也不耽误事。"王志伟说道。

"这……成！健身器械的事包在镇上了，但是要经费真的比较困难，只能抱歉了。"郝国庆不好意思地说道。

"有健身器械就好，其他的我们自己搞定。太感谢郝镇长了。"王志伟由衷地高兴。

"健身器械的事，我这几天找个时间去县里跑一跑，申请一批健身器械。"郝国庆说道。王志伟看事情办成了，就告辞了，赶着回村委会商量平整场地的事情了。

看着孟庄组西头那片坑坑洼洼的荒地，王志伟也犯了愁，这要是发动一下村民，村民不响应，那就难做了。回到村委会，王志伟和两个大学生村干部一商量，决定先写个倡议书，看看村民的响应程度再说。于是，三个人一商量，倡议书就在第二天早上在村委会门口贴了出来。

倡议书

康庄村的父老乡亲们：

俗话说： 每天健身一小时，健康工作每一天，幸福生活一辈子。健康的体魄，是勤奋工作的基础，是幸福生活的保障。运动能使人健康、快乐。生命在于运动，健康的体魄离不开持之以恒的体育锻炼。

目前，我们康庄村没有健身场所，也没有健身器械。经过村委会研究，决定在孟庄组西头的荒地建一个全民健身文化广场。在龙门镇政府的关心下，健身器械已经有了眉目。现在需要我们在孟庄组西头平整出一块空地，由于经费有限，需要我们村民共同出力，自行平整空地。

如果您愿意为全民健身文化广场出一份力，请您及时到村委会报名登记，届时我们将统一安排相关工作。期待您的参与！

康庄村委会

2014年3月9日

"志伟啊,你说你需要健身器械,咋不找我啊?"王志伟被黄立群的电话糊涂了。

"你咋知道了?"王志伟说道。

"你们龙门镇的请示都摆到我桌子上了,我能不知道吗?这种小事你跟我说下就好了。镇上申请的健身器械够不够?"黄立群问道。

"应该是够了,我们现在是准备建一个全民健身文化广场,村里需要的健身器材也不会太多。"王志伟说道。

"这样吧,我们县里现在正好也在想办法树一些村民文化建设的典型,我看你们这个全民健身文化广场就不错,你帮我在你那里搞个试点,也算是帮我个忙,我这边来出经费,你给我整好点。"黄立群说道。

王志伟一听,黄立群这是在帮自己,让他一说,好像是自己在帮他一样。王志伟连忙说道:"那太感谢了,放心吧,一定办妥。"

"行,我到时让办公室的人联系你。前几天,秀娟还在家念叨你,不知道你那边工作开展得咋样。"黄立群说道。

"多谢多谢,再过一段时间,有空过来看看,就能看出变化了。"王志伟高兴地说道。

"好,那就一言为定,我和秀娟过去验收,搞得不好可不行啊!我还有个会,先不说了,回头过去看你啊。"黄立群说道。

"好的,好的,你先忙,回头见。"王志伟说道。

挂掉了电话,关胜正好急匆匆地跑来了,气喘吁吁地说道:"书记,那个倡议书被人撕下来了。"

"啊,怎么被人撕了?没人愿意来?"王志伟一愣。

"乡亲们一看倡议书,全不高兴了。"关胜说道。

"怎么会这样?"王志伟难以置信。

"哈哈……书记你错了。乡亲们是说,要出力还要倡议,这不是打脸吗?王书记需要出力,用喇叭喊一下,只要能动的都来。"关胜高兴地说道。

王志伟感动地连声说道:"好!好!好!乡亲们不负我,我亦不负乡亲们!"

第五十五章

　　有了黄立群的大力支持，王志伟心里有底了，于是直接就用村委会的大喇叭喊了起来："康庄村的父老乡亲们，我是村支书王志伟。咱们全民健身文化广场的建设得到了县里和镇上的大力支持，平整场地需要我们自力更生，争取这几天把场地给整出来。有空的乡亲们可以自带工具，到孟庄组西头集合干活儿，谢谢乡亲们！"

　　喇叭声音一落，只见康庄村的村民们便停下了手里的活计，打牌的也不打了，打毛衣的也不打了，看电视的也不看了，都扛起了铁锹、锄头、箩筐等工具，三五成群地往孟庄组西头走去。王志伟也不例外，也扛起了铁锹往孟庄组西头走去，一路上遇到了很多村民，大家都热情地跟王志伟打着招呼。这一幕，让大家感觉仿佛回到了公社的那个年代。王志伟下意识地往后看了看，记忆中的那帮知青没有出现，可是跟在后面的那个身影好熟悉，定睛一看，感觉像是刘洪涛。王志伟停住了脚步，仔细一看，果然是刘洪涛。

　　"洪涛，你回来了？"王志伟激动地问道。

　　"志伟啊，我是洪涛啊。这不，我今天上午刚回来，听说你回来当村支书了，正好县城里我那孙子也上初中了，不需要我去接送了。我老伴前两年走了，虽说儿子儿媳对我都不错，可是我还是不喜欢待在城里，还是咱们康庄村这里好，连空气都是甜的。我还没来得及去找你，听你喊喇叭干活儿，我就先来干活儿了。"说完，刘洪涛憨厚地笑了起来。

　　"太好了！"王志伟紧紧握着刘洪涛的手说道，"回来就别走了，咱们一起把康庄村建成一个真正的小康之村。"

　　"回来看到康庄村这么大的变化，我真是太激动了。走，我跟着你干，早几年我确实是看不到咱们康庄村的未来，现在我看到了。"刘洪涛感慨道。

"走，咱们先去跟大家汇合。这次不把康庄村来个大变样，我就不回城里了。"王志伟说道。

来到了孟庄组西头，王志伟发现已经来了很多人了，大家凑在一起有说有笑的，就好像是过年逛庙会一样。看到王志伟来了，大家自觉地让开了一条路，让王志伟走进了人群。从王志伟来到康庄村这些天的所作所为，村民们彻底明白了王志伟这么大的官来到这穷乡僻壤不是哗众取宠，也不是走过场，而是真正地为大家办实事来了。

走到人群中间，王志伟有一种恍惚感，自己仿佛成了明星。他很不适应这种感觉，也不喜欢这种感觉，于是他停了下来，说道："乡亲们，我也是农民的孩子，我的祖辈都是农民，我现在也是农民，大家不要跟我客气。我对咱们康庄村有感情，所以我选择在退休之前发挥一下余热，最大的念想儿就是乡亲们过上好日子。"周围的人群中响起了热烈的掌声和叫好声。

王志伟接着说道："大家看一下，咱们村中间这块核心地带如果连在一起，那将是一个非常好的活动场所。话不多说，咱们把面前这块荒地填平就行，乡亲们，村委现在没有多少结余，中午不管饭了，哈哈哈……"周围响起了笑声，然后大家四散开来，自由组队开始平整土地。

这片荒地看着不算太大，真的要平整起来难度很大。主要是因为这块荒地无人打理，已经构树遍布。3月的时候，构树开始返青发芽，枝丫韧性极强，要想把地弄平整，首先就要把这些野生的构树砍掉。砍树的这种活儿，对于村民来说，那可是真正的力气活儿。有的村民回家拿了斧子和锯子来弄。

3月的天雾山寒气依旧，但是山脚下却是一片热火朝天的景象。甚至有的人开起了王志伟的玩笑："书记啊，今天咱们这样上工，能拿多少工分啊？"

王志伟被逗得哈哈大笑，回头对旁边的刘洪涛说道："洪涛，这个算工分的事你父亲还在的时候掌握着这个'大权'，你应该比较专业，你给大家算算工分？"

刘洪涛忍不住往半山腰的地方看了一眼，因为那个地方就是老支书安息的地方。刘洪涛心中暗叹一声，说道："我爹走的时候，不会想到现在国家发生这么大的变化。咱们康庄村还是比较落后，现在志伟来了，给咱们带来了希望，这不，我就是奔着希望来的。咱们抓紧着干，到春节时候那些打工的孩子们回来，给他们一个不一样的康庄村，看这帮孩子们还出不出去打工，大家说是不是？"

"老刘说得对，这帮臭小子出去了就不想回来，咱们把家里整得排排场场的，看他们还出不出去！"旁边有人大声附和道。

不到三天时间，全民健身文化广场的场地就平整好了。大家又从山上拉下来了碎石块和小石子，往上面薄薄地铺了一层，整个广场已经初见雏形了。

看着广场旁边的另外一片荒地，王志伟又陷入了沉思，这块荒地也可以利用起来。但是用来做什么呢？晚上吃饭的时候，王志伟有了答案。把那片荒地利用起来当菜地，就叫"联心菜园"。说干就干，王志伟召集大家开了个会，做了动员，大家都是非常赞成。王志伟带着一帮老党员去平整菜地，很多村民听说是做"联心菜园"，也自发地过来帮忙。忙了几天，"联心菜园"就弄好了。搞菜园子，这些老党员是内行，根本不用王志伟操心，三下五除二地就搞好了，甚至连菜籽都不用管，全部到位了。

搞定了全民健身文化广场基础建设和"联心菜园"，王志伟又开始在村里转悠了起来。他发现村里的卫生习惯很不好，垃圾都是堆在自己挖的化粪池。这些化粪池里的肥料再挖出来放到田里，既不卫生也不科学，更没有什么肥力，甚至有时还有危险，曾经就出现小孩子掉进化粪池溺亡的事情。但是村民认为聊胜于无，就一直延续土制化粪池这种传统做法。王志伟决定改变这种卫生状况，于是跟黄登平和关胜商量了一下，决定取缔这种化粪池，设置垃圾桶，借鉴城市的做法，把垃圾分为可回收和不可回收两类，引导村民养成良好的卫生习惯。

王志伟在村委会一楼设置了"老乡邻党员工作室"，在里面摆放了课桌、便民服务箱等物品，也算是给党员活动弄了个场所。随后，王志伟通过黄立群的介绍，专门请了县里卫生局的曾洪林副局长围绕"参与爱国卫生运动人人有责"给村民们做了讲座，目的就是取缔化粪池，让大家养成良好的卫生习惯。曾洪林副局长来上课的同时，也给康庄村带来了一批垃圾桶。不到一下午的时间，每个路口都摆上了垃圾桶，村民们看到后都啧啧称奇，很多人没见过这种垃圾桶，因为这对农村来说，真的是稀罕事物。垃圾桶清理的事情，就由"老乡邻党员工作室"的老党员们轮流来做，农村的生活垃圾不算太多，基本上一两周清理一次就好了。

王志伟在康庄村的一系列动作也引起了媒体的注意，包括长南报社的同事们也多次要求过来做个专题报道，都被王志伟谢绝了。后来，唐文明的一个电话改变了王志伟的想法，要想把康庄村的名气打起来，不报道不行，现在这个康庄村的新闻点就在王志伟自身，如果不报道，很难打出名声。王志伟思前想后，最后决定接受一次采访。

很快，长南报社的同事袁旭明和张敬福就来到了康庄村。让袁旭明和张敬福非常不适应的就是王志伟的立场，因为王志伟坚持避开，不报道个人。结果一场采访就变成了"讨价还价"。在报道登出来前，唐文明专门给王志伟打了电话，在王志伟的坚持下，报道还是没有体现王志伟。实在是没办法，最后报道只体现了一下大学生村干部关胜。

第五十六章

2014年6月21日,阳光明媚,微风不燥,康庄村的村民们齐聚全民健身文化广场,共同见证康庄古民居旅游开发合作社的成立。只见刘洪涛站在新落成的全民健身文化广场临时搭建的台子上,对着话筒轻轻拍了拍,音箱里响起了清脆的"咔咔"声。刘洪涛清了清嗓子说道:"父老乡亲们,今天是咱们康庄村的大喜日子,也是咱们成为股东的大喜日子,下面,请咱们的王书记宣布合作社成立并致辞,大家欢迎!"广场上响起了热烈的掌声。

"我宣布,康庄古民居旅游开发合作社今天成立了!"王志伟大声地宣布道。霎时,全民健身文化广场的四周锣鼓喧天、鞭炮齐鸣、红旗招展。

待鞭炮声停下,王志伟接着说道:"首先,我代表康庄村委会对康庄古民居旅游开发合作社的成立表示热烈的祝贺。咱们康庄村下辖的马埂组、刘岗组、孟庄组,或多或少都有一些古民居,特别是咱马埂组,几乎都是古民居建筑,这些古民居就是金蛋啊。现在摆在我们面前的难题是,这些古民居有些已经被破坏了,有些被改建了,甚至有些已经没有人居住了。乡亲们,只要有资金,这些古民居就能焕然一新,古民居将成为金民居、银民居。乡亲们,现在村委会不要大家一分钱,大家以古民居入股分红,只要古民居能够经营得好,大家就有钱赚。资金的来源,我跟合作社刘洪涛主任也商量了,初步计划有三个途径,一方面是向政府申请一些,另一方面是请乡贤捐一些,再一方面是吸引企业家注资一些。这些资金到账后,前期主要用于古民居的修缮和道路、照明等相关设施的完善。可以说,前期大家可能看不到红利,但是,如果能够运行平稳,合作社将拿出百分之六十的利润进行分红。也就是说,大家每天把自己房子打扫打扫,其他啥事不干,躺着就能赚钱!"台下响起了热烈的掌声。

掌声稍歇,王志伟接着说道:"马埂组的古民居保存得比较完整,特别是有三个荒废的反而是最有价值的，村委会觉得可以搞成三个展览馆，可以弄个天雾山奇石展览馆，也可以弄个天雾山风景展览馆，还可以弄个天雾山土特产展览馆，其他的古民居尽量恢复原貌，这样的话，形成一个古民居村落，那将处处都是景点了。刘岗组和孟庄组的古民居中夹杂着新盖的楼房，虽然看起来不伦不类，不过大家放心，对新盖的楼房外墙进行改造，一样能够浑然一体。这两个组，村委会的意见是以民宿、农家乐和商业街为主，形成一个吃喝玩乐的小天地。下一步对咱们脚下的这个全民健身文化广场继续扩建，建成一个集游乐、健身、锻炼、休闲、展览等功能为一体的综合性广场，让游客在咱们的广场上也能玩上很久。"台下的人群激动地拍起了手。

顿了一下，王志伟接着说道："古民居的修缮，需要大家齐心合力，这个合作社的成立，就是为了让乡亲们的力量凝聚在一起。我相信大家，此时跟我一样，对咱们康庄村的明天充满了期待，也充满了信心！最后，祝康庄古民居旅游开发合作社越办越好！祝乡亲们的腰包越来越鼓！祝康庄村的明天越来越美好！我的致辞完了，谢谢大家！"

台下响起了经久不息的鼓掌声，有的人激动地喊道："王书记，好样的！我们跟你干！"看着激动的人群，王志伟感觉连续一个多月为了康庄古民居旅游开发合作社的事情加班加点也是值得的。

话已经说出去了，不要乡亲们一分钱，也要把古民居旅游搞起来，王志伟就开始跑资金的事了。

这天下午一上班，王志伟又到了郝国庆镇长的办公室。郝国庆知道这个王书记可是通天的人物，一点架子也没摆，热情地接待了王志伟，一听王志伟说要搞古民居旅游，眼睛一亮，这可是好事啊，这个王书记可是真能折腾啊！

郝国庆笑着说道："王书记，您这个想法很好，不过不让村民出一分钱，这样做起来难度很大啊。"

"村民用古民居来入股，现在村民很信任我，因为现在没有盈利，所以还没有分红，我更要对得起这份信任，尽早让乡亲们能够分红。郝镇长，你可要帮我啊。"王志伟说道。

"王书记,看您说的。这个忙我必须帮,我还要尽心帮。不过我有个请求,我希望镇上也能挂上名。"郝国庆说道。

"镇上怎么挂名?现在是村民入股形式的。"王志伟疑惑地说道。

"哈哈,王书记,这样子啊,现在咱们这个康庄古民居旅游开发合作社不是刚起步吗?可以成立一个筹备指导组,如果不嫌弃的话,我可以牵头做这个组长,你做副组长,当然,我这个组长是挂名的,主持大局还是你这个副组长,我这个组长可以给你跑跑腿什么的,你看成不成?"郝国庆笑着说道。

郝国庆这样一解释,王志伟明白了,看来这个郝镇长是很看好这个合作社啊。想到这儿,王志伟便说道:"没问题,这正是求之不得啊!具体怎么办,郝镇长说了算。"

郝国庆一听,大为高兴,说道:"如果镇上要介入,就要列入镇上的重点项目来抓,这两天你们把方案拿过来,到时候我跟功成书记汇报一下,争取得到他的支持,然后正式地在镇党委会研究一下,这样镇上的支持就名正言顺了。"

"好,就按郝镇长说的话办!"王志伟说完站了起来。郝国庆一看,王志伟这是要告辞啊,于是也站了起来,跟王志伟紧紧地握了握手,说道:"那我也不留你吃晚饭了,这两天你们抓紧时间把筹备方案拿过来,咱们再研究一下,尽快定下来,这样乡亲们才能尽快得到实惠啊!哈哈……"

得到了政府的支持,王志伟心情大好,合作社基本上算是成功一多半了。接下来,王志伟就开始一个一个地拜访乡贤。康庄村的乡贤大部分都是在塘河生活,基本上家族里都有联系,每年这些乡贤都会回来走亲戚,要去城里找到他们也不难。一听说王志伟准备修缮古民居,再详细听了合作社的计划,有几个乡贤二话不说就捐了款,甚至有一个乡贤直接拿了5万元。就这样,两天工夫不到,王志伟从乡贤那里筹到了21万元。有一些在外地的村民,听说了康庄村要修缮古民居的事情,通过转账的方式,也捐了不少,加在一起居然达到了32.5万元。王志伟深谙"吃水不忘挖井人"的道理,第一件事就是请人刻碑,就立在了全民健身文化广场的一侧。

在郝国庆的努力下,康庄古民居旅游开发合作社顺利成了龙门镇的重点扶贫扶持项目，首批资金30万元很快就批下来了。王志伟得到消息后，非常兴奋，万事俱备只欠东风了。王志伟托人在省里请到了专业的古民居修缮专家，专程到康庄村来指导修缮工作。

王志伟对古民居旅游开发很有信心，专门给陈红霞打了个电话，把合作社的事情跟陈红霞讲了一遍。陈红霞非常感兴趣，决定在康庄村投资一个仿古的休闲山庄。王志伟自然是举双手赞成。村委会的同志们听说有企业家愿意注资在这里发展，也是没有任何反对意见。

陈红霞是一个雷厉风行的人，第二天就带着人到康庄村考察了。经过一番考察，陈红霞定下了决心，选址就选在了孟庄组后面靠近天雾山的那块地方，虽然不平整，但是好在有山有水，可以依山势而建，更加增添几分韵味。在王志伟陪着陈红霞考察期间，也把山庄的名字定了下来，就叫"天雾茶韵休闲农庄"，准备打造一个以茶文化为主题的休闲农庄，主打卖点产品就是"云雾碧芽"和"山里味"食品有限公司生产的产品，正好是自产自销。

就这样，康庄村一天一天地在发生着变化，道路越来越宽了，路灯也越来越亮了，房子也越来越整齐了，最大的变化还是全民健身文化广场，原来的健身器械，现在成了广场的一角，"联心菜园"虽然保留了下来，但是也移到了广场的边上。现在的广场虽然还没有整修完成，但是在规划上可以容纳两三千人同时狂欢。

在黄立群的支持下，由塘河县委宣传部牵头，正在抓紧筹备"印象天雾山"的大型艺术表演，这场表演大概持续1小时，吸引了很多康庄村的村民参加。目前，县曲艺团的专业人员已经在抓紧排练了，因为黄立群给县委宣传部下了死命令，必须在元旦前完成首映式。这可把县委宣传部这帮人忙坏了，只有短短的4个多月时间了，剧本还没有写一个字，能不着急吗？但这些事情，康庄村的村民们就不知情了，只知道有人来请他们演戏，而且是简单地走走台就行，还有不少钱拿，于是大家争相报名参加。

报名参加演出最积极的要算是吴东升了，多年走路不便的两条腿，经过省里大医院的医治，现在已经能够慢慢地走起来了。本来挑演员的工作人员看吴东升行动不便，不想要他，但是周围的村民都在帮他说话，挑演员的工作人员便录用他了。这可把吴东升高兴坏了，自己也可以赚钱了，终于不是家里的累赘了。

党金泉也来到了广场的报名点，可是他转了一圈，撇了撇嘴，叼着烟又走了，因为他得赶紧回去，家里的锅里炖着鸭子呢。最近这段时间，党金泉的日子过得很舒服，特别是荤腥不断，隔三岔五都能吃上肉，二锅头的空瓶子在家里都堆了不少。党金泉刚到家不一会儿，王志伟就来了，不为别的，就是想发动党金泉去当群众演员，也可以赚点钱。

王志伟刚一进门，就闻到了炖肉的香味。走进院子，跟党金泉打着招呼："金泉啊，在家呢？"

党金泉一听是王志伟来了，心里那个后悔啊，刚才进门怎么不把院门关上呢。王志伟都进来了，他只得硬着头皮迎了上来，站在厨房门口，满脸堆笑地对王志伟说道："王书记来了，今天您不忙了？"

"金泉啊，我来看看你，最近不是县里在咱们村里招群众演员，准备搞那个'印象天雾山'的大型表演，我刚才看名单上没有你，我想你可以报名参加一下，一场下来也能拿不少钱。"王志伟说完，准备往厨房里进。

党金泉站在厨房门口，一点都没有让开的意思，说道："王书记，我哪有那水平啊，让我当观众还行，我上去演肯定不行。"

"炖啥呢，这么香？"王志伟吸了吸鼻子，越靠近厨房，香味越浓。

"昨天有个鸭子死掉了，我怕浪费掉，今天就把它炖了。"党金泉灵机一动说道。

"最近鸭子养得咋样？养得好的话，村委会再给你弄点鸭苗，你扩大一下规模。怎么来你院子听不到鸭子叫了？"王志伟说完环顾了一下四周，就发现了两只鸭子和几只鸡在晃荡，连忙问道："你养的鸭子呢？怎么鸡也没几只了？"

"王书记，我不太会养这些，好多都被我养死了。"党金泉眼睛不敢看王志伟，躲躲闪闪地说道。

"真的是这样吗？党金泉，你跟我说实话。"王志伟有点生气了。

"王书记，被你看出来了。那我就直说吧，我连自己都养不活，哪有钱去养鸡养鸭嘛，都进我肚子里了。"党金泉豁出去了，拿出了一副"死猪不怕开水烫"的模样。

"你呀你，你看看人家都在努力，你还是这个样子，怎么能够娶上媳妇，你对得起九泉之下的父母吗？"王志伟恨铁不成钢地说道。

"我，我，我真的啥都不会啊。都没怎么上过学，这本养鸡养鸭的书，我也看不太懂。养的那些鸡和鸭确实死了几只，反正到最后估计也会被养死，所以我就把它们吃了。"党金泉嘟囔道。

党金泉的话让王志伟陷入了沉思，自己确实也有工作不到位的地方，以为给他本书照着养就行了，没想到的是他看不懂。想到这儿，王志伟说道："金泉啊，是我们考虑不周，你这样一说，也给我提了个醒。我尽快请一些专家过来，给大家上上课，你也不要气馁，养鸡养鸭没那么难。我现在就找专家去，争取早点开班。"说完，王志伟也不进屋了，打个招呼就走了。

王志伟开着自己的车就到了镇政府，找到了郝国庆。郝国庆一看是王志伟来了，大为高兴。

郝国庆把王志伟让到茶几前坐下，说道："王书记，是什么风把您吹来了？"

"郝镇长，我又找你搬救兵来了。"王志伟笑着说道。

"又遇到啥难题了？说说看，能办的我绝不推辞。"郝国庆说道。

"是这样的，咱们镇上有没有养鸡养鸭的一些专家，我想请过去给我们的村民讲一讲。对了，果蔬种植、茶叶种植之类的也需要系统地给他们培训一下。"王志伟本来想着养鸡养鸭的，后面想到其他的也需要培训，就干脆一起说了。

"这个事啊，镇上还真没这方面的人才。不过，我们可以去县里找找人社局，他们有职业能力培训这方面的工作，说不定能够给我们派一些专家来。我打个电话吧，我有个同学就在人社局，看看能不能帮忙协调一下。"郝国庆说道。说完，就去打电话了。

不一会儿，郝国庆走了过来，对王志伟说道："事情成了，县里有这方面的专家库，你有哪方面的需求，直接跟我同学对接，到时候他们会帮忙协调农艺师、茶艺师等专家过来给你们指导。"

"这太好了，太谢谢了，郝镇长可真是个好镇长啊！"王志伟笑着说道。

"过奖了，为乡亲们做事，都是应该的，应该的。"郝国庆被王志伟夸得有点不好意思了。

王志伟跟郝国庆的同学对接后，定下来每周做两次培训课，由县人社局派出老师来给村民们授课。王志伟把授课地点就选在了康庄村委会的党员活动室。开课的当天，王志伟发现自己错了，本来能坐30人左右的房间挤满了人，很多人没位置就站着听了。在感叹村民们好学的劲头后，王志伟思索着应该给村民弄个大点的集会场所了，不能啥事都往全民健身文化广场跑，还得弄一个大点的室内的场所。

王志伟想来想去，想到了一个地方，但是那个地方让王志伟犹豫了。

第五十七章

　　王志伟想到的地方就是马氏宗祠。虽然这个宗祠现在已经没落了，马埂组的姓马的住户也没有了，但是有一个乡贤叫马瑞东，那可是从马埂组走出去的。虽然马瑞东已经很多年没回来了，但是这次古民居修缮，他也捐了1万元。这让王志伟有点为难。思前想后，王志伟还是决定试一试。于是他给马瑞东打了个电话，把想把马氏宗祠改建成一个小礼堂的想法说了说。跟王志伟预料的一样，马瑞东想也没想就拒绝了。

　　过了几天，王志伟在马氏宗祠那里转了转，看着杂草丛生的祠堂，心中暗叹不已。王志伟硬着头皮又给马瑞东打了电话，苦口婆心地劝马瑞东，并承诺为马氏宗族立碑纪念，这才让马瑞东的态度没有那么坚决，最后马瑞东说考虑考虑再说。

　　就在王志伟放弃了改造马氏宗祠的时候，马瑞东打来了电话，居然同意了，条件就是专门要为马氏宗族立个碑，将马氏宗族把宗祠捐献给村委的事情好好宣扬一下。王志伟大为高兴，自然是满口答应。为马氏宗族立碑的事很快就落实了。马氏宗祠改造完毕后，可以容纳三四百人集会，可以当作一个小剧场，也可以摆宴席，还可以当课堂，确实是解决了一个集会的大问题。

　　仓储的建造、古民居的修缮、广场的整修、山庄的筹建等项目都在稳步推进。随着这些项目的完工，也拉动了康庄村村民们的就业。陈红霞的农产品交易中心仓储和"天雾茶韵"休闲山庄吸纳了将近100人就业，除了高层的管理人员，其他的基本上都是从康庄村招聘的。

　　时间过得很快，转眼间就到了2015年的元旦。在前期全覆盖、多途径的广告宣传下，临近元旦的时候，陈红霞的山庄和康庄村的民宿根本就不够住，王志伟紧急向县里求助，县里加紧帮忙采购了一大批帐篷，这才解决了住宿的问题。没想到的是,从那以后很多游客来了就是专门来住帐篷的,真是有心栽花花不开,无心插柳柳成荫,没想到应急之策反而蹚出了一条生财之道。

"印象天雾山"的演出如期而至,没有酷炫的效果,也没有明星,只有100多个普通的村民和少数专业演员的客串。演出以天雾山为背景,截取历代天雾山居民的生活日常,共分为《古道西风》《天雾茶韵》《天上人间》《稻香组歌》《盛世欢歌》等6个篇章,时长1个小时。首映式上,市里、县里、镇上的领导都来了,各大媒体对"印象天雾山"进行了全方位的报道,天雾山和康庄村的名气彻底被打响了。

"印象天雾山"的专业演员来自县曲艺团,计划通过一段时间的传帮带以后,整个"印象天雾山"的演出将转交给康庄古民居旅游开发合作社来运作。康庄村的发展,吸引了不少年轻人的回归,也给康庄村的发展注入了新鲜血液。随着一些年轻人的回归,整个康庄村都焕发出了青春的活力。

随着康庄村基础设施配套的完善,承接游客的能力也越来越大,周边慕名而来的人们也越来越多,特别是周末,全民健身文化广场周边的停车场有时都停满了车。

王志伟每天看着康庄村的变化,心中别提多美了。但是他心中有很多的不舍,因为他越来越临近退休了,这也让他有更强的紧迫感,康庄村虽然各项工作逐步走向了正轨,但是答应村民的分红还没有兑现,还没有实现盈利,甚至还有点入不敷出。

在王志伟的带领下,康庄村的村民们基本上都动了起来,干劲十足,鼓足了劲要实现脱贫致富奔小康。2016年底的时候,康庄古民居旅游开发合作社实现了盈利,村民们分到了第一笔红利,虽然不多,每户只有500多元,但是好的开端就是成功的一半,再加上去仓储和山庄做工,以及参加"印象天雾山"的群演工作,大部分村民的收入已经翻了几番,甚至有几个贫困户的老光棍也娶上了媳妇。现在康庄村建设得这么好,十里八乡的姑娘们也愿意嫁到这里了。

2017年春节过后，王志伟越发觉得时间紧迫，自己还有四五个月就要退休了，但是在退休之前要实现康庄村的整体脱贫，几乎是不可能了。2016年的时候，有几户本来挺富足的，但是由于过于冒进，听人忽悠，种植了一大批药材，高价钱买的幼苗，说好的成熟后来收购，结果人家没来，全砸在手上了，等于多年的努力一下子付诸东流，甚至有一户为此还闹起了离婚。王志伟带着村委会的干部好生劝导，才安抚了下来。还有几户像党金泉一样的困难户，始终在贫困线上挣扎。总的来看，王志伟感觉有点尾大不掉的，就是康庄村积贫已久，很难在一两年内完全扭转局面，还要继续努力。

脱贫攻坚在有条不紊地推进着，但是有一件事始终横亘在王志伟心头，如果不解决真的是如鲠在喉，那就是村民们小孩子的上学问题。小学以后的孩子们还好一些，大家可以成群结队地到镇上小学上学，虽说不近，但也不算太远。但是上幼儿园的孩子就比较麻烦，家里接送孩子的基本上都是老人，很多小孩子因为接送不方便，就没有去上幼儿园，而是在家里疯玩。这让王志伟感到很忧心，每次遇到满地爬着玩的孩子，都会劝人家把孩子送到镇上幼儿园，可是人家都说实在是接送不方便，反正在幼儿园也学不到啥，索性就不送了。

这天，王志伟吃完晚饭，围着村子转悠，转到了原来知青点的那个破落的院子，眼睛一亮，这个院子整修或者重建一下，不是刚好可以办个幼儿园，也让这些孩子早一些接受教育。王志伟仔细勘察了一下，觉得完全可行。

王志伟思索了很久，村委会的费用也没多少，康庄古民居旅游开发合作社刚刚开始盈利，也不可能拨款来建这个幼儿园。另外幼儿园的师资还比较欠缺，现在年轻人大多愿意往大城市跑，基本上不愿意来农村教书。想了半天，王志伟忽然想到了一直做幼师工作的陈秀娟。他连忙给陈秀娟打了个电话，咨询她开办村办幼儿园的事情，也说了师资的问题。陈秀娟听了后，说她可以过去做代理园长，毕竟自己退休前也做了将近10年的副园长和园长，还是比较有经验的。至于老师，可以招聘几个，县里也可以支援一些实习老师，同时也可以申请支教名额，现在康庄村发展这么好，应该有不少人愿意来支教的。王志伟眼前一亮，师资的问题看起来并不难解决，现在难就难在改造那个知青点的经费问题。

一个周末，张小芹到康庄村来看王志伟，两个人吃完饭以后，转到了那个知青点。王志伟跟张小芹说了自己想在这个知青点建个幼儿园的想法，但是苦于没有经费，现在还一直搁置着。

张小芹也觉得这个想法可行，说道："我们可以把原来在这里插队的知青的力量利用起来，说不定这个难题就能够迎刃而解了。"

"对呀，我咋没想到啊，前段时间甄万军他们几个还过来旅游了，也到这个知青点转了转，都很惋惜这里没有利用起来。"王志伟高兴地说道。

早在2013年的时候，在龙门公社插队的知青们已经建了一个"龙门守望者"的微信群，平时大家没事的时候也会聊聊天什么的。王志伟让张小芹站在知青点拍了张照片，发到了"龙门守望者"的微信群里。不一会儿，微信群里就像炸开了锅一样，大家都在唏嘘曾经热闹的知青点，现在彻底没落了。

看到大家惋惜的情绪酝酿得差不多了，王志伟在微信群里说道："兄弟姐妹们，我准备把这里重新修缮一下，为康庄村建一个幼儿园，师资的问题基本解决了，现在就差经费了。"

"钱能解决的问题都不是问题，大家每个人分摊一点就行了，正好退休了没啥事，我也可以过去帮忙，志伟，你可要管吃管住啊！"甄万军第一个响应道。群里大家纷纷响应，都表示要出钱出力。隔着屏幕，王志伟感觉到了这一帮知青的深情厚谊。张小芹在旁边看着也是非常感动，眼圈在微微泛红。

"念兹在兹的初心，依依东望的使命。有你们，真好！"王志伟在微信群里发了一句。

"志伟说得好，这个幼儿园就叫'念兹幼儿园'怎么样？龙门公社也是我们心头一直记挂着的地方，只不过我们没有志伟这么用心，如果能走得开，我也去那里任职。"童世平在微信群说道。

"好名字，我觉得不错。我们念兹，志伟在兹。志伟，我们的初心要靠你来实现了。等幼儿园建好了，我们一起过去庆祝。钱不钱的，志伟，你不要为难，我们有钱的出钱，有力的出力，赶在下学期开学前把学校开起来。"邵正易难得在微信群里说话，这时也说了话。微信群里一片叫好声，大家你一言我一语地就把幼儿园经费的事搞定了，最后张小芹来收钱，居然筹到了26.3万元。王志伟看了一下，说道："咱们两个把这钱凑个整，凑成30万吧。"张小芹点了点头，毫不犹豫地同意了。

尾声

随着一阵震耳欲聋的鞭炮声,"念兹幼儿园"正式建成了。

王志伟和张小芹站在新建成的幼儿园门前,脸上笑开了花。一帮几十年没怎么见面的老知青相互激动地拥抱着,很多人流下了激动的泪水。大家相互诉说着离别后的经历,感叹着康庄村的沧桑巨变。

"志伟,说实话,当时听说你到康庄村这里当书记,我是不看好你的,我今天来看了以后,说实话,我对你佩服得五体投地!当初,小芹选择你没选择我,还是非常正确啊!"邵正易走到王志伟的身边笑着说道。

"现在还在拿这个说事!"张小芹在旁边听了以后笑骂道,"听说你又娶了一个比你小十几岁的?"

"唉,我也是没办法啊,儿子非要让我续弦,这也是孩子的一片孝心啊。"邵正易一本正经地说道。

"你还在这里卖乖,赶紧一边去,别把俺家志伟带坏了。"张小芹揶揄道。周围响起了一片哄笑声,大家在笑声中似乎又看到了当年张小芹对邵正易不假辞色的情形。

"小芹,你还是当年的样子。哈哈哈……"邵正易掩饰着自己的尴尬。

"志伟,咱们的老师第一批只有5个人,还需要村里支援几个生活老师,不然忙不开。"陈秀娟在王志伟旁边说道。

"这个没问题,有不少人报名要来幼儿园了,随时可以上班。你得给她们培训好啊,咱们这里条件虽然简陋,但是绝不能亏了孩子们,这可是咱们康庄村未来的希望啊!"王志伟说道。

"来咱们合张影吧,难得聚得这么齐。"甄万军大声提议道。

"好,来来来,个子高的男同胞站后面去,咱们几个女同胞站前面,站两排吧。"张小芹主动指挥起大家列起队来。

"茄子——"

"再来一张,生活甜不甜?"

"甜——"

……

2017年6月30日一大早,王志伟要回长南参加报社下周给他举办的退休仪式。本来谁也不想通知的,只给刘洪涛交代了一下。结果早上一出门,发现村委会的门口围满了人。

"王书记出来了,王书记出来了!""王书记,你不能走啊!咱们这里还需要你啊!"……村民们七嘴八舌地围着王志伟说了起来。

"乡亲们,我是回去办退休手续,不是不回来了。"王志伟连忙解释道。

"我不信,你把车上的行李卸下来,要不然就别走了。"有人在旁边激动地喊道。马上就有人"帮忙"打开车的后备箱卸行李,然后瞬间车的后备箱就被各种土特产塞满了。

"乡亲们,如果你们还需要我,我退休后,还来这里为大家服务!康庄村一日不全部实现脱贫,我就一日不走!"王志伟大声说道。

"好!"周围响起了震耳欲聋的叫好声!

在大家满怀期待的目光中,王志伟的车渐渐远去。直到再也看不见了,一群人还在遥望着远方……